1. Auflage Juli 2022
© Cherry Publishing
71-75 Shelton Street, Covent Garden, London, UK.
Alle Rechte vorbehalten
ISBN 9781801163187

Perfect ROOMMATE

Mrs Kristal

Cherry Publishing

Hast du Lust auf einen *kostenlosen Roman* einer unserer beliebtesten Liebesgeschichten? Dann folge diesem Link und lass dich verzaubern:

https://mailchi.mp/cherry-publishing/free-ebook-1

Finde uns auf Instagram:

https://www.instagram.com/mrskristal.autor
https://www.instagram.com/cherrypublishing_verlag

Oder besuche unsere Website:

https://cherry-publishing.com/de/

1. Kapitel

Sienna

Nach einer fast neunstündigen Reise aus Ellsworth, einem Vorort von Montanas Hauptstadt Helena, über Chicago nach Lincoln, bin ich in meiner neuen Heimat angekommen. Es ist später Nachmittag und vermutlich werde ich, nachdem ich in meiner neuen Wohnung angekommen bin, müde und erschöpft ins Bett fallen.

Der Bus hält an der Haltstelle »Lincoln Campus« und ich hieve meinen Koffer und meine Reisetasche hinaus. Seit den frühen Morgenstunden bin ich unterwegs, um mein neues Zuhause zu erreichen. Meine Eltern haben mich zum Flughafen nach Helena gefahren. Von dort aus bin ich nach Chicago geflogen und von Chicago noch einmal mit dem Bus weiter nach Lincoln.

Ich kann es kaum erwarten, mein Studium aufzunehmen. Den ganzen Sommer habe ich mich darauf gefreut, dass der September kommt und mein Umzug endlich ansteht. Das wird ein neuer Abschnitt in meinem Leben. Ich bin jetzt Studentin, lebe in einem anderen Bundesstaat und bin bald Mitbewohnerin in einer WG. Die Wohnheimverwaltung, bei der ich mich für ein Zimmer beworben habe, hat mir geschrieben, dass sie in ihren Wohnheimen keine mehr frei hätten. Ich könne aber das Zimmer in einem Apartment, das das College ebenfalls vermietet, haben. Die vorherige Mieter sei ausgezogen, weil er das Studium beendet hat.

Zunächst war ich skeptisch, weil ich mir sicher war, dass

ich in einem Wohnheim direkt auf dem Campus leben möchte. Der Weg zu den Seminaren und Vorlesungen wäre so deutlich kürzer und unkomplizierter, da ich zu Fuß gehen könnte. Das Apartment kann ich nur mit einer erweiterten Busfahrkarte erreichen, aber eine Alternative wäre noch weiter entfernt gewesen. Und vor allem noch teurer. Schließlich habe ich zugesagt. Meine neue Mitbewohnerin heißt Denver Jones und ist im vorletzten Studienjahr. Falls wir uns nicht gut verstehen sollten, zieht sie in eineinhalb Jahren ja schon aus. Dann könnte ich mir vielleicht eigenständig jemanden suchen.

Hoffentlich finde ich neue Freunde. Davor habe ich nämlich am meisten Angst – dass ich meine gesamte Studienzeit allein verbringen werde. So weit muss es aber nicht kommen, weil Denver und ich uns sicher sehr gut verstehen und Freundinnen werden.

Ich ziehe den Zugstab aus meinem Trolley heraus und schultere meine Reisetasche, um dem Wegweiser zu dem Apartmentkomplex zu folgen. Seitdem ich mich in Chicago in den Bus gesetzt habe, sauge ich alles um mich herum auf wie ein Schwamm. Es ist alles neu für mich. In den kommenden Wochen werde ich mir die Straßen, Hausnummern und Häuser eingeprägt haben. Aktuell fühle ich mich allerdings, als werde ich mir das alles hier niemals merken können. Demnach folge ich der Wegbeschreibung meines iPhones, die mir durch meine AirPods angesagt wird.

Ich biege in die »Abbey Street« ein und kann bereits von weitem das Wohnhaus sehen. Davor steht ein weißes Schild, das mir fast bis zur Brust reicht. In der Mitte befindet sich das Logo des Lincoln Colleges sowie der Hinweis, dass es sich bei dem Komplex um dessen Eigentum sowie dem der Stadt Lincoln handelt. In kleinerer Schrift folgen einige Sätze über die Hausordnung und in der rechten unteren Ecke die Telefonnummer und Anschrift der Wohnheimverwaltung für Notfälle.

Nach all den Stunden, die ich bereits unterwegs bin, bin ich endlich an meinem Ziel angekommen. Mein Herz schlägt aufgeregt und ich kann es kaum erwarten, mein neues Zuhause kennenzulernen.

»Sie haben Ihr Ziel erreicht«, sagt die Frauenstimme von Google Maps und ich schalte die Navigationsapp aus. Dann drehe ich mich um und schaue an der hübschen beigen Fassade hoch. Die Fenster der ersten Etage sind ordentlich angeordnet, während die der oberen Etagen ein Erkerfenster haben. Meine Wohnung befindet sich im zweiten Obergeschoss.

»Auf geht's«, sage ich. »Jetzt beginnt dein Collegeleben, Sienna Miller.«

Ich ziehe den Haustürschlüssel aus meiner Jackentasche und gehe auf die Eingangstür zu. Mit dem Trolley und der großen Reisetasche ist das gar nicht so einfach. Dazu noch meine Handtasche. Zum Glück wird die Tür geöffnet und eine Blondine kommt heraus. Erleichtert stecke ich den Schlüssel wieder ein.

»Ich halte dir die Tür auf«, meint sie lächelnd und ich nicke ihr zunächst zu, um meinen Koffer durch die Tür zu bugsieren.

»Danke.«

»Kein Problem«, erwidert sie und ich mustere sie. Sie hat, so wie ich, lange blonde Haare, dazu eine schlanke Figur und ein freundliches Lächeln. »Bist du neu?«

»Ja«, murmle ich nervös, weil sie mich als Freshman identifiziert hat. Ein Student, der die Ferien in der Heimat verbracht hat, hätte sicherlich weniger Gepäck als ich. Und das obwohl meine Eltern den Großteil meiner Sachen erst in zwei Wochen mit unserem Familien Van bringen.

Mein neues Zimmer ist möbliert, weil meine Vormieterin viele ihrer Möbel dort gelassen hat. In meiner Tasche und dem Koffer befindet sich eine Grundausstattung für einen Monat – Klamotten, Material für die Veranstaltungen sowie etliche Putzartikel. Natürlich hätte ich auch alles vor Ort kaufen können, aber ich wollte vorbereitet sein.

»Ist das so eindeutig?«, hake ich dennoch nach und grinse sie an.

»Du wirkst ein bisschen verwirrt und hast sehr viel Gepäck dabei.«

»Oh«, mache ich. »Dann bin ich es wohl auch und du?«

»Ich bin im zweiten Semester.« Sie grinst mich breit an. »Wohnst du hier?« Sie deutet mit ihrem Zeigefinger in den Flur des Wohnhauses und ich nicke.

»Ja und du?«

»Ich wohne in einem der Wohnheime auf dem Campus, aber mein Bruder wohnt hier.«

»Ach so«, sage ich. »Ich bin Sienna.«

»Ich bin Phoenix«, erwidert sie kichernd. »Freut mich, dich kennenzulernen. Was studierst du denn?«

»Wirtschaftswissenschaften. Und du?«

»Ich auch, wie cool!« Sie wirkt ganz aufgeregt, weil wir den gleichen Studiengang haben. Noch einmal lächelt sie mich freundlich an. Dann hebt Phoenix die Hand zum Gruß. »Ich muss los. Hat mich gefreut, Sienna. Vielleicht sehen wir uns nochmal.«

Bevor ich etwas erwidern kann, wirbelt sie auch schon herum und läuft zum Gehsteig. Sie winkt mir nochmal zu, bevor sie komplett aus meiner Sicht verschwindet. Ich erwidere es und gehe dann ins Haus, um die Treppe nach oben in meine neue Wohnung zu nehmen.

Den Wohnungsschlüssel habe ich per Post zugeschickt bekommen, was ich etwas ungewöhnlich fand, mich aber nicht weiter gestört hat. Ich hätte ihn auf keinen Fall heute auch noch abholen oder dafür extra nach Lincoln fahren wollen.

Umso größer ist nun die Spannung wie die Wohnung von innen aussieht. Ich habe sie bisher nur auf Bildern gesehen. Es gibt immer wieder Vermieter, und da schließe ich die Wohnheimverwaltung auch nicht aus, die ihre Zimmer vor Jahren fotografiert haben und seitdem kein neues Foto mehr online gestellt haben. Es kann sein, dass die Wohnung, in der ich die kommenden Jahre leben muss, absolut unterirdisch ist.

Im zweiten Obergeschoss angekommen, befürchte ich, ein Sauerstoffgerät zu benötigen. Ohne Gepäck ist es machbar, aber mit ist es die Hölle. Ich bin außerdem derart außer Form und hasse Sport so sehr, dass es meine Abschlussnote an der Highschool nach unten gedrückt hat. Schnaufend ziehe ich meinen Schlüssel wieder hervor und schließe auf. Neben der Tür befindet sich ein kleines Klingelschild, auf dem *Denver Jones* steht. Hier bin ich richtig! Erneut schlägt mir mein Herz bis zum Hals und ich betrete die Wohnung. Den Koffer ziehe ich hinter mir her und die Reisetasche lasse ich auf den Boden fallen.

»Geschafft«, seufze ich und sehe mich um. Ich stehe sofort in dem großen Wohnzimmer, das den zentralen Raum der Wohnung darstellt. Hier werde ich meine Abende verbringen, vielleicht sogar coole Filmabende mit Denver. Wenn sie der Typ dafür ist. Wofür sie allerdings so gar nicht der Typ zu sein scheint, ist Ordentlichkeit. Auf der Couch liegen T-Shirts verteilt, dazu ein leerer Pizzakarton und eine

Bierflasche. Ich verziehe den Mund. Hoffentlich lässt sie nicht überall ihren Kram liegen und das ist eine Ausnahme. Am Ende bin ich nur damit beschäftigt, hinter ihr herzuräumen. Ich atme tief durch, um die negativen Gedanken nicht weiter zuzulassen und streife meine Jacke ab, um sie an die Garderobe zu hängen. Dabei fällt mir auf, dass Denver ziemlich groß und massig sein muss. Die Jacken sind riesig. Außerdem sind sehr viele von der College Footballmannschaft, den Lincoln Tigers, dabei. Im Internet habe ich ein paar Dinge über sie gefunden, aber mich nicht weiter damit beschäftigt. Natürlich weiß ich, dass Football ein kulturelles Gut ist und die Spieler nicht nur die Kings des Colleges sind, sondern auch ziemlich gut aussehen. Viele Mädchen lecken sich die Finger danach, einmal an ihrer Seite gesehen zu werden. Aber ich bin zum Lernen hier und nicht, um im Bett des Quarterbacks zu landen. Ich will einen guten Abschluss machen. Ein Footballspieler hilft mir dabei sicherlich nicht.

Ich lasse die Garderobe hinter mir und gehe weiter ins Wohnzimmer. Die Dekoration wirkt eher sporadisch und nicht so, als hätte sie ein Händchen dafür. Neben einer großen Couch und einem Ohrensessel findet sich ein riesiger Flatscreen Fernseher im Wohnzimmer. Von Minute zu Minute werde ich unzufriedener mit meiner Mitbewohnerin. Ich bin mit einer klaren Vorstellung über sie nach Lincoln gekommen. In dieser ist sie ein wenig schüchtern, ordentlich und natürlich wissbegierig und nimmt ihr Studium genau so ernst wie ich. Keine Partymaus oder eine Person, die ihre Sachen überall rumliegen lässt. Die viel zu großen Footballjacken, die ihrem Freund gehören könnten, passen mir auch nicht in den Kram. Ich will den Typen nicht ständig in meiner Nähe haben. Was ist, wenn wir unser Badezimmer nicht abschließen können und er mich unter der Dusche erwischt?

Ich schüttle den Kopf.

Es ist viel zu früh darüber nachzudenken, ob der Freund meiner Mitbewohnerin ins Badezimmer platzt. Ich weiß doch nicht mal, ob sie einen hat. Die Jacke könnte auch jemand vergessen haben.

Das Klicken einer Tür lässt mich zusammenfahren und bevor ich mich darauf konzentrieren kann, woher das Geräusch kommt, werde ich angesprochen.

»Wer bist du?« Die Stimme, die sich so gar nicht weiblich anhört, lässt mich aufschrecken. »Und was machst du in meiner Wohnung?«

Ich drehe mich um und schreie auf, als ich den Typen vor mir ins Visier nehme. Er ist groß, mindestens zwanzig Zentimeter größer als ich. Außerdem hat er breite Schultern, muskulöse Arme und Beine. Das Sixpack ist auch absolut nicht zu verachten. Und er trägt nur ein Handtuch um die Hüften. Erst auf den zweiten Blick fällt mir auf, dass seine blonden kurzen Haare nass sind und kleine Wassertropfen über seine Brust und seinen Bauch rinnen bis zum Saum des Handtuchs – über dem ein feiner Streifen blonder Haare thront. Heilige Mutter Gottes, was ist das für ein heißer Typ? Mein Blick wendet sich von der Mitte seines Körpers ab und ich sehe ihm wieder ins Gesicht.

Misstrauisch hat er die Augenbrauen hochgezogen und die Arme vor der Brust verschränkt. Dadurch wirken sie noch muskulöser. Ich bin mir sicher, dass die Temperatur in diesem Raum in den letzten Minuten beachtlich angestiegen ist. »Ich ... also ich ... also ich bin—« Mir hat es völlig die Sprache verschlagen. »Ich bin Sienna.«

»Okay«, antwortet er immer noch skeptisch. »Und was

machst du in meiner Wohnung, Sienna?«

»Das ... das ist deine Wohnung?« Hilflos sehe ich mich um, aber außer den Pizzakartons und der Bierflasche auf dem Couchtisch deutet nichts darauf hin, dass es nicht seine Wohnung ist. Mir fallen die Jacken an der Garderobe ein, die ich für die Jacken von Denvers Freund gehalten habe. Panik macht sich in mir breit, als mir dämmert, dass das seine Jacken sind und es den Freund von Denver gar nicht gibt. Habe ich die Türen verwechselt? Nein, das ist Blödsinn. Auf dem Klingelschild stand dick und fett *Denver Jones* und außerdem passt der Schlüssel in das Schloss. »Aber auf ... auf dem Schild stand doch *Denver Jones*.«

»Und weiter?«, will er wissen. »Ich bin Denver.«

»Was?« Meine Stimme überschlägt sich erneut und klingt viel piepsiger als sie eigentlich ist. Das Herz schlägt mir bis zum Hals und der Klumpen in meinem Magen wird immer größer. Denver reagiert im ersten Moment nicht, sondern mustert mich akribisch. Da mir seine Blicke langsam, aber sicher unangenehm werden, drehe ich mich um und gehe zurück zu meinem Gepäck. Denver folgt mir. Dabei hält er das Handtuch, das sehr tief auf seinen Hüften sitzt, nicht mal fest. Denkt er denn keine Sekunde darüber nach, dass der Knoten sich lösen könnte und ich seinen Schwanz zu Gesicht bekomme? Das darf doch alles nicht wahr sein.

Ich greife nach meiner Handtasche und suche nach den Unterlagen der Wohnheimverwaltung. Es ist albern, das weiß ich, aber ich kann nicht glauben, dass *er* Denver ist. Ich habe mit einer jungen Frau, so wie ich eine bin, gerechnet und nicht mit diesem Sexgott. Denver ist unfassbar heiß.

Des Weiteren glaube ich nicht, dass gemischte Wohnungen von der Wohnheimverwaltung vorgesehen sind. Nervös ziehe ich meine Zettel hervor und lese sie durch. Aber auch das bestätigt mir nur wieder, dass ich in der richtigen Wohnung bin.

»Und?« Er räuspert sich, als ich mich immer noch nicht zu ihm umgedreht habe. »Hast du gefunden, wonach du gesucht hast?«

Mir entgeht der Spott in seiner Stimme nicht, aber davon lasse ich mich nicht unterkriegen. Es muss sich hier um ein riesiges Missverständnis halten. Ich kann auf keinen Fall mit diesem Typen eine Wohnung teilen. Erwähnte ich bereits, wie heiß er ist? Und wenn ich ihn heiß finde, sehen das auch andere Mädchen so. Mädchen, die vielleicht nicht so eine große Selbstachtung haben wie ich und sich gern von ihm verwöhnen lassen. Gott, allein bei dem Gedanken, dass er im Zimmer neben mir Sex hat, wird mir ganz anders.

»Du bist Denver Jones?«, frage ich sicherheitshalber nochmal nach.

»Ja, ich bin Denver Jones«, meint er unbeeindruckt. »Und du bist Sienna – wie weiter?«

»Miller«, erwidere ich. »Sienna Miller. Die ... die Wohnheimverwaltung hat mir das freie Zimmer zugeteilt.«

»Was?«, fragt er und streckt die Hand nach meinen Dokumenten aus. »Darf ich mal sehen?«

Ich nicke und reiche ihm die Papiere. Als seine Hand meine berührt, zucke ich zusammen und sehe ihn an. Denver erwidert meinen Blick. So nah wie er mir nun ist, weht sein Aftershave zu mir herüber. Seine blauen Augen starren mich an und seine Lippen verziehen sich zu einem Lächeln.

»Danke«, meint er, als er die Papiere an sich nimmt. Er beginnt, sie durchzulesen und schnaubt. »Die sind so bescheuert. Die dachten, dass ich ein Mädchen bin. Denver ist ein zweigeschlechtlicher Name. Was ich aber definitiv nicht bin.«

Denver sieht mich an und grinst. Dann lässt er den Blick an seinem muskulösen Körper heruntergleiten und ich folge ihm wie ein Küken seiner Mutter.

»Kein Mädchen«, bestätige ich. »Definitiv kein Mädchen.«

Er lacht und gibt mir die Zettel zurück, sodass ich sie wieder einpacken und in meine Tasche stopfen kann. »Und jetzt?«, frage ich. »Ich … ich kann doch auf keinen Fall hier wohnen.«

»Wieso nicht?« Er wirkt irritiert. »Ich meine, ich hätte auch lieber einen Kerl gehabt, aber—«

»Danke auch.«

»Du hast doch gesagt, dass du auf keinen Fall hier wohnen kannst.«

»Und du bist nicht mal angezogen!« Ich deute auf seinen Körper und er zieht die Augenbrauen hoch. Denver lacht leise und leckt sich über die Lippen.

»Ich kann gern das Handtuch abnehmen, wenn du—«

»Untersteh dich.« Drohend hebe ich den Zeigefinger, um auf seinen halbnackten Körper zu deuten. »Das wirst du nicht tun. Wir … wir müssen einen kühlen Kopf bewahren. Für heute bin ich echt erledigt, aber morgen muss das geklärt werden.«

Ich kann hier nicht wohnen. Er ist ein Kerl und den letzten und eindeutigsten Beweis, dass er einer ist, brauche ich nicht zu sehen. Das mit uns würde niemals funktionieren. Allein wie unordentlich er ist. Es würde mich zu seiner Putzfrau degradieren, die er ganz nebenbei ziemlich nötig hat.

»Was willst du klären?«, fragt er und macht auf dem Absatz kehrt in Richtung Badezimmer. »Ich bin sofort wieder da.«

Er verschwindet in der mittleren der drei Türen an der Wand gegenüber und ich lege meinen Kopf in den Nacken. Sowas kann doch auch nur mir passieren, oder? Denver

Jones, meine nette und süße Mitbewohnerin, hat sich in einen unglaublich heißen, witzigen und irgendwie auch charmanten Typen verwandelt. Ich kann nicht mit ihm zusammenwohnen. Das wird nicht funktionieren. Denver und ich, das passt einfach nicht.

»Da bin ich wieder.« Ich sehe auf und stelle fest, dass er sich leider eine Sweat-Shorts und ein T-Shirt angezogen hat. »Um nochmal auf unser Gespräch zurückzukommen. Du wirst kein anderes Zimmer finden. Es ist fast alles voll. Und das, was noch frei ist, ist ekelhaft.«

Ich sehe mich um und er stöhnt auf.

»Gestern waren ein paar Kumpels da«, meint er und beginnt tatsächlich aufzuräumen. »Ich wollte duschen und mich dann an die Arbeit machen. Du bist zu früh gekommen.«

Denvers Mundwinkel heben sich spitzbübisch nach oben.

»Darauf hätte ich wohl auch selbst kommen können, dass ich einfach zu früh bin, was?«, erwidere ich sarkastisch und er grinst noch breiter.

»Ganz genau«, meint er. »Und wie gesagt – es sieht nicht immer so chaotisch hier aus. Ich räume auf.«

»Es ist später Nachmittag«, weise ich ihn auf die Uhrzeit hin, aber Denver zuckt nur mit den Schultern.

»Ja, und? Es ging gestern etwas länger. Also Sienna, wie gedenkst du, kommen wir beide die kommenden Monate am besten miteinander aus?«

»Ich bin mir sicher, dass ich das Missverständnis mit der Wohnheimverwaltung klären kann und–« Er zieht die Augenbrauen hoch und ich stöhne gequält auf. »Komm schon … mach mir wenigstens ein bisschen Hoffnung.«

»Ja, Sienna!« Er grinst und zwinkert mir zu. »Du wirst morgen ein neues Zimmer finden, am besten noch direkt auf dem Campus, sodass du nichts von deinem Studentendasein hast, sondern die kommenden Jahre zwischen deinen Büchern und Vorlesungen versauerst. Während du hier, bei mir, das echte Leben kennenlernen würdest.«

»Machst du dich über mich lustig?«, frage ich und er kann sich ein erneutes Grinsen nicht verkneifen.

»Ich sage dir nur, wie es ist«, meint er und zuckt mit den Schultern. »Du wirst definitiv kein neues Zimmer bekommen. Ich habe keine Ahnung, wie es zu der Verwechslung kam, aber jetzt sollten wir das Beste daraus machen.«

Der Kerl macht mich echt fertig.

»Hast du überhaupt kein Problem damit, dass ich deine neue Mitbewohnerin bin?«

»Nein«, sagt Denver und greift nach den Pizzakartons auf dem Couchtisch. »Ich bin in eineinhalb Jahren weg. Mir ist es egal, mit wem ich die letzten Monate zusammenlebe, solange wir uns einigermaßen gut verstehen. Außerdem bin ich sowieso nur selten zu Hause.«

»Zum einen finde ich es nicht schön, dass du mir sagst, dass es dir egal ist, ob ich hier wohne oder ein ekelhafter stinkender Typ, der … egal. Wo bist du denn?«

Das interessiert mich jetzt doch deutlich mehr.

»Beim Training, in Besprechungen, ab und zu mal bei einer Vorlesung und mit dem Team unterwegs.«

»Welchem Team?«, frage ich und er sieht mich verdattert an.

»Hast du dich nicht über das College informiert?«

»Natürlich habe ich das.« Ich habe wochenlang Colleges verglichen und alles, wirklich alles über das Lincoln College gelesen, was für meinen Studiengang relevant ist. Zugegebenermaßen habe ich mich darüber hinaus nicht sonderlich mit dem College beschäftigt. Freizeitaktivitäten und AG's wollte ich auf mich zukommen lassen. Vielleicht auch an neue Freunde knüpfen und sie mit ihnen zusammen besuchen. Aber das braucht Denver nicht zu wissen. »Sonst wäre ich nicht hier.«

»Und du weißt nicht, wer ich bin?« Er zieht die Augenbrauen hoch und betrachtet mich abwartend. Ich tue es ihm gleich, weil das eine echt dumme Frage ist. Ich habe keine Ahnung, wer er ist und ehrlich gesagt ist es mir auch egal.

»Nein«, beantworte ich seine Frage. »Aber du wirst es mir sicher gleich erzählen.«

»Ich bin Denver Jones und–«

»Ach, du bist Denver Jones, das wusste–«

»Ich bin der Quarterback der Footballmannschaft, Sienna«, führt er weiter aus und ein strahlendes Lächeln bildet sich auf seinem Gesicht. Es ist eines dieser hundert Watt Lächeln, das bei jedem Mädchen weiche Knie hinterlässt. »Man kennt mich nun mal.«

»Du bist der–« Mir bleibt die Spucke weg, als ich mir seine Aussage durch den Kopf gehen lasse. Er ist der verdammte Quarterback. Der Typ, den jeder anhimmelt und wie der jeder sein will. »Heilige Scheiße.«

Denver lacht und legt seine Hand auf seine Brust. Ich muss zugeben, dass er ziemliche Pranken hat. Anders wird er diese riesigen eiförmigen Bälle auch nicht halten können. Immer noch grinsend zieht er die Augenbrauen hoch.

»Ist das gut oder schlecht?«

»Ich habe keine Ahnung«, seufze ich. »Welches ist denn mein Zimmer?«

Ich wechsele das Thema, um nicht noch länger darüber nachzudenken, dass ich ab sofort mit dem Quarterback zusammenwohne.

»Warte kurz«, meint er und hält die Pizzakartons hoch. »Ich bringe das in die Küche und führe dich herum.«

»Oh okay«, sage ich und schaue mich um. »Danke.«

Denver geht in die Küche, die ich bisher noch nicht gesehen habe und ich schaue ihm nach. Irgendwie muss ich ihm doch zustimmen. Eine Stimme sagt mir, dass ich hier genau richtig bin für meine Collegezeit.

Es war doch mein Wunsch mich von meinen Eltern loszusagen und etwas ganz Neues, eigenes zu machen. Auch wenn ich mir nie ausgemalt habe, dass meine Mitbewohnerin sich binnen weniger Minuten zum Quarterback der Footballmannschaft entpuppt, gefällt es mir. Das alles steht in einem riesigen Kontrast zu dem, was ich aus Montana kenne.

Wer weiß? Vielleicht werden wir sogar Freunde.

2. Kapitel

Sienna

Denver kommt nach wenigen Minuten aus der Küche zurück und lächelt mich an. Ich kann immer noch nicht glauben, dass er mein neuer Mitbewohner für die kommenden eineinhalb Jahre sein wird. Normalerweise achtet das College doch penibel darauf, dass die Wohnungen und Zimmer gleichgeschlechtlich zugeteilt werden.

Denver ist auf dem Campus bekannt wie ein bunter Hund und es hätte definitiv auffallen müssen, dass er ein Mann ist. Und was für einer. Ich komme immer noch nicht darauf klar, wie heiß er ist. Selbst jetzt, wo er ein Shirt und die Sweat-Shorts trägt, die ihm fast bis zu den Knien reicht, macht er eine gute Figur.

»Also«, meint er und klatscht in die Hände. »Hier sind wir im Herzstück unserer Wohnung. Dem Wohnzimmer. Parker, dein Vormieter, und ich haben ziemlich viel Zeit miteinander verbracht. Wir haben gezockt, einen Film gesehen oder Freunde eingeladen.«

Ob er das auch von mir erwartet? Ich bin kein Partytier und möchte mich wirklich auf mein Studium konzentrieren. Das ist mir wichtig. Außerdem kenne ich außer ihm und dem blonden Mädchen an der Tür niemanden in Lincoln. Dass Denver einen großen Freundes- und Bekanntenkreis hat, wundert mich kein bisschen.

»Du musst das natürlich nicht machen und kannst auch in deinem Zimmer bleiben. Es ist nur ein Vorschlag. Ab und zu kommen meine Teamkollegen vorbei und wir halten unsere internen Mannschaftsmeetings hier ab.«

»Okay«, murmle ich und frage mich, ob die alle so heiß sind wie er. Die Footballspieler an meiner Highschool waren zwar gutaussehend, aber ich war nie ihre Kragenweite und wollte es auch nicht sein. Für die Cheerleader war ich eindeutig zu unsportlich. Alles, was darüber hinausging hat diese Typen sowieso nicht interessiert. »Ich denke, das ist für mich in Ordnung. Allerdings bin ich zum Studieren hier und nicht zum Feiern.«

Ich lächele ihn an. Denver zieht die Augenbrauen hoch und nickt langsam. Sein Blick sagt mir allerdings, dass zu dem Thema noch nicht alles gesagt wurde. Irgendwas – vermutlich ein spitzer Kommentar – liegt ihm auf der Zunge.

»Was?«, frage ich. »Mir ist mein Studium wichtig.«

»Ich sage doch gar nichts«, meint er und hebt die Arme hoch. »Ich denke nur, dass du alle Möglichkeiten des Studentenlebens in Betracht ziehen solltest. Dazu gehört auch, sich zu betrinken und zu vögeln.«

Ich keuche auf und sehe ihn mit großen Augen an. Unser Gespräch driftet gerade in eine ganz andere Richtung ab, die mich nervös werden lässt. Ich verschränke die Arme vor der Brust und warte, ob er noch etwas sagt. Mit meinen neunzehn Jahren darf ich offiziell überhaupt nicht trinken. Und vögeln … na ja … da muss das Angebot schon wirklich sehr, sehr gut sein, dass ich mich auf irgendwas Bedeutungsloses einlasse. Denver zum Beispiel wäre eines, aber jetzt, wo er mein Mitbewohner ist, würde das nur zu Problemen führen. Nicht auszudenken, dass wir miteinander schlafen würden und uns danach nicht mehr in die Augen sehen könnten.

»Zuerst einmal bin ich neunzehn Jahre alt und darf mich

nicht betrinken und—«

»Ernsthaft?«, unterbricht er mich. »Solange du nicht im Krankenhaus landest, wird das keiner merken. Komm doch später mit mir.«

»Du gehst heute schon wieder aus, nachdem du gestern … na ja, übertrieben hast? Ich bin super müde und—«

»Das ist nichts, was ein starker Kaffee nicht wieder hinkriegt. Meine Schwester kommt auch mit, du wirst sie mögen.«

Es überrascht mich, dass er bereits jetzt der Meinung ist, dass ich seine Schwester mögen werde. Immerhin kennt er mich erst seit einer halben Stunde und in dieser haben wir keinerlei Gemeinsamkeiten festgestellt. Wieso in Gottes Namen ist er der Meinung, dass ich gut mit seiner Schwester zurechtkommen würde?

Ich erinnere mich an Phoenix aus dem Flur zurück, die meinte, dass ihr Bruder in diesem Haus wohnt. Aber was für ein Zufall wäre es bitte, wenn Phoenix Denvers Schwester wäre?

Ich lache auf, was Denver erneut die Augenbrauen hochziehen lässt. »Was ist jetzt schon wieder?«, fragt er. »Warum lachst du?«

»Als ich vorhin gekommen bin, hat mir ein Mädchen die Tür aufgehalten. Ihr Name ist Phoenix und sie sagte, dass ihr Bruder in diesem Haus wohnt.«

»O Mann!« Er lacht laut. »Phoenix ist meine Schwester.«

»Nicht ernsthaft?« Ich muss unweigerlich auch lachen. »Zufälle gibt es.«

»Sie hat mich geweckt«, meint er und verzieht das Gesicht, als würde er lieber noch in seinem Bett liegen. »Ich hatte ihr einen Schlüssel gegeben – für die Zeit, in der ich allein hier gewohnt habe, aber den nehme ich ihr natürlich wieder ab.«

»Okay«, sage ich. »Können wir weitermachen mit der Wohnung?«

»Ich dachte, wir reden noch übers Vögeln.« Hitze schießt mir augenblicklich in die Wangen, als er das sagt und seinen Blick über meinen Körper gleiten lässt. »Oder machst du das auch nicht, weil du erst neunzehn bist?«

Seine Augen blitzen auf und er scheint das Thema zunächst nicht auf sich beruhen zu lassen.

»Ich muss dich enttäuschen, du Player«, erwidere ich. »Ich vögele.«

»Du vögelst?«, Denver leckt sich über die Lippen und grinst mich an. »Mit wem? Hast du einen Freund? Wird der hier ein- und ausgehen?«

Ich verziehe den Mund und schüttle den Kopf. Mal abgesehen davon, dass ihn das gar nichts angeht, obwohl ich ihm eine absolute Steilvorlage gegeben habe, hat er mich das nicht zu fragen. Das ist meine Privatangelegenheit. Ich frage ihn auch nicht nach den Mädchen aus, mit denen er zusammen ist. Ehrlich gesagt möchte ich das auch gar nicht wissen, weil sie sicherlich ausnahmslos perfekt sind.

»Das geht dich zwar nichts an, aber nein, ich habe keinen Freund«, erwidere ich. »Hast du eine Freundin?«

Denver lacht wieder, als wäre es abwegig, dass er vergeben ist.

»Ich habe keine Freundin«, antwortet er. »Für sowas habe ich keine Zeit.«

»Du bezeichnest eine Freundin als *Sowas*?« Ich ziehe die Augenbrauen hoch. »Interessant.«

»An dir ist wohl auch eine kleine Feministin verloren gegangen, was?«

»Nein«, sage ich. »Aber fürs Vögeln und fürs Saufen hast du Zeit?«

»Das ist doch viel stressfreier.« Denver grinst und zuckt mit den Schultern.

»Stressfreier?« Seine Argumente werden immer besser. »Lassen wir das so stehen. Kannst du mir die Wohnung endlich zeigen?«

Ich will nicht weiter mit ihm über Beziehungen, Sex und Alkohol diskutieren.

»Natürlich«, sagt er und lächelt mich an. »Das ist das Wohnzimmer, das habe ich bereits gesagt. Lass uns weiter ins Badezimmer gehen.«

Ich nicke und folge Denver in den mittleren der drei Räume an der Wand gegenüber. Dass das Bad zwischen unseren Zimmern liegt, ist gut. Direkt nebeneinander würden wir den anderen viel mehr hören, aber auch stören, denke ich. Nicht auszudenken, dass ich irgendwelches Gestöhne mitanhören muss oder wie er und seine Eroberung es so wild treiben, dass sein Bett gegen die Wand knallt. Bilder schieben sich vor mein inneres Auge, wie Denver über mir liegt. Wie seine blauen Augen mich lustvoll anstarren, während er sich mit kräftigen Stößen in mich schiebt. Ich schüttle den Kopf.

Oh Gott, ich habe noch nie so oft, in so kurzer Zeit, an Sex gedacht wie in seiner Gegenwart. Das kann doch nicht wahr sein. Mit diesem Kerl soll ich die nächsten Monate zusammenleben.

»Da wären wir.«

Ich zucke zusammen und sehe Denver verdutzt an. Er wirkt irritiert, weil ich ihm nicht zugehört habe. Ich nicke, gehe an ihm vorbei und sehe mich im Badezimmer um. Es ist größer, als ich angenommen habe. Wie zu erwarten ist es genauso unaufgeräumt wie das Wohnzimmer. Seine Klamotten sind im gesamten Raum verstreut. Shampoo und Duschgel auf dem Boden der Dusche verteilt und das

Handtuch, das er vorhin noch um die Hüften gebunden hatte, liegt auf dem Boden. Ich traue mich gar nicht, näher ans Waschbecken zu gehen. Sicherlich tummeln sich dort seine Haare und Zahnpastareste kleben am Porzellan. Angewidert verziehe ich das Gesicht.

»Was ist jetzt schon wieder?« Leicht genervt sieht er mich an und schiebt die Hände in die Taschen seiner Hose.

»Na ja«, drucke ich herum. »Es ist nicht so ... ordentlich.«

»Natürlich nicht«, meint Denver. »Dafür hatte ich keine Zeit.«

»Denver!«

»Sienna!«, ahmt er meine Stimme nach und ich verdrehe die Augen. »Ich hätte schon aufgeräumt, wenn ich gewusst hätte, dass du einziehst.«

»Warum brauchst du einen Grund, um aufzuräumen?«, frage ich und gehe nun doch zum Waschbecken. Daneben steht ein Regal, in dem sich sein Rasierer und Aftershave befinden. Eine Etage ist für meine Sachen frei. Außerdem steht ein weiteres Regal für Handtücher neben der Tür. Auch in diesem ist noch Platz. Das Badezimmer ist sporadisch eingerichtet, aber absolut in Ordnung, wie ich finde. Die Dusche ist groß und über dem Waschbecken befindet sich eine Ablage für Zahnbürste, Zahnpasta und Cremes. Genügend Stauraum für mein Make-Up ist auch vorhanden. Mit dem Bad bin ich zufrieden.

»Hausarbeit ist nicht so mein Ding.« Denver grinst. »Deins aber umso mehr, wie es scheint.«

Ich verdrehe die Augen, weil das nach einer Rollenverteilung zwischen Mann und Frau *at its best* riecht. Denver lacht und tritt neben mich. Er stößt mich mit der Schulter an, sodass er mich zum ersten Mal direkt berührt. Zwar trage ich einen Hoodie, aber die Wärme seiner Haut durchdringt den Stoff sofort. Augenblicklich trete ich einen Schritt zur Seite, um den Kontakt zu unterbrechen. Der Schalk in seinem Blick verrät mir nur zu gut, wie er sich das Zusammenleben fortan vorstellt. Ich koche, putze und wasche die Wäsche, während er zum Training geht und der König des Colleges ist.

»Du solltest deinen Blick sehen«, meint er. »Ich kann putzen, wenn es dir so wichtig ist.«

»Mach dich nicht darüber lustig«, sage ich und verziehe den Mund. »Mir ist es wichtig, dass die Wohnung ordentlich ist und ich mich hier wohl fühle. Ich bin nicht übermäßig penibel, aber ich kann erwarten, dass du in deinem Alter deine Sachen wegräumst.«

»Ja, Mom«, seufzt er. »Küche?«

»Sicher«, murmle ich und folge ihm. Ich muss aufhören, auf seine Sticheleien einzugehen. Das will er doch nur. Auch wenn es zugegebenermaßen Spaß macht. Es zeigt, dass wir locker und unbefangen miteinander umgehen können. »Ich bin gespannt, wie es dort aussieht.«

Grinsend sehe ich ihn an und Denver verdreht die Augen.

»Du hast mich heute auf dem falschen Fuß erwischt«, gesteht er. »Ich bin nicht dreckig. Außerdem haben wir eine Putzfrau.«

»Moment!« Ich bleibe stehen und er tut es mir gleich. »Wir haben eine ... Putzfrau?«

»Ja«, sagt Denver, als wäre es das Selbstverständlichste auf der Welt, dass zwei Studenten eine Putzhilfe haben. »Sie kommt einmal in der Woche und wischt in den Gemeinschaftsräumen. Das fand ich sinnvoll.«

»Oh«, sage ich und nicke. »Cool.«

Er lacht und geht in die Küche. Ich folge ihm.

Die Küche ist – entgegen meinen Erwartungen –

aufgeräumt. Zwar stehen die leeren Bierflaschen und zwei Gläser auf der Anrichte, aber sonst ist sie sehr ordentlich und groß. Viel größer als auf den Fotos, die mir die Wohnheimverwaltung geschickt hat. Ich werde das Gefühl nicht los, dass die Wohnung, die ich bekommen sollte und die, in der ich gelandet bin, nicht dieselben sind. Diese Küche ist hell durch das Fenster gegenüber der Tür und offen geschnitten, mit einer Kücheninsel in der Mitte. Niemals ist das die Küche einer normalen Studentenwohnung.

»Das ist nicht die richtige Wohnung.« Ich zeige auf die Kücheninsel und das große Fenster. »Ich meine ... sie ... sie ist toll, aber auf den Fotos war eine andere zu sehen. Das fällt mir erst bei der Küche richtig auf. Im Bad dachte ich noch, dass ich die Quadratmeter nicht einschätzen kann.«

»Was meinst du?«, fragt Denver und lehnt mit dem Hintern an der Anrichte.

»Warte kurz.« Ich laufe zurück ins Wohnzimmer und zu meiner Handtasche. Aus dieser fische ich mein iPhone heraus, entsperre es und rufe die E-Mail der Wohnheimverwaltung auf, die den Grundriss der Wohnung und Fotos der Zimmer zeigt. Ich bin mir zu achtzig Prozent sicher, dass es sich bei dieser Wohnung um eine andere handelt als die, die ich von der Verwaltung vorgeschlagen bekommen habe. Und vor allem: zu der ich zugesagt habe.

»Schau mal«, sage ich und reiche Denver mein iPhone. »Das ist nicht die Küche und auch nicht das Badezimmer. Es ist viel kleiner. Aber die Adresse und der Schlüssel sind für diese Wohnung.«

Er sieht sich alles in Ruhe an, während ich mich an den Küchentisch setze.

»Das ist in der Tat eine andere Wohnung.« Zustimmend nickt Denver. »Sei froh, dass du hier gelandet bist.«

»Was ist, wenn die Person, die eigentlich hier einziehen sollte, sich betrogen fühlt?«

Denver sieht mich fragend an und reicht mir das iPhone. Er macht das alles mit einer Seelenruhe, die mich ganz kirre macht. Er wohnt hier seit Jahren und niemand wird auf die Idee kommen, dass er umziehen soll. Ich stöhne frustriert auf, weil ich keine Lust habe, genau das zu tun. Mir gefällt die Wohnung und entgegen meinen ersten Befürchtungen, wirkt Denver sehr nett und ich denke, dass wir gut miteinander auskommen werden. Aber ich will auf keinen Fall Probleme bekommen und als Betrügerin dastehen.

»Na ja«, meint er und deutet mit dem Zeigefinger auf mich. »Wir sollten rausfinden, mit wem sie dich verwechselt haben. Es muss ein Mädchen sein, weil sie dachten, dass ich eins bin. Vielleicht hast du Glück und sie ist froh, dass sie wirklich eine Mitbewohnerin bekommen hat.«

»Und wenn sie lieber zu dir ziehen will?«, frage ich und Denver lacht.

»Verdenken könnte ich es ihr nicht.«

Ich verdrehe erneut die Augen und stehe auf.

»Ach komm schon.« Denver boxt mich sanft gegen die Schulter. »Damit musstest du rechnen.«

»Irgendwie schon.« Ich grinse ebenfalls. »Zeigst du mir mein Zimmer?«

»Klar«, meint er mit einer ausladenden Geste. »Folgen Sie mir bitte.«

Lachend werfe ich den Kopf in den Nacken und gehe hinter ihm her.

•••

Zwei Stunden später habe ich den Großteil meiner Sachen

ausgeräumt und mich sporadisch in meinem Zimmer eingerichtet. Fotos meiner Eltern und Freunde habe ich auf der Kommode abgestellt. Dann habe ich mein Bett bezogen und den Kleiderschrank eingeräumt. Nun sitze ich seit etlichen Minuten auf dem Bett und traue mich nicht, duschen zu gehen. Das ist bescheuert, ich weiß, aber irgendwie bin ich gehemmt. Denver ist nett und ich glaube auch nicht, dass er ins Bad platzen würde. Außerdem würde ich abschließen. Genervt von mir selbst, weil ich mir solche Gedanken mache, stehe ich auf und verlasse mein Zimmer.

Der Fernseher läuft und Denver sitzt auf der Couch.

»Hey«, sage ich und er dreht sich zu mir um.

»Hey. Willst du duschen?« Er deutet auf die Handtücher in meinem Arm.

»Ja?«, erwidere ich zögerlicher als mir lieb ist. »Ist das okay für dich?«

»Klar«, meint Denver und legt seine Arme auf der Lehne der Couch ab, um sein Kinn darauf abzustützen. Lächelnd sieht er mich an. »Du wohnst hier, Sienna. Es ist auch deine Wohnung.«

»Ja, klar«, erwidere ich. »Es ist nur noch ein wenig ungewohnt für mich. Ich wohne das erste Mal in einer WG.«

»Das verstehe ich.« Er grinst. »Wenn du etwas brauchst, sag Bescheid.«

»Danke.« Ich lächele ihm nochmal zu und gehe ins Badezimmer. Die Tür schließe ich ab und teste nochmal, ob das Schloss auch wirklich verschlossen ist. Ich will Denver auf keinen Fall nackt gegenüberstehen. Seufzend lege ich mein Handtuch in das Regal und ziehe mich aus. Dann steige ich unter die Dusche und stelle das Wasser an. Kaum, dass das heiße Wasser auf meinen Körper herunter rieselt, stöhne ich auf. Es tut so gut und ich fühle mich direkt besser. Der

Tag war lang, gefüllt mit vielen neuen Eindrücken auf dem Flug und später der Fahrt von Chicago nach Lincoln. Dann die erste Begegnung mit Denver und der Schock, dass er definitiv kein Mädchen ist. Zum ersten Mal seit Stunden kann ich wirklich entspannen. Ich wasche meine Haare, seife mich ein und spüle alles wieder ab. Danach trete ich aus der Duschkabine und greife nach meinem Handtuch. Zu Hause wäre ich in dieses gewickelt in mein Zimmer gegangen und hätte mich dort umgezogen, aber das traue ich mich heute noch nicht. Stattdessen mache ich alles im Bad. Abtrocknen, umziehen und meine Haare so weit fertig, dass sie an der Luft trocknen können und leichte Wellen bilden.

Als ich aus dem Badezimmer trete, höre ich Stimmen aus der Küche. Neugierig, wer es ist, gehe ich auf die Tür zu und stoße sie auf.

Denver sitzt am Küchentisch und ein anderer Typ steht an der Anrichte. Sie haben beide ein Bier in der Hand. Denver hat sein Shirt und seine Sweat-Shorts gegen eine zerrissene Jeans und einen schwarzen Hoodie mit dem Logo der Footballmannschaft getauscht. Sein Kumpel trägt ein ähnliches Outfit. Über ihnen schwebt eine Wolke Aftershave.

»Hi«, sage ich und mache mich damit bemerkbar. Denver und sein Freund sehen auf, ihre Mundwinkel verziehen sich zu einem Lächeln und ich fühle mich zum wiederholten Mal an diesem Tag einer Musterung ausgesetzt. Diesmal allerdings nicht nur von Denver, sondern auch von seinem Kumpel. Seine braunen Augen huschen über meinen Körper und stoppen schließlich an meinen. Nervös trete ich mit einem Fuß vor den anderen, weil ich seine Musterung nicht einordnen kann. So wie Denver strömt auch ihm das Selbstbewusstsein aus jeder Pore seines trainierten Körpers.

»Hey«, ergreift Denver das Wort. »Ich dachte schon, die

Dusche hat dich verschlungen.« Ich spüre die Röte in mein Gesicht steigen und schüttle den Kopf. Durch den Blick seines Kumpels kriecht ein Unwohlsein meine Wirbelsäule hinauf. Ich will nicht, dass er sich mich unter der Dusche vorstellt. Kurz sehe ich zu ihm herüber und merke, dass er mich immer noch aufmerksam mustert.

»Äh ja«, stottere ich. »Und du bist ausgehfertig?«

Mit einem Nicken deute ich auf sein Outfit und lächele ihn an. Die Anwesenheit seines Kumpels macht mich nervös und obwohl ich im Umgang mit Denver lockerer geworden bin, gibt er mir dennoch nicht die Sicherheit, die ich brauche. Mit seinen Andeutungen und Frotzeleien kann ich mittlerweile umgehen, aber mit einem zweiten Kerl seines Schlags – und das wird sein Kumpel ohne Zweifel sein – muss ich noch lernen auszukommen.

»Auf jeden Fall«, meint er und schaut zu seinem Kumpel hinüber. Denvers Augen blitzen auf, als sein Kumpel breit grinst und mit einem Nicken auf mich deutet.

»Willst du mich nun endlich vorstellen oder soll ich das auch noch selbst machen?« Er zwinkert mir zu. »Denver ist kein Gentleman, das musst du entschuldigen.«

Denver verdreht die Augen und trinkt von seinem Bier, bevor er uns endlich miteinander bekanntmacht.

»Das ist Jake, mein bester Freund. Jake, das ist meine neue Mitbewohnerin Sienna.« Denver zeigt zunächst auf mich, dann auf Jake und wieder zurück. »Damit seid ihr euch bekannt genug.«

Ich hebe die Augenbrauen und sehe ihn fragend an. Täusche ich mich oder möchte Denver nicht, dass ich seinen besten Freund kennenlerne? Vergnügt stelle ich fest, dass er tatsächlich keine weiteren Anstalten macht, mir etwas über Jake zu erzählen oder andersherum. Ich reiche Jake freundlich die Hand, die er sogleich annimmt.

Jake ist ebenfalls sehr gutaussehend, aber das genaue Gegenteil von Denver. Braune Haare, deutlich mehr Muskeln und einige Zentimeter größer.

»Hi«, sage ich. »Freut mich, dich kennenzulernen.«

»Die Freude ist ganz meinerseits.«

Jake flirtet mit mir, das merke selbst ich. Seine Lippen verziehen sich zu einem hinreißenden Grinsen und als er mich noch einmal mustert, leckt er sich angetan mit der Zunge über die Unterlippe.

Es war auf jeden Fall die richtige Entscheidung, nicht im Handtuch hier aufzutauchen. Ich will mir gar nicht ausmalen, wie peinlich das geworden wäre und was Jake sich zusammengereimt hätte. Er geht bereits jetzt voll in die Offensive. Das scheint auch Denver nicht zu entgehen, denn er räuspert sich auffällig laut.

»Willst du mit uns kommen?«, fragt er lächelnd und ich schüttle den Kopf. Ich bin wirklich erledigt und möchte nur noch ins Bett. Der Tag war so anstrengend und so lieb er es auch meint – ich brauche dringend Schlaf.

»Ich bleibe zu Hause, aber danke für das Angebot«, erwidere ich und gähne demonstrativ. »Ich bin wahnsinnig müde.«

»Schade.« Jake grinst. Natürlich grinst er. Das scheint sein dauerhafter Gesichtsausdruck zu sein, solange er in meiner Nähe ist. Seine Flirtversuche interessieren mich nicht wirklich. Typen wie Jake und Denver sind nicht meine Kragenweite und ich werde auch nicht so dumm sein, mich auf einen von ihnen einzulassen. Denver stößt ihn an der Schulter an und stellt seine Bierflasche in die Spüle. Jake tut es ihm gleich.

»Ich räume das morgen weg. Wir müssen los.«

»Okay«, sage ich und mache eine wegwerfende Handbewegung. »Viel Spaß.«

»Danke«, antwortet Jake und Denver verdreht die Augen und geht an uns vorbei ins Wohnzimmer. Jake und ich folgen ihm. »Mach's gut, Sienna.« Jakes immer noch flirtender Unterton amüsiert mich allmählich. Er scheint nicht aufzugeben. Dabei bin ich bisher nicht darauf eingegangen.

Natürlich tragen sie beide eine Collegejacke mit dem Logo der Footballmannschaft darauf. »Spielst du auch Football?«, will ich an Jake gewandt wissen und deute auf seine Jacke. Er grinst breit und nickt. Ich schmunzle und stelle fest, dass er die gleiche Leidenschaft für den Sport mitbringt wie Denver. Das Funkeln in seinen Augen, als er mir berichtet hat, dass er Quarterback ist, war unglaublich.

»Ich bin Running Back. Stehst du auf Football?«

»Nicht wirklich.« Ich schüttle den Kopf. »Sorry.«

Ich setze mich seitlich auf die Armlehne der Couch und beobachte die beiden dabei, wie sie sich anziehen. Wenn ich dachte, dass Denvers Körperbau groß und einschüchternd ist, habe ich ihn wirklich verkannt. Jake ist so viel massiger und hat ein deutlich breiteres Kreuz als sein Freund. Meine Ahnung von Football hält sich in Grenzen, aber als Running Back leistet Jake wohl mehr Muskelarbeit als Denver.

»Das ändern wir noch«, mischt Denver sich grinsend in unser Gespräch ein und zwinkert mir zu. »Bis morgen.«

»Bis morgen«, sage ich und warte darauf, dass die Wohnungstür hinter ihnen ins Schloss fällt.

Was für ein erster Tag.

3. Kapitel

Sienna

Am nächsten Morgen ist Denver noch nicht wach, als ich aufstehe. Mit meinem MacBook und einem Kaffee setze ich mich auf die Couch und schalte den großen Flatscreen Fernseher ein. Er muss Denver gehören und netterweise stellt er ihn mir im Gemeinschaftsraum zur Verfügung. Nachdem ich die richtige Fernbedienung gefunden habe und durch sämtliche Pay-TV Sportsender geklickt habe, bleibe ich am Disney Channel hängen und schaue mir die 90er Sitcom »Die Nanny« an. Nebenbei ist es nett anzuschauen und die Gags lassen mich immer wieder auflachen. Von Denver habe ich den ganzen Morgen noch nichts gesehen oder gehört und es ist fast elf Uhr.

Ich nutze die Zeit, in der er noch schläft, um meinen Stundenplan mit dem Raumverteiler des Colleges abzugleichen. Ich möchte am Montag sofort die richtigen Räume finden, denn ich habe keine Lust, in meiner ersten Woche am College zu spät zu kommen. Nachdem das mit der Wohnung so schief gegangen ist, habe ich nun ein wenig Angst, dass auch mit meinen Kursen etwas nicht stimmen könnte. Meine Freundin Clara, die im Gegensatz zu mir in Helena studiert, meinte, dass ich mir keine Sorgen machen soll. Das würde schon alles klappen. Außerdem sollte ich mich glücklich schätzen mit Denver zusammenzuwohnen. Ich habe ihr vom Fehler der Wohnheimverwaltung erzählt.

Zu meinem Erstaunen findet man im Internet allerhand

Bilder von Denver Jones und auch bei Instagram habe ich ihn gefunden. Allerdings habe ich mich nicht getraut, ihm zu folgen, weil ich nicht wusste, wie das aussieht. Klar, er ist nett zu mir und hat mich direkt auf eine Party eingeladen, aber wir sind dennoch keine Freunde. Clara war der Meinung, dass ich mich dringend auf Denver einlassen und mit ihm ins Bett gehen soll, weil mich hier sowieso keiner kennt. Diese einmalige Chance sollte ich mir ihrer Meinung nach nicht entgehen lassen.

Ich habe sie kurzzeitig gefragt, ob sie eigentlich noch alle Latten am Zaun hat. Denver ist mein Mitbewohner und ich glaube nicht, dass es zu unserem Verhältnis beiträgt, wenn wir Sex miteinander haben. Außerdem meinte Clara, dass ich ihn an Thanksgiving mit nach Helena bringen soll, sodass sie ihn auch kennenlernen kann. Ich habe ihr geantwortet, dass ich schaue, was ich machen kann. Tief in mir drin weiß ich jedoch, dass ich Denver niemals zu mir nach Hause einladen würde. Die Blicke meiner Eltern, wenn sie ihn sehen, würden Bände sprechen. Er ist nicht der Typ Mann, den sie sich für mich vorstellen. Meine Familie ist nicht übertrieben konservativ und meine Eltern mochten meinen ersten Freund Patrick, mit dem ich bis vor wenigen Monaten zusammen war, aber Denver ist das genaue Gegenteil von ihm. Er war ruhig, besonnen, konzentrierte sich auf das Lernen, ging nicht auf Partys und er war kein Sportler. Äußerlich ähneln sie sich ein wenig. Beide haben blonde Haare und helle Augen. Aber das war es auch schon. Patricks Körper war nicht mal ansatzweise trainiert. Er war lediglich dünn.

Geräusche aus Denvers Zimmer dringen ins Wohnzimmer und so wie es aussieht, ist er endlich aus seinem Delirium erwacht. Es wundert mich, dass er mich heute Nacht nicht geweckt hat. Er wird sicherlich betrunken gewesen sein. Aber so erledigt wie ich war, hätte eine Dampflock durch die Wohnung fahren können und ich hätte weitergeschlafen.

»Von mir aus«, höre ich ihn schimpfen und werde hellhörig. Augenblicklich stelle ich den Ton am Fernseher ab und richte mich auf. »Verschwinde einfach!«

Verdutzt sehe ich auf seine Tür und kann bisher nur erahnen, mit wem er spricht. Im nächsten Moment wird die Tür aufgerissen und ein Mädchen in unserem Alter, steht vor mir. Sie trägt ein kurzes Kleid, das gerade so ihren Hintern und ihre Brüste bedeckt. Ihre braunen Haare gleichen einem Vogelnest und ihr Make-Up ist verschmiert. Tiefe Panda Augen zeichnen sich ab und auch ihr Lippenstift hängt ihr fast auf der Wange. Ich verziehe ungewollt den Mund, als ich sie sehe. Sie sieht furchtbar aus. Dann trifft mich eine Erkenntnis, die mich beinahe aufkeuchen lässt.

Denver ist heute Nacht nicht allein nach Hause gekommen, sondern mit ihr. Sie hatten Sex. Das darf doch nicht wahr sein, dass er direkt die nächstbeste Tussi aufreißt und mit nach Hause nimmt. In meiner ersten Nacht hier hätte er sich das sparen können, oder?

So viel dazu, dass er mir wenigstens ein bisschen Schonfrist gibt, bevor er sein wahres Gesicht zeigt. Ich will gar nicht wissen, wie viele Frauen er in der Woche abschleppt und mit wie vielen er auf einer Party rummacht.

Wieso wollte er mich gestern überhaupt mitnehmen? Ich hätte die Beine nicht für ihn breitgemacht. Nicht für ihn und auch nicht für Jake!

Natürlich können sich der Frauenheld Denver Jones und der Kumpel Denver Jones grundlegend voneinander unterscheiden. Ich bekomme den Kumpel zu sehen. Obwohl mich der Frauenheld auch reizen würde.

»Morgen«, murmle ich und sehe sie an.

»Mo– ... morgen«, erwidert sie und beißt sich auf die Lippe. Ihr scheint die Situation unangenehm zu sein. »Ich ... ich wollte gerade gehen und ich wusste nicht ... er hat nicht gesagt, dass er–«

Oh Gott! Sie denkt, dass ich seine Freundin bin. Was ich ziemlich lustig finde, weil ich dann in seinem Bett liegen würde oder Denver zumindest hätte wissen müssen, dass ich seinen One-Night-Stand antreffen würde.

»Sie ist nicht meine Freundin.« Denvers Stimme ist rau und noch leicht verschlafen. Ziemlich sexy um ehrlich zu sein, aber die Situation ist viel zu absurd, um noch weiter über den Klang seiner Stimme nachzudenken. »Morgen Sienna.«

Ich schaue ihn mit großen Augen an und kann nicht anders, als seinen Körper eindringlich zu mustern. Denver trägt lediglich eine enganliegende schwarze Boxershorts. Zwar habe ich ihn in diesem Aufzug gestern schon gesehen, aber das Handtuch hat seinen Penis deutlich besser verdeckt.

»Morgen«, erwidere ich und sehe ihm in die Augen. Ein amüsierter Zug liegt auf seinem Gesicht, den ich absolut nicht angebracht finde. Er bringt uns alle in eine unmögliche Situation. »Ausgeschlafen?«

Denver grinst mich an, während das Mädchen rot wird.

»Neidisch?«, will er wissen und ihr Gesicht gleicht einer Tomate. Ihrem Outfit nach zu urteilen, hatte ich angenommen, dass sie solche Situationen gewöhnt ist, aber jetzt wirkt sie, als wolle sie vor Scham im Boden versinken.

Nun bekomme ich Mitleid mit ihr. Vielleicht dachte sie, dass das die Nacht ihres Lebens wird und Denver erkennt, dass sie die Eine für ihn ist. Was leider absoluter Blödsinn ist, weil er vor nicht mal fünf Minuten deutlich gemacht hat, dass sie verschwinden soll. Das würde niemand tun, der die Nacht mit der Liebe seines Lebens verbracht hat.

Bei Denver scheint es eher in die Richtung »Einmal ficken – weiterschicken« zu gehen.

Ich schaue die beiden weiterhin an und ziehe langsam die Augenbrauen hoch, als sie sich nicht bewegen.

»Neidisch?«, nehme ich seine Worte wieder auf und lache.

»Worauf?« Schmunzelnd kann ich es mir nicht verkneifen meinen Blick zwischen seine Beine gleiten zu lassen. Keine Ahnung, woher ich plötzlich dieses Selbstbewusstsein habe, aber Denver in dieser Situation bloßzustellen ist zu gut. Er folgt meinem Blick, registriert, worauf ich hinauswill, und seine Miene verhärtet sich.

»Du solltest gehen«, bellt Denver seine Bekanntschaft an. »Jetzt!«

Sie erwidert seinen Blick und beißt sich auf die Lippe.

»Gibst du mir noch deine Nummer?«

Ich muss zugeben, dass sie echt Eier hat. Er serviert sie gerade ziemlich unschön ab und das vor meinen Augen. Darüber hinaus hat er sie schon vor einigen Minuten rausgeschmissen und sie fragt ihn immer noch nach seiner Nummer. Ich bin beeindruckt. Bei mir wäre spätestens jetzt der Zeitpunkt gekommen, an dem ich so schnell wie möglich das Weite gesucht hätte, um mich nicht noch weiter zu blamieren.

»Nein«, antwortet Denver angefressen. Sein Gesichtsausdruck ist hart und er steht kurz vor der Explosion. Er will sie loswerden. »Du kennst die Regeln, Hailey. Ich bin duschen und wenn ich wiederkomme, bist du verschwunden.«

Ich hätte noch ein paar Fragen zu diesen Regeln. Und sei es nur, um ihn noch weiter zu reizen. Aber leider kann ich meine Frage nicht mehr stellen, denn er dreht sich um und verschwindet im Badezimmer. Nicht ohne die Tür mit einem lauten Knall ins Schloss fallen zu lassen.

Fassungslos sehe ich zwischen Hailey und der geschlossenen Tür hin und her.

»Ich sollte gehen«, murmelt sie und sieht betreten zu Boden. »Tut … tut mir leid.«

»Schon gut«, erwidere ich und lächle ihr aufmunternd zu. »Schönen Tag noch.«

Ich habe keine Ahnung, was ich sagen soll. Noch nie in meinem Leben musste ich den One-Night-Stand eines Typen vor die Tür setzen. Hailey nickt und verlässt schnellen Schrittes die Wohnung. Und ich? Ich würde Denver am liebsten umbringen, weil er uns in diese Situation gebracht hat. Vor allem mich, die überhaupt nichts mit der ganzen Sache zu tun hatte.

Ich erhebe mich von der Couch und umrunde diese. Mit verschränkten Armen lehne ich mich daran und warte auf Denver.

Tatsächlich dauert es keine zehn Minuten, bis die Musik im Bad verstummt und er frisch geduscht herauskommt. Erneut muss ich mich zusammenreißen, um nicht auf seinen Oberkörper zu starren. Er sieht einfach zum Anbeißen aus.

»Ist sie weg?«, will er wissen und steuert sein Zimmer an.

»Nein, ich habe ihr einen Kaffee angeboten und sie sitzt in der Küche«, erwidere ich und er reißt die Augen auf. »Natürlich ist sie weg. Was sollte das?«

»Was meinst du?«, fragt er und zieht die Augenbrauen zusammen. Seine Lippen sind aufeinandergepresst und er wirkt angespannt. Ich folge ihm in sein Zimmer. Dort angekommen verstumme ich erst einmal und sehe mich um. Immerhin hat er mir das gestern nicht gezeigt. Es hat den gleichen Schnitt wie meines, aber zwei bis drei Quadratmeter mehr. Man kann deutlich erkennen, dass Denver schon eine ganze Zeit lang hier wohnt. Im Gegensatz zum Rest der Wohnung hat dieser Raum eine persönliche Note. Poster und Trikots hängen an der Wand sowie Fotos von ihm und Phoenix, die ich deutlich wiedererkenne, und ihren Eltern stehen auf einer Kommode. Neben ihm steht noch ein zweites Mädchen, das Phoenix ähnlich sieht.

Ich reiße mich von seiner Familie und den interessierten Fragen in meinem Kopf los und sehe ihn wieder an. »Was ich meine?«, frage ich. »Findest du es witzig, dass ich deiner Bekanntschaft über den Weg gelaufen bin?«

»Ich habe nie gesagt, dass ich es witzig finde«, erwidert Denver gereizt und sieht mich an. »Es ist mir einfach egal. Blöd gelaufen, aber ich wusste nicht, dass du auf der Couch sitzt.«

»Es ist dir—« Ich schüttle den Kopf. »Hast du vergessen, dass ich hier bin, als du sie abgeschleppt hast?«

Er zieht die Augenbrauen hoch und sieht mich fragend an.

»Ehrlich gesagt ist es mir völlig egal, ob du hier bist oder nicht. Das ist meine Wohnung und vor allem mein Zimmer. Dort kann ich tun und lassen, was ich will. Und wenn ich jede Nacht eine andere ficke, geht es dich nichts an, Sienna.«

Ich schnappe nach Luft und will ihm etwas entgegnen, aber mir fällt nichts ein. Das übertrifft alles an Dreistigkeit, was ich mir vorstellen kann. Ich gebe zu, dass er mit dem Punkt, dass das sein Zimmer ist und er darin tun und lassen kann, was er will recht hat. Ich werde irgendwann auch Freunde mitbringen und möchte nicht, dass er sie vor die Tür setzt. Aber es war meine erste Nacht in Lincoln und ich hätte mir ein wenig Rücksicht seinerseits gewünscht.

»Ist noch was oder willst du auch meinen Schwanz sehen?«, fragt Denver grinsend. Er scheint unsere Diskussion schon völlig vergessen zu haben und ist bestens gelaunt.

Ich zucke zusammen und er legt wirklich eine Hand an sein Handtuch, um es zu öffnen. Meine Wangen beginnen zu glühen und ich schüttle heftig den Kopf.

»Nein«, sage ich mit fester Stimme. »Ich … ich warte in der Küche auf dich.«

Ohne seine Antwort abzuwarten, drehe ich mich um und verschwinde aus seinem Zimmer. Auf keinen Fall will ich Denver an diesem Morgen auch noch nackt sehen. Ich nehme meine leere Kaffeetasse vom Couchtisch und gehe in die Küche.

»Ich bin wieder da!« Keine fünf Minuten später steht er vor mir. Denver schlendert grinsend an mir vorbei und nimmt sich ebenfalls einen Kaffee. »Willst du auch noch einen?«

»Nein danke«, sage ich. »Ich dachte, dass wir vielleicht … ein paar Regeln aufstellen?«

Regeln werden unser Zusammenleben deutlich verbessern. Sie werden Situationen wie die heute Morgen oder gestern, nachdem er eine Party gegeben hat und die Wohnung aussah wie ein Saustall, verhindern. Zumindest stelle ich mir das so vor. Ob es klappt, wage ich zu bezweifeln. So wie Denver mich ansieht zweifele ich immer mehr. Er zieht die Augenbrauen hoch und lehnt an der Anrichte, während ich mich an den Tisch setze.

»Was denn für Regeln?«, will er mit einem spöttischen Unterton, bei dem ich am liebsten aus der Haut fahren würde, wissen.

»Na ja, einen Müll Plan oder vielleicht eine Kaffeekasse. Du weißt schon … so Regeln eben.« Meine Stimme wird zum Ende hin immer leiser und mir deutlich heißer. Sein Blick ist forschend und ich spüre deutlich, dass er das nicht will. Seiner Meinung nach läuft wohl alles glatt bisher.

»Wenn du unbedingt willst«, meint er schulterzuckend. »Schreib was auf.«

»Denkst du nicht, dass das sinnvoll wäre?«, frage ich und mustere ihn. Denver sieht nicht verkatert aus, was mich irgendwie wundert. Seine Bekanntschaft sah ziemlich fertig aus. Aber wer weiß, wie sehr sie der Matratzensport mit Denver aus der Bahn gehauen hat. Ich presse die Lippen aufeinander und versuche, die aufkommenden Bilder zu verdrängen. Das Letzte, was ich brauche, ist die Vorstellung, wie er Sex hat. Wobei ich befürchte, dass ich mich dem in den kommenden Monaten noch sehr oft stellen muss.

Zurück zu meinen Regeln. Diese sind mehr als wichtig. Sie werden uns helfen, wenn wir mal aneinandergeraten. Ich werde auch ein paar One-Night-Stand Regeln vermerken, weil ich denke, dass das nötig ist. Denver wird mir sonst auf der Nase herumtanzen.

»Nein«, sagt Denver. »Wir brauchen sowas nicht. Jeder räumt sein Zeug weg und—« Ich ziehe die Augenbrauen hoch und er stöhnt auf. »Das war eine Ausnahme gestern. Ich wusste nicht, dass du nun auch hier wohnst.«

»Wenn wir uns mal streiten, könnten wir auf die Regeln zurückgreifen und—«

»Das ist doch Blödsinn, Sienna«, erwidert er und stellt die leere Kaffeetasse in die Spüle. »Was hast du heute vor?«

Verdutzt, dass er mich nach meinen Plänen fragt, sehe ich ihn an. »Ich muss nochmal zur Wohnheimverwaltung, aber sonst habe ich keine Pläne.«

»Weißt du, wo die ist?«, hakt er nach und lächelt mich an.

»Ich habe bei Google Maps geschaut und werde es schon finden«, erwidere ich. »Vielleicht lege ich mir ein Fahrrad zu, um zum Campus zu kommen.«

Denver prustet aus heiterem Himmel los und ich sehe ihn fragend an. Wieso lacht dieser Idiot denn jetzt? Die Idee mit dem Fahrrad finde ich ziemlich gut. Damit bin ich viel schneller und spare das Geld für das blöde Busticket.
»Fahrrad fahren im Wintersemester in Illinois. Kommst du aus Kalifornien?«
»Nein. Aus Montana.«
»Dann müsstest du wissen, dass das nach dem ersten Schneefall eine Schnapsidee ist.« Ich presse die Lippen zusammen und möchte Denver nur ungern recht geben. Er lacht immer noch.

Irgendwie kann ich es auch verstehen. Mit dem Fahrrad bei Schnee unterwegs zu sein, ist tatsächlich keine gute Idee.

»Wie kommst du denn zum Campus?«, frage ich bemüht beiläufig. »Ich habe gesehen, dass die Buslinien fünf und neun hinfahren.«

»Mit dem Auto«, erwidert er. »Ich fahre doch nicht Bus.«

Als wäre es das abwegigste der Welt, dass der Quarterback Bus fahren muss, beginnt er wieder zu lachen. Langsam glaube ich, dass er mich auslacht.

»Du hast ein Auto?«, will ich erstaunt wissen und er nickt.

»Natürlich habe ich ein Auto«, lacht Denver. »Hast du überhaupt einen Führerschein?«

»Ja und ich fahre seitdem unfallfrei, falls du danach auch noch fragst.«

Ein wenig eingeschnappt sehe ich ihn an, aber er grinst einfach nur vergnügt.

»Wäre in der Tat meine nächste Frage gewesen«, meint er. »Ich fahre dich zur Wohnheimverwaltung.«

»Echt jetzt?« Mehr als überrascht, dass er mir das anbietet, sehe ich ihn an. Er wird sicher eigene Pläne für den Tag haben.

»Sienna«, seufzt er. »Wenn ich es dir anbiete, mache ich es auch.«

»Dann ziehe ich mich um, packe meine Sachen zusammen und wir können los?«

»Mach das«, sagt er. »Bis gleich.«

Ich nicke und verlasse die Küche, um ihn nicht allzu lange warten zu lassen.

4. Kapitel

Sienna

Denver und ich verlassen das Wohnhaus und er schließt einen dunkelblauen Ford Maverick Pick-Up auf. Ich pfeife anerkennend durch die Zähne, als ich das Gefährt sehe. Nicht von schlechten Eltern, der muss mindestens $20.000 kosten. »Nicht schlecht«, sage ich und er sieht mich grinsend an. Ja, mein Lob für sein Auto muss runtergehen wie Öl. »Wie kannst du dir so ein Auto leisten?«

Denver ist Student. Er wird mit dem Football eventuell schon ein wenig Geld verdienen, aber doch nicht so viel, dass er sich einen brandneuen Ford Maverick leisten kann.

»Der Ford Händler ist ein Fan des Footballteams und hat ihn mir zur Verfügung gestellt.« Denver zuckt mit den Schultern, als wäre es das Normalste der Welt.

»Wow«, sage ich. »Und das nur, weil du Football spielst?«

Mir ist bewusst, dass die Spieler viele Privilegien an den Colleges erhalten. Das war bereits in der Highschool so. Sie durften unentschuldigt zu Tests fehlen oder eine Klassenarbeit eine Woche später schreiben, weil ein wichtiges Spiel anstand. Aber ein Auto zur Verfügung gestellt zu bekommen, sprengt tatsächlich meine Vorstellungskraft.

»Ja.« Er grinst und hält mir die Beifahrertür auf. »Steig ein.«

Ich komme seiner Bitte nach und setze mich auf den Beifahrersitz. Denver schließt die Tür hinter mir und umrundet das Fahrzeug. Die beigefarbenen Sitze passen perfekt zu der schwarzen Mittelkonsole und dem ebenfalls schwarzen Lenkrad, das mit allerlei Knöpfen versehen ist. Der große Monitor in der Mitte dient als Kontrollzentrum des Wagens. Denver setzt sich auf den Fahrersitz und schließt die Tür hinter sich. Nachdem er sich angeschnallt hat, startet er den Motor. Ein Dröhnen erklingt und der Bildschirm leuchtet auf. »Ist es okay, wenn wir meine Musik hören?«, fragt er und ich nicke.

»Sicher. Es ist dein Auto.«

»Okay«, meint er und schließt sein iPhone an. Dann legt er es in die Mittelkonsole und fährt los, nachdem er sich nochmal vergewissert hat, dass ich auch angeschnallt bin.

Irgendwie ist es schon seltsam, was seit gestern alles passiert ist. Manchmal möchte ich mich noch kneifen. Dass Denver mein Mitbewohner ist, ist wirklich unglaublich.

»Erzähl mir was von dir«, sagt Denver und sieht zu mir herüber. »Wo kommst du her? Hast du Geschwister? Was zieht dich nach Lincoln?«

»Ich komme aus Ellsworth, das ist eine Kleinstadt in der Nähe von Helena in Montana«, erzähle ich. »Das Studienangebot hat mich in Lincoln am meisten angesprochen. Und du?«

»Ich komme aus Chicago«, meint Denver und grinst mich an. »Nicht aus Denver. Und ich bin einundzwanzig Jahre alt.« Er zwinkert mir zu und ich kann mir ein Lachen nicht verkneifen. Ich hätte auch nicht gedacht, dass seine Eltern so verrückt sind und ihn nach seiner Geburtsstadt benennen. Obwohl ich die Frage danach, wie er zum Namen gekommen ist, schon interessant finde.

»Sondern?«, frage ich also. »Wie kam es dazu?«

»Meine Eltern haben sich in Denver kennengelernt und mich danach benannt.«

»Das ist süß«, seufze ich und er lacht und lehnt sich zurück.

Auch beim Autofahren macht Denver eine ausgesprochen gute Figur. Er trägt eine Jeans und ein weißes T-Shirt. Darüber ein türkisfarbenes Holzfällerhemd. Er sieht wahnsinnig sexy aus.

»Süß.« Er lacht. »Das kann auch nur von einer Frau kommen. Hast du Geschwister?«

»Mein Dad hat einen Sohn aus einer früheren Beziehung«, sage ich. »Er heißt Lawrence und ist zehn Jahre älter als ich. Er lebt mit seiner Familie in Ohio. Ich habe keinen Kontakt zu ihm und du?«

»Verstehe«, meint Denver. »Ich habe zwei Schwestern. Phoenix kennst du schon und Madison.«

In meinem Kopf rattert es kurz und Denver stöhnt auf, als könne er meine Erkenntnis greifen. »Ja, sie sind auch nach Städten benannt.«

»Was hat es denn damit auf sich?« Ich kichere. »Denver, Phoenix und Madison.«

»Wir haben einige Jahre in Phoenix in Arizona gelebt und dann in Madison in Wisconsin. Mein Dad hat dort gearbeitet. Wir sind in meinen ersten sieben Lebensjahren dreimal umgezogen. Von Chicago nach Phoenix und dann nach Madison. Meine Eltern haben Phoenix dann zu Ehren der alten Heimat benannt und Mad–« Er seufzt. »Du kennst das Spielchen nun.«

Ich kichere und nicke.

»Wie alt sind sie?«, frage ich weiter und Denver lächelt. »Phoenix ist so wie du neunzehn und Madison ist fünfzehn. Seitdem leben wir in Chicago, weil meine Mom mit drei Kindern nicht immer umziehen wollte.«

»Was arbeitet dein Dad denn?«, will ich interessiert wissen. Meine Eltern sind Politiker und waren beide ständig präsent bei uns zu Hause. Mein Dad war viele Jahre Bürgermeister von Ellsworth, bis er in den Schuldienst gegangen ist, um Politikwissenschaften zu unterrichten. Mom hat sich den Aufgaben einer Hausfrau der oberen Mittelschicht gewidmet – ihrer Tochter, also mir, und wohltätigen Prestigeprojekten.

»Er war bei der Army«, sagt Denver und seine Stimme ist nun deutlich gedrückter als zuvor. Die liebevolle Art, mit der er über seine Schwestern gesprochen hat, ist komplett verschwunden. »Als ich mit fünf Jahren schulpflichtig wurde, bin ich während der Vorklasse und der ersten Klasse in Madison zur Schule gegangen. Dann wurde auch Phoenix eingeschult und meine Eltern haben beschlossen, dass sie ihren Familienwohnsitz dauerhaft nach Chicago legen und mein Dad dann eben von uns getrennt ist, bis er eine feste Stationierung in Chicago und Umgebung bekommt.«

»Und die hat er nun?«, hake ich nochmal nach.

Seine Miene verschließt sich komplett und ich habe das Gefühl, dass er ganz blass wird. Ich sage nichts mehr, sondern sehe ungerührt auf die Straße vor mir. Dass Denvers Gefühlslage sich so verändert, gefällt mir nicht.

»Mein Dad ist vor fünf Jahren gestorben oder gefallen, wie man bei Soldaten sagt.« Denvers Blick ist ausdruckslos, aber er sieht dennoch kurz zu mir herüber. »Im Irak.«

»Denver ich –« Mir fehlen die Worte, um auszudrücken, was ich eigentlich sagen möchte. Sein Verlust tut mir unendlich leid. So jung Halbwaise zu werden, ist grauenhaft. Noch dazu, weil er zwei jüngere Geschwister hat.

»Schon gut!« Er versucht gefasst zu wirken und seine eigentlichen Gefühle vor mir zu verstecken, aber das gelingt ihm nicht. »Es gehört zu meinem Leben dazu. Meine Mom hat seit drei Jahren einen neuen Partner und ist glücklich mit ihm.«

»Magst du ihn?«

»Ja.«

Ich merke, dass wir an diesem Punkt des Gesprächs nicht weiterkommen. Wenn Denver etwas zu seinem Stiefvater erzählen wollen würde, würde er es tun. Da dies aber nicht der Fall ist, weiß ich nicht so recht, worüber wir nun sprechen sollen. Ihm von meinen Eltern zu erzählen, halte ich für taktlos. Es fühlt sich falsch an, aber komplett das Thema zu wechseln, gibt ihm vielleicht das Gefühl, dass ich seine Geschichte nicht wertschätze. Ich weiß nicht, was ich tun soll und hoffe einfach, dass er das Gespräch wieder aufnimmt.

»Was ist mit deinen Eltern?«, fragt er mich nach einigen Momenten zum Glück. »Was machen sie? Wie heißen sie?«

»Meine Eltern sind ehemalige Politiker«, erzähle ich. »Meine Mutter im Stadtparlament und mein Dad war Bürgermeister. Mittlerweile ist er im Schuldienst tätig. Mom kümmert sich um das Ansehen der Familie. Ich glaube, mehr muss ich nicht sagen. Meine Mom heißt Esther und mein Dad William. Und wie heißt deine Mom? Was macht sie? Wie hieß dein Dad?«

Im ersten Moment bin ich mir nicht sicher, ob ich Denver so direkt nach seinem Dad fragen soll, aber er gehört zu seinem Leben dazu. Ich möchte nicht, dass er denkt, dass ich mich nicht für ihn interessiere.

»Meine Mom heißt Lori und ist Krankenschwester, aber hat viele Jahre nicht gearbeitet, als wir Kinder noch klein waren. Mein Dad heißt Frank«, sagt er. »Politiker also … dann musst du doch die absolute Mustertochter sein, oder?«

Grinsend sieht Denver zu mir herüber und ich lache. Das muss ich, ja, aber ich bin es nicht. Nachdem alle Versuche meiner Mutter, mir mädchenhafte Hobbys aufzudrängen, fehlgeschlagen sind, hat sie eingesehen, dass ich anders bin.

»Nachdem ich beim Ballett versagt habe und reiten auch doof fand ... na ja ... da haben sie aufgegeben, dass ich es bin.«

»Reiten?«, fragt er und wackelt mit den Augenbrauen.

»Auf einem Pferd, Denver«, erwidere ich. »Nicht auf einem ... « Ich spreche den Satz bewusst nicht zu Ende und bin froh, dass ich nicht in den Spiegel sehen kann. Meine Wangen müssen glühen vor Scham. Warum schafft er es nur immer, mich in solche Situationen zu bringen?

»Mann?«, fragt er. »Schade.«

»Idiot«, grummele ich, aber muss dennoch grinsen und freue mich, dass unser Gespräch die Leichtigkeit wieder zurückbekommen hat. Auch wenn ich dafür in ein ziemliches Fettnäpfchen treten musste. Denn es war klar, dass Denver das Gespräch in Richtung Sex lenkt. »Hast du noch andere Hobbys neben Football?«

»Ich mache generell gern Sport«, meint er. »Gehe mit Freunden aus und verbringe meine freie Zeit auch mal vor dem TV. Wenn die Saison nächste Woche wieder losgeht, bin ich viel unterwegs. Du wirst es lieben, die Wohnung für dich zu haben.« Grinsend sieht er mich an. »Was studierst du überhaupt und wieso haben wir darüber noch nicht gesprochen?«

»Wirtschaftswissenschaften und du? Warum wir noch nicht darüber gesprochen haben, weiß ich nicht. Es gab scheinbar interessantere Themen.«

Denver lacht und nickt zustimmend. Wir wissen beide, welche Themen ich meine.

»Sportwissenschaften«, erwidert Denver und ich muss lachen. Das passt zu ihm. »Phoenix studiert auch Wirtschaftswissenschaften.«

»Ich weiß.« Ich sehe ihn lächelnd an. »Das hat sie mir in

unserem Zwei-Minuten-Gespräch an der Tür erzählt.«

»Wenn wir das nächste Mal ausgehen, solltest du mitkommen«, schlägt er vor. »Dann lernst du Phoenix richtig kennen und meine anderen Freunde. Jake kennst du bereits.«

»Du willst heute schon wieder ausgehen?« Das kann er doch nicht ernst meinen. Er war die letzten Tage nur feiern, sofern ich seinen Erzählungen glauben kann.

»Nein.« Er grinst. »Ich muss morgen früh zum ersten offiziellen Training der neuen Saison. Da kann ich auf keinen Fall betrunken oder übermüdet sein. Ich werde den Abend wohl auf der Couch verbringen.«

»Oh, natürlich!« Wie blöd von mir, dass ich daran nicht gedacht habe. Betreten sehe ich aus dem Fenster, damit er nicht bemerkt, wie unangenehm es mir ist. »Ich werde in meinem Zimmer sein.«

»Warum?«

»Dann hast du deine Ruhe.«

»Habe ich gesagt, dass ich meine Ruhe haben will?«

»Nein, aber–«

»Warum denkst du es dann?«, erwidert er und sieht mich kurz von der Seite an. »Du kannst dich gern zu mir setzen. Das stört mich nicht. Wir wohnen jetzt zusammen, Sienna. Meine Wohnung ist deine Wohnung und wenn mich etwas stört, dann sage ich es dir. Also – schaust du mit mir TV?«

»Mal sehen«, erwidere ich ausweichend, weil ich mir nicht sicher bin, ob er das wirklich möchte oder nur aus reiner Nettigkeit anbietet.

•••

Denver parkt seinen Wagen vor dem Gebäude der Wohnheimverwaltung und wir steigen gemeinsam aus. Ich sehe an der in die Jahre gekommenen Fassade aus den 1970ern hinauf und verziehe den Mund. Die hat eindeutig schon bessere Tage gesehen.

»Nett, oder?«, fragt Denver und geht die Stufen zur Eingangstür hinauf.

»Total«, meine ich und folge ihm. Er hält mir die Tür auf, sodass ich an ihm vorbei ins Gebäude gelange. Lächelnd und die Hände in die Taschen seiner Jeans vergraben folgt er mir.

»Weißt du, wo du hinmusst?«, fragt Denver und ich ziehe meinen Zettel aus der Tasche und lese es mir durch.

»Hier steht nicht, wo die Sachbearbeiterin sitzt.«

»Okay«, meint er und sieht sich im Erdgeschoss um. »In der Regel sind die Sachbearbeiter nach den Anfangsbuchstaben unserer Nachnamen sortiert. Du heißt Miller, richtig?«

»Okay«, sage ich und folge ihm zu der großen Informationstafel neben der Treppe. »Und ja, ich heiße Miller.«

Ich bin froh, dass Denver mich begleitet und einen Plan von alldem hier hat. Ohne ihn wäre ich hoffnungslos verloren gewesen. Zu viele Gänge und Zimmer. Die Idee, dass diese nach dem Alphabet geordnet sind, wäre mir sicherlich auch irgendwann gekommen, aber so spart es mir viele Nerven und vor allem Zeit. Vor dem großen Schild bleiben wir stehen und Denver zeigt auf den Namen, der bei »M« wie »Miller« hinterlegt ist. »Hier. Mrs. Lawson. Sie sitzt in Zimmer fünfzehn.«

»Perfekt!« Ich sehe ihn zufrieden an. »Mal schauen, was sie sagt.«

Ich will losgehen, als Denver nach meinem Arm greift und mich aufhält. Ich halte sofort inne bei seiner Berührung und drehe mich zu ihm um. Bisher haben wir uns noch nie aktiv berührt und ein eigenartiger Stromschlag durchfährt meinen Körper. Mit großen Augen sehe ich ihn an und er erwidert meinen Blick für einen Moment.

»Willst du sie wirklich darauf hinweisen?«, fragt Denver mit ruhiger Stimme und ich ziehe die Augenbrauen zusammen.

Natürlich will ich das. Ich kann Probleme bekommen, wenn ich den Fehler nicht melde. Ich glaube kaum, dass sie Verständnis dafür haben, dass ich einen Kommilitonen um sein WG-Zimmer gebracht und nebenbei noch die Wohnheimverwaltung an der Nase herumgeführt habe, indem ich mich nicht gemeldet habe.

»Es ist nicht die richtige Wohnung und ich möchte am Ende nicht wegen Betrugs angeklagt und vom College geschmissen werden.«

Nun zieht er die Augenbrauen hoch und sieht mich an, als würde ich vollkommen übertreiben. Vielleicht tue ich das auch, weil Schlüssel und Adresse passen. Außerdem haben sie mir Denver als Mitbewohnerin angekündigt. Die Fehler liegen also bei ihnen, aber am Ende sitzen sie wohl am längeren Hebel. »Wegen Betrug wird dich keiner verklagen, aber–«

»Es ist mir völlig egal, ob sie mich wegen Betrug rauswerfen oder weil ihnen mein Gesicht nicht gefällt. Der Grund spielt keine Rolle. Wichtig ist nur, dass ich, wenn das passiert, weil ich nicht ehrlich war, keine Bleibe mehr habe. Komm jetzt!«

Denver seufzt und folgt mir den Flur entlang zu Zimmer fünfzehn. Es dauert nicht lange, bis wir die richtige Tür gefunden haben. Davor kommen wir zum Stehen und ich atme noch einmal tief durch und klopfe an. »Ja bitte«, ertönt es unfreundlich von innen und ich sehe zu ihm. Er zuckt mit den Schultern und ich drehe den Türknauf und trete langsam ein.

»Guten Tag«, sage ich freundlich und setze mein liebstes Lächeln auf. »Mein Name ist Sienna Miller und–«

»Haben Sie einen Termin?« Bevor ich aussprechen kann, würgt sie mich bereits ab. Notgedrungen schüttle ich mit dem Kopf.

»Nein, aber ich–«

»Lassen Sie sich einen Termin geben und–«

»Ich habe eine Frage und–«

»Jeder, der hier klopft hat nur eine Frage und möchte am Ende seinen Mietvertrag mit mir besprechen. Holen Sie sich einen Termin.«

Völlig geplättet von der Unfreundlichkeit dieser Frau zucke ich zurück und schließe die Tür. Es wäre sinnlos, mit ihr zu diskutieren. Ich würde sowieso den Kürzeren ziehen und wenn ihr dann der Fehler auffällt, schmeißt sie mich vielleicht wirklich raus. Am Ende unterstellt sie mir noch, dass ich etwas vertuschen wollte. Das kann ich echt nicht gebrauchen.

»Ich soll mir einen Termin geben lassen«, teile ich Denver niedergeschlagen das Ergebnis mit. Damit könnte es Tage oder Wochen dauern, bis die Angelegenheit geklärt ist. Umso mehr Zeit vergeht, desto schlechter stehen meine Chancen, dass sie mir glauben, dass ich von Anfang an ehrlich sein wollte. Denver zieht die Augenbrauen hoch und seufzt. Er tut gerade so, als wäre ich zu dämlich, um mit der Sachbearbeiterin zu sprechen.

»Lass mich mal«, meint er und schiebt mich beiseite, um zur Tür zu gelangen. Panisch sehe ich ihn an, als er nach dem Türknauf greift.

»Was hast du vor?«

»Ich kläre das für dich.« Entschlossen und ohne eine Miene

zu verziehen sieht er mich an.

»Aber sie hat gesagt, dass ich einen Termin brauche.« Ich sehe zwischen Denver und der immer noch geschlossenen Tür hin und her. Das kann mich meine Karriere am College kosten, wenn er sie jetzt auch nochmal anspricht. Darüber darf ich gar nicht nachdenken. Wie erkläre ich das nur meinen Eltern? Meiner Mutter würde ich tatsächlich noch zutrauen, dass sie froh wäre, wenn ich wieder nach Hause käme. Genervt schüttle ich den Gedanken an meine Mom ab und konzentriere mich wieder auf Denver.

»Du vielleicht.« Er grinst überheblich. »Ich brauche keinen.«

Was soll das denn heißen? Denver ist genauso Student am College, wie ich es bin. Klar, er ist schon in einem fortgeschrittenen Semester, aber es gelten doch für alle die gleichen Regeln. Bevor ich ihn jedoch aufhalten kann, klopft er an und Mrs. Lawson bittet ihn genauso unfreundlich hinein wie mich.

»Guten Tag«, sagt er übertrieben freundlich, sodass ich ihn lächeln hören kann. »Denver Jones, meine Freundin hat ein Anliegen.«

Ich schnappe nach Luft, als er mich seine Freundin nennt. Denn wenn ich eines nicht bin, dann ist es seine Freundin. Das wäre ja noch schöner. Vor allem nach dem Zusammentreffen mit seiner Eroberung heute Morgen. Und wenn ich weiter darüber nachdenke, hatte er recht und ich hätte niemals herkommen dürfen.

»Denver«, zische ich. »Lass uns gehen.«

»Oh, Mr. Jones«, flötet die dumme Kuh in ihrer hellsten Stimmlage und ich reiße die Augen auf. Ich glaube, mich verhört zu haben. »Kommen Sie doch herein und natürlich habe ich Zeit für Ihre Freundin.«

Wie bitte? Die kann mich doch nicht mit einem Termin abspeisen und Denver die Füße küssen.

»Komm«, sagt er zu mir und hält mir die Tür auf. Ich sehe ihn noch einmal unsicher an, aber gehe dann an ihm vorbei in das Büro meiner Sachbearbeiterin. Mrs. Lawson macht große Augen, als sie mich sieht. Sie ist deutlich überrascht, dass ich Denvers Freundin bin. Dann scheint sie zu überlegen, wie sie bei Denver nicht in Ungnade fällt. Dank ihm ist sie nun um Schadensbegrenzung bemüht.

»Oh, Ms. Miller«, sagt sie freundlich. »Ich wusste ja nicht, dass Sie und Mr. Jones zusammengehören.«

Ich auch nicht.

»Ja ... äh ... wir sind ... zusammen«, murmle ich, weil mir nichts Besseres einfällt und sehe Denver an. Dieser grinst nur und deutet auf die Stühle vor ihrem Schreibtisch, sodass ich mich vorwärts bewege und wir uns hinsetzen. Mrs. Lawson setzt sich ebenfalls an ihren Schreibtisch.

»Wie kann ich Ihnen helfen?«, fragt sie, aber sieht nur Denver an.

»Sienna wurde ein falsches Apartmentzimmer zugeteilt und wir würden das gern mit Ihnen klären.«

»Ein falsches Zimmer?«, fragt sie irritiert und sieht mich an. »Haben Sie die Unterlagen dabei?«

»Natürlich.« Ich krame die Zettel aus meiner Tasche und bin immer noch überrascht, dass sie so nett zu mir ist. Ohne Denver hätte sie mich auf dem Flur versauern lassen, aber ihm kriecht sie in den Arsch. Ich reiche ihr die Papiere und sie sieht sie mit gerunzelter Stirn durch. Vorsichtig blicke ich zu Denver, weil ich nun doch nervös bin. Wenn etwas bei der Zimmerverteilung richtig schiefgegangen ist, muss ich ausziehen. Eine Alternative habe ich nicht. Ich glaube auch nicht, dass Mrs. Lawson darum bemüht ist, mir zu helfen. Es sei denn, sie tut es Denver zuliebe.

»Was genau ist denn passiert?«, fragt sie und sieht mich an. »Die Adresse stimmt und der Schlüssel wird auch richtig gewesen sein, oder?«

»Na ja … Denver wurde mir als—«

»Sehen Sie, die Fotos aus der E-Mail—«, unterbricht Denver mich und ich schnappe nach Luft. Es ist nett von ihm, dass er mich bis hierhin gebracht hat, aber ich kann meine Angelegenheiten selbst klären. »Und die Fotos auf ihrem Handy sind anders. Wir möchten nicht, dass die Person, die die Fotos von unserer Wohnung bekommen hat, sich beschwert.«

Er reicht ihr das iPhone und sie vergleicht die Fotos.

»Einen Moment«, sagt sie und wendet sich ihrem Computer zu.

»Was soll das?«, zische ich Denver zu. »Wir müssen ihr die Wahrheit sagen.«

»Und dann?«, fragt er leise. »Schmeißt sie dich raus? Lass mich das regeln.« Ich sehe ihn noch einen Moment an, aber erwidere nichts. Ich will nicht aus dem Zimmer fliegen und vermutlich ist es wirklich besser, wenn er mit der Frau redet. Sie mag ihn.

»Da ist uns tatsächlich ein Fehler unterlaufen«, sagt sie und sieht uns mit großen Augen an. Ich spanne mich an und sehe zu Denver, der die Ruhe selbst ist. »Sie haben das Zimmer bekommen, weil wir in den Unterlagen Mr. Jones als Ms. Jones hinterlegt haben. Ich weiß nicht, wie das passieren konnte. Das mit den Fotos kann ich mir auch nicht erklären.«

»Und was bedeutet das?«, frage ich ängstlich. »Muss ich ausziehen?«

»Möchten Sie ausziehen?«, fragt sie und sieht mich abwartend an. »Es ist nicht üblich, dass die Zimmer an das andere Geschlecht vergeben werden.« Sie lächelt uns freundlich an. »Ich kann Ihnen ein Zimmer in einem anderen Haus geben und—«

»Nein!«, rufen Denver und ich aus einem Mund und müssen beide lachen. »Ich möchte das Zimmer behalten«, bekräftige ich meinen Wunsch. »Wenn das in Ordnung ist und wegen mir niemand benachteiligt wird.«

»So wie es aussieht, ist niemand anderes für das Zimmer eingetragen oder hat sich bei uns beschwert«, sagt sie und wirft einen kurzen Blick auf den Bildschirm. »Sie können das Zimmer behalten.«

Erleichtert sehe ich sie an und dann Denver, der mich anlächelt. Ich gebe vor, dass ich in erster Linie keine Lust auf einen Umzug habe, aber in Wahrheit möchte ich nicht weg von ihm. Ich mag ihn bereits viel zu sehr und glaube, dass wir ein gutes Zusammenleben haben werden.

»Vielen Dank«, sagt Denver überschwänglich und erhebt sich. Ich tue es ihm gleich. »Sie haben uns wirklich weitergeholfen.«

»Das habe ich doch gern gemacht«, säuselt sie und ich würde ihr am liebsten entgegen schleudern, dass sie mich ohne Denver nicht mal angehört hätte. Ich verkneife mir jedoch jeden Kommentar und verlasse nach Denver das Zimmer. Verabschieden tue ich mich allerdings nicht. Man muss nicht freundlicher sein als nötig.

»Unglaublich«, murmle ich, als er die Tür geschlossen hat. »Ohne dich hätte sie mich nicht mal ansatzweise angehört.«

»Es hat auch Vorteile Footballer zu sein«, meint er grinsend. »Und du wirst auf jeden Fall nichts mehr von ihr hören. Die legt sich nicht mit mir an.«

»Es ist beruhigend, wie mächtig du bist.« Der ironische Unterton ist nicht zu überhören. Aber so wie ich Denver kenne, nimmt er meine Aussage für ernst. Verdammt – und irgendwie ist er das auch. Er hat binnen Sekunden einen Termin bei der Sachbearbeiterin bekommen, wofür andere Tage brauchen.

Denver lacht und legt seinen Arm um meine Schultern, um mich an sich zu ziehen. Mein Körper wird an seinen gepresst und ich spüre durch meinen Pullover seine harten Muskeln. Er ist ein ganzes Stück größer als ich, sodass mein Kopf gerade einmal an seiner Brust aufliegt. Erneut durchfährt mich dieser seltsame Stromschlag, der mich bereits heimgesucht hat, als unsere Hände sich berührt haben.

»Wenn du wüsstest.« Er grinst. »Hast du Hunger?«

»Ein wenig«, erwidere ich ehrlich und reibe mir zur Untermalung meiner Worte über den Bauch.

»Dann lass uns mal was zum Essen auftun.«

5. Kapitel

Denver

Zwei Wochen später

Ich verlasse mein Zimmer und finde Sienna in der Küche vor. Sie steht am Herd und vor ihr brutzelt Hackfleisch mit Tomatensoße in der Pfanne und Nudeln kochen im Topf daneben. An ihr ist eine wahrhaftige Hausfrau verloren gegangen. Seit einer Woche komme ich in den Genuss ihrer ausgesprochen guten Kochkünste. Meistens kocht sie jeden zweiten Tag für uns, sodass wir zwei Tage davon essen können. Lächelnd sieht sie mich an und ich erwidere ihren Blick. Dass Sienna heiß ist, ist mir schon am ersten Tag aufgefallen, aber nun scheint es mir, als wollte sie mich quälen. Sie trägt eine kurze Shorts, die ihren Hintern gerade so bedeckt und ein enges Top, das ihren Körper noch besser hervorhebt. Sie ist nicht 90-60-90 und ich würde schon sagen, dass sie mit einem oder zwei Kilo weniger auch noch mega aussehen würde. Aber sie hat die Kurven an genau den richtigen Stellen. Das lässt mich langsam, aber sicher daran zweifeln, ob es eine gute Idee war, sie weiterhin hier wohnen zu lassen. Ich hätte sie bei der Sachbearbeiterin ohne Weiteres auflaufen lassen können. Und was mache ich? Ich gebe Sienna als meine Freundin aus, nutze meinen Status am College, um ihr zu helfen und jetzt stelle ich fest, dass ich sie viel zu heiß finde, um die kommenden eineinhalb Jahre meine Finger von ihr zu lassen.

Ich mochte Sienna vom ersten Moment an, in dem sie in dieser Wohnung stand und keine Ahnung hatte, wohin mit sich und der Welt. Es war sogar ziemlich süß, wie sie dastand und verlegen wurde, weil ich nicht mehr als ein Handtuch am Leib trug. Ihre Wangen haben sich rot gefärbt, das ist mir nicht entgangen und auch nicht, dass sie gern über die Laster des Lebens spricht. Sex, Alkohol und Drogen – okay, Drogen sind doch eine Nummer zu heftig –, aber Sex und Alkohol sind absolut nicht ihre Welt. Was vor allem beim Sex sehr schade ist.

In den letzten beiden Wochen haben wir uns kaum gesehen. Siennas Kurse sind gestartet, die sie mehr als strebsam besucht. Jeden Abend sitzt sie in der Küche und geht ihren Stundenplan für den nächsten Tag durch, um pünktlich zu jeder Veranstaltung zu kommen und noch einen Kaffee vorher zu kaufen. Ich habe rausgefunden, dass sie ihren Kaffee am liebsten mit einem kleinen Schuss Milch trinkt. Worauf sie auch höchsten Wert legt und dessen Dosierung sie akribisch kommentiert, wenn sie es nicht selbst macht. Ein lautes »Stopp!« wenn man ihr zu viel eingeschüttet hat, ist keine Seltenheit. Bei Gott, ich habe nach fünfzehn Jahren Freundschaft immer noch keine Ahnung wie Jake seinen Kaffee trinkt, geschweige denn meine Schwestern oder meine Mom.

Wenn Sienna nachmittags nach Hause kommt, kocht sie etwas, wir essen gemeinsam und danach geht sie direkt in ihr Zimmer. Ich finde ihren Ehrgeiz für das Studium schon bemerkenswert. Den würde ich niemals aufbringen und habe in der Vergangenheit nur getan, was ich neben dem Training und den Spielen für mein Studium tun musste. Ich schreibe gute Noten und habe meine Vorlesungen und Seminare noch nie für den Football vernachlässigt, aber ich reiße mir kein Bein aus, so wie ich es für den Football tun würde.

Ich will sowieso niemals als Sportwissenschaftler arbeiten. Ich brauche das Studium nur, um etwas studiert zu haben.

Mein Ziel ist klar: die NFL. Und dieses Ziel steht im kommenden Semester noch mehr im Fokus als in den vergangenen. Leider haben wir letzten Samstag gegen Ohio verloren und sind Letzter in unserer Division. Natürlich kann man sagen, dass das nur ein Spiel war und wir noch alle Chancen haben, aber es ist dennoch nicht mein Anspruch.

Ich will immer gewinnen – alles.

»Was kochst du?«, frage ich und lege mein iPhone auf dem Küchentisch ab. Sienna dreht sich zu mir um und grinst mich an. »Hast du schon wieder Hunger?«

»Vielleicht«, erwidere ich schmunzelnd und verschränke die Arme vor der Brust. »Willst du heute Abend mit zu Darren kommen?«

»Was ist da?« Sienna nimmt zwei Teller aus dem Schrank und stellt sie auf dem Tisch ab. Dann holt sie Besteck und zwei Gläser dazu. Ich bleibe stehen, wie bestellt und nicht abgeholt, und lasse sie machen. Es ist nicht so, dass ich nicht helfen möchte, aber beim letzten Mal hat sie mich angemotzt, weil ich ihr alles durcheinanderbringen würde. Diesmal lasse ich es also sein und setze mich brav an den Tisch.

»Wir sitzen zusammen, trinken was und chillen.«

Sie nickt und legt zwei Untersetzer für den heißen Topf und die Pfanne auf den Tisch. »Kannst du die Nudeln bitte abschütten?«

»Klar«, sage ich und stehe wieder auf. Lächelnd trete ich neben sie, greife nach dem Sieb, das sie bereits aus dem Schrank geholt hat und stelle es in die Spüle, um die Nudeln abzuschütten. Sienna beobachtet mich schmunzelnd dabei. »Was ist?«, frage ich und ihre Mundwinkel wandern immer weiter nach oben, bis sie sich ein Lachen schlussendlich nicht mehr verkneifen kann. Obwohl ich ihr deutlich ansehe, dass sie nicht lachen möchte.

»Vielleicht wird aus dir doch noch ein Hausmann.«

»Ich erinnere dich daran, dass du beim letzten Mal keine Hilfe wolltest.«

»Okay, okay.« Lachend hebt sie die Hände. »Du hast gewonnen.«

Ich grinse sie an und stelle die abgeschütteten Nudeln, im Sieb, wieder in den Topf und auf den Tisch. Gemeinsam setzen wir uns und Sienna tut mir etwas auf den Teller. »Danke.« Ich nehme ihn entgegen und warte, bis sie sich ebenfalls etwas aufgetan hat. »Lass es dir schmecken.«

»Du dir auch.« Ich sehe sie nochmal an und steche meine Gabel in die Nudeln. Es duftet köstlich. Die Tomatensoße hat genau die richtige Konsistenz und die Nudeln sind al dente. »Du wirkst ein wenig durch den Wind in den letzten Tagen. Ist alles okay bei dir?«

Mir ist aufgefallen, dass sie ziemlich in sich gekehrt ist und nicht mehr so fröhlich wie in den ersten Tagen. Natürlich kann ich mich auch irren und es liegt am Stress im Studium. Im ersten Semester nimmt man sich alles so viel mehr zu Herzen.

»Meine Freundin Clara meint, dass ich mich kaum noch melde.« Überrascht, dass mir das aufgefallen ist, legt sie ihre Gabel nieder und erwidert meinen Blick. Sienna vergräbt ihre Zähne in ihrer Unterlippe. »Das ist auch wahr, aber ich mache das nicht mit Absicht. Hier ist alles neu für mich und ich versuche mich einzufinden. Sie hingegen ist immer noch in der Heimat und hat teilweise auch noch unsere alten

Freunde um sich.«

»Und sie wirft dir nun vor, dass du dich nicht mehr um sie kümmerst?«

»So in etwa«, erwidert sie und seufzt. »Ich verstehe nicht, warum sie mir Vorwürfe macht. Immerhin bin ich diejenige, die sich alles neu aufbauen muss und nicht sie.«

»Vielleicht bereut sie es, dass sie den Schritt nicht gemacht hat«, mutmaße ich. »Und jetzt ist sie neidisch, dass es bei dir so gut läuft.«

»Das glaube ich nicht.« Nachdenklich sieht Sienna mich an und befüllt ihre Gabel erneut mit Nudeln. Während sie kaut, sieht sie mich unentwegt an. »Sie beruhigt sich schon wieder. Hast du heute noch was vor?«

»Ja«, erwidere ich und lasse das Thema erst einmal ruhen. »Heute Abend treffen wir uns, wie gesagt, alle bei Darren. Magst du mitkommen?«

»Ich weiß nicht«, murmelt Sienna und ich bemühe mich, nicht die Augen zu verdrehen. In den letzten zwei Wochen hat sie immer wieder eine Ausrede gefunden, um meine Freunde nicht kennenzulernen. Das finde ich ziemlich schade. Sie würde sie bestimmt mögen und auch meine Schwester hat nach ihr gefragt. Leider hat Phoenix sie nicht mehr angetroffen seit ihrem Einzugstag an der Haustür. »Findest du das nicht komisch?«

Sie zieht die Augenbrauen hoch und ich tue es ihr gleich. Was soll daran komisch sein, dass ich Sienna meine Freunde vorstellen möchte? Es kann doch nur gut für sie sein, wenn sie schnellstmöglich ein Netzwerk an Leuten am College aufbaut. Sie müssen ja nicht ihre besten Freunde werden. Aber für einen netten Abend ist es doch vollkommen in Ordnung, oder? Ich glaube nicht, dass sie bisher so viele Kontakte geknüpft hat, dass kein Platz mehr für neue ist.

»Warum sollte ich es komisch finden? Ich frage dich und lade dich ein. Du drängst dich mir nicht auf und erwartest nicht, dass ich dich mitnehme.« Ich zucke mit den Schultern.

»Hm«, macht Sienna. »Ich weiß trotzdem nicht. Ich habe morgen einen Kurs und—«

»Suchst du gerade schon wieder eine Ausrede, um nicht mitzukommen?« Empört sehe ich sie an und ziehe die Augenbrauen hoch. Sienna beißt sich auf die Unterlippe, was unfassbar süß und heiß zugleich aussieht. Wie sie diese mit ihren Zähnen langsam einsaugt und dann wieder freilässt, ist zu scharf. Ich greife nach meinem Wasser und trinke einen großen Schluck, um ihr nicht weiter auf den Mund zu starren.

»Ich suche keine Ausrede«, erwidert sie und steckt ihre Gabel in den Mund. Sie kaut und schluckt den Bissen herunter. »Es ist nur so, dass ich mich auf mein Studium konzentrieren möchte und nicht mitten in der Woche feiern gehen will.«

»Wir haben morgen früh Training«, nehme ich ihr den Wind aus den Segeln. »Wir besaufen uns nicht. Es ist ein netter Abend unter Freunden.«

»Wenn du meinst.« Sienna stochert in ihrem Essen herum. Ich kann ihr ansehen, dass ihr die Argumente ausgehen. Grinsend lehne ich mich vor und suche ihren Blick. Es dauert einen Moment, bis sie den Kopf hebt und mich mit ihren blauen Augen direkt ansieht.

»Was hast du noch zu deiner Verteidigung vorzubringen?« Ich lehne mich wieder zurück und verschränke die Arme vor der Brust. Siennas Blick huscht über meinen Bizeps und ich grinse.

»Wann gehen wir los?«, fragt sie und ihre Mundwinkel ziehen sich langsam nach oben. »Ich will nichts weiter hören.

Du hast gewonnen.«

Ich lache leise und lecke mir über die Lippe. »Um sieben!«

•••

Ich parke meinen Pick-Up vor Darrens Wohnhaus und schalte den Motor ab. Sienna sitzt tatsächlich neben mir. Ich möchte fast schon behaupten, dass sie sich auf den Abend freut. Sienna trägt eine enge Jeans, die ihren süßen Hintern wahnsinnig gut betont. Dazu ein hautenges dunkelrotes Longsleeve mit Rüschen an Kragen, Saum und den Ärmelenden. Darüber eine Jeansjacke. Ihre langen blonden Haare fallen in weichen Wellen über ihre Schultern. Wenn ich sie so ansehe, bin ich nicht sicher, ob es eine gute Idee war, sie einzuladen und meinen Kumpels vorzustellen. Diese Idioten werden sich wie eine Horde ausgehungerter Hyänen auf sie stürzen. Frischfleisch. Ich atme einmal tief durch, um diese Gedanken zu verdrängen und packe den Schlüssel und meine Geldbörse in meine Jeans. Vor allem Darren würde nicht zögern, um sie in die Kiste zu bekommen.

»Können wir?«, frage ich und sehe zu ihr herüber.

»Klar«, meint sie grinsend. »Weißt du Denver–« Sienna stößt die Tür auf und grinst mich weiterhin breit an. »Danke, dass du mich gezwungen hast mitzukommen. Es tut mir sicher gut, neue Leute kennenzulernen. Vielleicht hast du ein paar heiße Kumpels.«

Sie steigt aus meinem Wagen aus und mir klappt die Kinnlade runter. Schnell springe ich ebenfalls heraus und werfe die Fahrertür hinter mir zu, um ihr zu folgen. Das kann sie doch nicht ernst meinen, oder? Natürlich weiß ich, dass meine Kumpels gut beim weiblichen Geschlecht ankommen. Jake mit seinen braunen Augen und Haaren sowie dem deutlich muskulöseren Körper im Vergleich zu meinem. Diesen braucht er aber auch, um die Defense Spieler der anderen Teams niederzuringen. Darren ist ein Südstaaten Junge mit mehr Tattoos am Körper, als ich bisher zählen konnte. Ich kenne jede Stelle seines nackten Körpers. Das ist der Nachteil an Gemeinschaftsduschen und großen Umkleidekabinen. So wie Jake hat er dunkle, fast schwarze Haare und Augen. Viele denken sogar, dass Darren mexikanische Wurzeln hat. Das kommt an bei den Mädchen. Und beide sind absolut nicht abgeneigt zu flirten und sich eine Eroberung für die Nacht klarzumachen. Mir wird übel, wenn ich daran denke, dass diese Sienna sein könnte. Zum Glück hat sie bisher überhaupt nicht den Anschein gemacht, dass sie jemanden daten möchte.

»Wie meinst du das, dass ich heiße Kumpels habe?«, frage ich sicherheitshalber nochmal nach.

Sie kichert und ich spanne mich noch weiter an. Kichern ist nie gut, das weiß ich von meinen Schwestern. Phoenix kichert auch immer, wenn ihr ein Typ gefällt und dann endet es in einem Fiasko. Madison ist zum Glück noch zu jung, um mir solchen Kummer zu bereiten.

»Ich bin doch jetzt auf dem College«, meint sie. »Mich kennt hier niemand und meine Freundin Clara ist der Auffassung, dass ich es krachen lassen soll.«

»Die, die sauer auf dich ist?«, hake ich mit gerunzelter Stirn nach. »Interessant. Und ihrem Rat willst du folgen?«

Keine Ahnung, wieso es mir nicht in den Kram passt, dass Sienna unverbindlichen Treffen nicht abgeneigt ist. Sie ist eine erwachsene Frau mit ihren neunzehn Jahren und kann tun und lassen, was sie möchte. Trotzdem muss ich mir eingestehen, dass es mich stören würde, wenn sie sich an einen meiner Kumpels ranmachen würde. So wie es mich bei

Phoenix stört, die für all meine Kumpels Sperrzone ist. Daran halten sie sich auch.

»Komm schon«, meint Sienna gut gelaunt und wackelt mit den Augenbrauen, um mich aus der Reserve zu locken. »Hast du mich nicht während unserer ersten Unterhaltung gefragt, ob ich vögele?«

Natürlich habe ich das getan, aber das war ein Scherz, ein verdammter Witz. Außerdem kannte ich sie damals erst wenige Minuten. Dumme Sprüche fielen mir leicht. Heute, zwei Wochen und viele Gespräche später, sehe ich das ganz anders. Sienna und meine Kumpels – das ist ein rotes Tuch für mich. Das gibt nur Ärger, den wir alle nicht gebrauchen können.

An der Haustür angekommen, drücke ich die Klingel und der Türsummer ertönt, sodass wir das Haus betreten können.

»Ladies First!« Gentlemanlike lasse ich Sienna den Vortritt. Sie geht an mir vorbei und ihr Parfum, das sie heute Abend trägt, weht mir um die Nase. Im Auto dachte ich noch, dass es an dem Sweater von Hailey auf der Rückbank liegt, den sie bei einem unserer Treffen vergessen hat. Es roch allerdings viel zu intensiv für ein Kleidungsstück, das da seit über einer Woche liegt. Nun stelle ich fest, warum. Es ist Siennas Parfum. Ich schließe für eine Sekunde die Augen, um mich wieder zu sammeln. Es ist nur ein beschissenes Parfum, kein Grund durchzudrehen. Dann folge ich ihr die Treppe nach oben und genieße den Ausblick auf ihren Hintern.

Darren wohnt mit Ethan und Julien zusammen. Ethan studiert Psychologie und verbringt die meiste Zeit seines Lebens in der Bibliothek und Julien studiert Wirtschaftsenglisch. Er spielt ebenfalls Football.

»Mit wem wohnt Darren zusammen?«, fragt Sienna, als könne sie meine Gedanken lesen und sieht neugierig zu mir.

»Ethan und Julien«, erwidere ich. »Ethan verbringt neunzig Prozent seiner Zeit hinter seinen Büchern, er studiert Psychologie, und Julien—« Ich schaue die Treppe hinauf. »Steht in der Tür.«

Sie grinst mich an und wendet sich Julien zu.

»Hey Denver«, begrüßt er mich und wir schlagen miteinander ein. »Und du bist nicht allein.«

Es dauert keine Sekunde und sein gesamter Fokus liegt auf Sienna. Fast schon gierig gleitet sein Blick über ihren schönen Körper und bleibt für meinen Geschmack etwas zu lange an ihren Brüsten hängen.

»Hey!« Ich räuspere mich lauter als nötig, um seine Aufmerksamkeit weg von Sienna zu lenken. »Das ist Sienna – meine Mitbewohnerin.«

Auch wenn ich versuche neutral zu klingen, habe ich wenig Hoffnung, dass Julien nicht bemerkt, wie sehr mich seine Blicke stören. Er kennt mich zu lange, um nicht zu wissen, wie ich reagiere, wenn ich Interesse an einem Mädchen habe.

»Deine Mitbewohnerin?«, fragt er und seine Mundwinkel ziehen sich nach oben. Siegessicher, dass mit Sienna noch etwas gehen kann, redet er weiter. »Mit einem eigenen Bett?«

Ich verschlucke mich fast an meiner eigenen Spucke und sehe ihn sauer an. Das war ein absolut unnötiger Spruch, obwohl ich mir eingestehen muss, dass es mich normalerweise nicht stört, wenn meine Kumpels diese Witze machen. Die Mädchen, die wir mit auf Partys oder zu diesen Abenden nehmen, dienen lediglich dazu, in der darauffolgenden Nacht unsere Betten zu wärmen. Demnach ist seine Reaktion absolut normal. Er kann nicht riechen, dass Sienna – bisher rein platonisch – wirklich meine Mitbewohnerin ist. Jake hat Sienna bereits am ersten Abend kennengelernt und mich nach ihr gefragt. Darren war dabei, als wir über sie geredet haben.

»Ja, mit einem eigenen großen Bett«, erwidert Sienna, bevor ich antworten kann und grinst Julien an. »Freut mich, dich kennenzulernen.«

»Ich ... ich freue mich auch«, stottert er und sieht sie aus großen Augen an. »Komm ... komm doch rein.«

Sienna geht an ihm vorbei in die Wohnung. Julien sieht von ihr zu mir und macht eine wedelnde Handbewegung, als hätte er sich die Finger verbrannt. Ich fixiere ihn mit meinem Blick und spare mir einen Kommentar. Sie ist nicht Phoenix und ich mache mich lächerlich, wenn ich ihm sage, dass er die Finger von ihr lassen soll.

Ich folge Sienna ins Wohnzimmer, wo bereits Darren, Jake, Gary, Phoenix, Joy und Garys Freundin Hannah warten. Die Wohnung der Jungs ist ähnlich geschnitten wie unsere, aber mit einem weiteren Zimmer sowie einer Gästetoilette, was ich ausgesprochen praktisch finde. Die kleine Küche nutzen Darren, Ethan und Julien kaum. Sie essen meistens in der Mensa oder bringen sich etwas von unterwegs mit. Während Julien und Ethans Zimmer rechts und links neben dem Badezimmer liegen, ist Darrens neben der Gästetoilette ein wenig abseits. Typisch Junggesellen sind die meisten Möbel wild zusammengewürfelt und die Dekoration an den Wänden besteht nicht aus süßen Zimmerpflanzen und Familienfotos, sondern aus leeren Whiskey Flaschen einer Sonderedition – wunderschön aufgereiht auf einem kleinen Regal – und Footballtrikots unserer Idole.

»Hey Leute«, begrüße ich die Jungs mit einem Handschlag und meine Schwester, Joy und Hannah mit einem Kuss auf die Wange. »Das ist Sienna.«

»Das wissen wir schon.«, informiert meine Schwester uns. Sie wird Joy auch erzählt haben, dass ich eine neue

Mitbewohnerin statt einem Mitbewohner habe. Immerhin ist sie ihre beste Freundin. »Sie hat sich selbst vorgestellt.«

Ich schaue zu Sienna hinüber und sie zuckt mit den Schultern. Ich kann nicht anders, als immer wieder festzustellen, wie sehr sie mich amüsiert. Zu Hause tut sie so, als wäre sie eine züchtige und strebsame Studentin und jetzt stellt sie sich bei meinen Freunden vor, geht mit ihnen ins Gespräch und tut so, als würden sie sich bereits ewig kennen. Jake gibt mir eine Cola, weil ich noch fahren muss, und ich setze mich neben ihn auf die Couch.

Sienna setzt sich mir gegenüber neben Phoenix und beginnt ein Gespräch mit ihr und Joy.

Meine Schwester und Joy sind seit einem Jahr befreundet. Joy studiert Psychologie, verbringt aber nicht mal halb so viel Zeit wie Ethan in der Bibliothek. Sie ist zwanzig und mit ihren asiatischen Wurzeln und den blaugefärbten Spitzen ihrer hüftlangen schwarzen Haare ein echter Hingucker, jedoch nicht mein Typ. Ihr Style ist immer sehr feminin und kurz. Wirklich kurz. Die meisten ihrer Röcke reichen ihr nicht mal bis zur Hälfte ihres Oberschenkels und lassen ihre Beine unendlich lang wirken. Sie kleidet sich immer sexy und weiß, was sie hat und wie sie es in Szene setzen muss. Dabei wirkt sie aber nie billig, so wie einige andere Mädchen am Campus, die unsere Aufmerksamkeit erhaschen möchten. Auch heute trägt Joy ein kurzes schwarzes Kleid mit Spaghettiträgern, schwarze Seidenstrumpfhose und Doc Martens an den Füßen. Ihr auffälliges Make-Up mit dem perfekten schwarzen Lidstrich rundet ihr Äußerliches ab. Daneben wirken Phoenix und Sienna, beide lange blonde Haare und helles Make-Up, fast schon langweilig.

»Wir dachten schon, dass du sie ewig vor uns versteckst«, meint Darren und stößt mich an der Schulter an. »Hey

Sienna, wieso hat er dich nicht vorher rausgelassen?«

Ich verdrehe die Augen und Sienna sieht auf. Sie erwidert Darrens Blick und ihr Mund verzieht sich zu einem amüsierten Grinsen.

»Ich wollte nicht«, meint sie schulterzuckend und sieht mich an. »Denver hat mich oft gefragt, ob ich mitkommen möchte.«

»Ich hätte dich zu Hause eingesperrt«, sagt Darren mit einem eindeutig flirtenden Unterton. Ich verdrehe genervt die Augen. »Es lauern doch so viele Gefahren da draußen.«

»Gefahren?« Sie lacht herzlich und nippt an ihrem Bier. »So welche wie deine schlechten Anmachsprüche?«

Ein Grölen hallt durchs Wohnzimmer und die Mädels prosten Sienna zu. Darren neben mir wird auf einmal klein und scheint sich sammeln zu müssen. Er hat wohl absolut nicht damit gerechnet, dass Sienna ihn abschmettern wird. Ich bin auch überrascht, dass sie so gut austeilen kann. Vor allem aber, dass sie unserem Casanova widerstehen kann. Darrens Flirt- und Abschleppserie ist legendär. Zumindest für einen Defense Spieler.

»Meine Sprüche sind nicht schlecht!« Er empört sich wie ein kleines Kind, was uns noch mehr lachen lässt. »Ich meine, du wohnst mit dem König der schlechten Sprüche zusammen.«

»Hey!« Ich boxe ihn an den Oberarm. »Was soll das denn heißen?«

»Ach komm schon ... ich habe meine Nummer verloren, kann ich deine haben? Ehrlich, Denver?«

Zugegeben, der Spruch ist schlecht, mehr als das, aber an dem Abend musste ich handeln.

»Das habe ich nur einmal gesagt«, rechtfertige ich mich sogleich und verdrehe die Augen. Ich wollte die Kleine so schnell wie möglich in die Kiste bekommen, da ist mir nichts Besseres eingefallen. Und sie ist auch sofort darauf angesprungen.« »Und es hat funktioniert, wie du weißt.«

»Das wundert mich«, meint Sienna und kratzt sich gespielt verwundert an der Schläfe. »Wo du doch danach so unausstehlich bist.«

Die Jungs spucken ihr Bier aus und Phoenix lässt fast ihren Becher fallen. Die Cola verteilt sich auf dem flauschigen beigen Teppich unter dem Couchtisch. Joy gibt ein undefinierbar kreischendes Geräusch von sich, wie nur ein Mädchen es kann. Alle Augen sind auf Sienna gerichtet und ich weiß genau, was sie denken. Ich muss mich zusammenreißen, um nicht laut loszuprusten.

Sienna schaut zwischen uns hin und her, bevor sie knallrot anläuft.

»Oh mein Gott«, kreischt sie und verzieht das Gesicht. »So ist es nicht! Ich ... ich meine wir ... wir haben nicht ... also wir ... wir hatten keinen Sex. Ich habe mein eigenes Bett! Denver, sag was!«

Panisch sieht sich mich an und nun kann auch ich mir ein Lachen nicht verkneifen. Sorry, aber diese Sekunden gönne ich mir nun, nachdem sie mich in diese Situation reingeritten hat.

»Na klar.« Jake wackelt vielsagend mit den Augenbrauen. »Als ob ihr beide nicht–«

»Sag jetzt endlich was«, ruft Sienna und sieht mich eindringlich an. »Bitte!«

»Reden ist Silber, Schweigen ist–«, schwafelt Jake weiter und nun erbarme ich mich doch.

»Jake«, knurre ich. »Wir hatten keinen Sex.«

Siennas Gesichtsfarbe normalisiert sich langsam wieder. Dankend lächelt sie mir zu.

»Wir hatten keinen Sex«, bekräftigt sie meine Aussage. »Aber ich musste seinen One-Night-Stand vor die Tür setzen.«

»Ernsthaft?«, fragt Joy und verdreht die Augen. »Du hast ihr keinen Kaffee angeboten?«

»Natürlich nicht«, antworte ich genervt. »Das macht doch keiner.«

Ich sehe in die Runde und hoffe, dass zumindest Darren und Julien auf meiner Seite sind. Jake ist noch so treudoof und bietet wirklich einen Kaffee an.

»Denver, das war Hailey Sanders«, meint Hannah nun. »Sie ist sehr nett.«

»Nett war sie«, erwidere ich und denke daran, wie sie mir widerstandslos einen geblasen hat. Sienna sieht mich an und zieht die Augenbrauen hoch. Ich sammle gerade keine Pluspunkte bei ihr, indem ich die für sie unangenehme Situation von damals noch ins Lächerliche ziehe. Ich weiche ihrem Blick aus und räuspere mich. »Ich habe sie, so wie alle vor ihr, zu nichts gezwungen.«

Während die Jungs mir nickend zustimmen, verdrehen die Mädels die Augen. Langsam wird mir das Gespräch zu blöd. Ich habe Sienna nicht mitgenommen, damit sie mich vor meinen Freunden bloßstellt, obwohl die Jungs mein Verhalten normal finden. Sie sind auch nicht anders, und zwar alle.

»Wie dem auch sei«, meint Julien auf einmal und richtet seine Aufmerksamkeit wieder auf Sienna. »Erzähl uns was von dir. Wo kommst du her, wieso studierst du ausgerechnet in Lincoln und warum zur Hölle wohnst du bei Denver?«

Ich bin ihm dankbar, dass er das Thema wechselt und mich damit indirekt aus der Situation rettet. Jedoch betrachte ihn auch lauernd, um zu erkennen, ob er mehr von Sienna will.

Diese lacht und streicht sich die Haare zurück. Dann sieht sie mich an und lächelt.

»Ich komme aus Ellsworth, das ist eine Kleinstadt in der Nähe von Helena in Montana und Lincoln ist weit weg von meinen Eltern. Das Studienangebot hat mir sehr zugesagt und nun kommen wir zu dem Teil, der euch wirklich interessiert–« Sienna lässt vergnügt ihren Blick durch die Runde schweifen. »Warum ich bei Denver wohne.«

»Darauf gibt es nur eine Antwort«, mische ich mich ein. »Ich bin—«

»Jetzt sag bitte nicht, dass du ein toller Typ bist«, unterbricht sie mich mit einem schelmischen Funkeln in den Augen. »Du hast die Frau von der Wohnheimverwaltung so sehr eingeschüchtert, dass ich gar keine Chance mehr hatte auszuziehen.«

Ich verdrehe die Augen, aber als ich Siennas Grinsen sehe, weiß ich, dass ich alles richtig gemacht habe.

6. Kapitel

Sienna

Heute treffe ich mich mit Phoenix bei uns zu Hause. Sie ist ein Semester weiter als ich, aber muss einen Kurs aus dem ersten Semester wiederholen. Sie ist bei der Abschlussklausur durchgefallen. Während ich meine Mitschriften und die ausgedruckten Folien sortiere, schaut Phoenix unentwegt auf ihr Handy.

»Phoenix«, spreche ich sie mit fester Stimme an und sie zuckt zusammen. »Wollen wir anfangen?«

»Müssen wir?« Sie sieht mich ernsthaft fragend an und ich ziehe die Augenbrauen hoch. »Lass es mich anders formulieren – können wir es noch rauszögern?«

»Warum sollten wir es rauszögern?«, seufze ich. »Umso schneller wir anfangen, desto schneller sind wir fertig.«

Phoenix stöhnt auf und wirft sich zurück in die Kissen. Wie ein bockiges Kind sieht sie mich an. Ich kann mir ein Lachen nicht verkneifen und lehne mich ebenfalls zurück. Dann schaue ich wieder zu ihr herüber. Mit ihren blauen Augen sieht sie mich an, als hätte sie bereits mit dem Kurs abgeschlossen. Dabei hat er für dieses Semester erst begonnen. Irgendwas liegt ihr auf der Seele. Wir kennen uns zwar erst seit zwei Wochen, vielleicht sogar kürzer, aber dennoch merke ich, dass sie etwas bedrückt.

»Du hast überhaupt keine Lust auf das Studium, oder?« Ich frage einfach ins Blaue hinein, um eine Antwort von ihr zu bekommen.

»Ist das so offensichtlich?«, will sie wissen und beißt sich auf die Unterlippe. Ich nicke knapp und sie seufzt. »Ich wollte nach meinem Highschool Abschluss nicht studieren, sondern reisen und mich selbst finden. Ich war noch nicht so weit und im Gegensatz zu Denver habe ich auch nicht den Sport, der mich am Ende rettet. Meine Mom und John, ihr Freund, meinten aber, dass ich damit nur unnötig Zeit verliere.«

Nachdenklich sehe ich sie an und erkenne meine Eltern in diesem Standpunkt wieder. Sie hätten es auch nicht verstanden, wenn ich für ein Jahr Work & Travel hätte machen wollen. Es wäre in ihren Augen reine Zeitverschwendung.

»Und dann hast du dir irgendeinen Studiengang ausgesucht und dich eingeschrieben?«

»Ja«, meint sie nüchtern und stöhnt auf. »Die anderen Vorlesungen fielen mir leichter und Jake hat mir echt geholfen beim Lernen, sodass ich einigermaßen gute Noten schreibe, aber das hier—« Sie deutet auf meine Unterlagen. »Es ist die reinste Qual.«

Ich bin versucht zu fragen, ob Jake ihr wirklich nur beim Lernen geholfen hat. Immerhin ist er Denvers bester Freund und dieser wäre sicherlich nicht erfreut darüber, wenn er seiner kleinen Schwester auch in anderen Bereichen Nachhilfe geben würde. Ich glaube aber nicht, dass Phoenix dazu in der Stimmung ist. Außerdem geht mich das gar nichts an.

»O Mann, Phoenix«, seufze ich. »Hast du mal mit Denver gesprochen?«

»Um Gottes Willen«, ruft sie und ich merke ihr an, dass das keine Option für sie ist. »Er sieht das doch genauso und jetzt habe ich schon so viel Geld von meinem Collegefonds verschwendet. Ich habe kein Stipendium, so wie Denver, das mir Zeit gibt.«

Ich schaue sie voller Mitgefühl an und überlege, was ich ihr am besten raten soll. Mit ihrer Mutter und John nochmal das Gespräch zu suchen, macht sicherlich wenig Sinn. Die beiden scheinen in ihrer Meinung festgefahren zu sein. Wahrscheinlich wollen sie nur das Beste für sie und Denver, weshalb sie darauf bestehen, dass Phoenix studiert. Wenn sie ihren großen Bruder auch nicht auf ihrer Seite hat, muss sie sich sehr verloren fühlen.

»Und ein Fachwechsel?«, schlage ich nach einigen Momenten der Stille vor. »Natürlich verlierst du dadurch auch Zeit, aber wenn du wieder und wieder durchfällst, wirst du rausgeschmissen.«

»Das weiß ich doch«, erwidert sie und lässt sich noch tiefer in die Kissen sinken. Phoenix senkt die Augenlider und spielt am Saum ihres Sweaters. »Was soll ich denn machen?«

»Es klären.« Ich seufze und sehe Phoenix an. »Wenn du unglücklich bist, musst du das deiner Mom sagen. Es bringt doch nichts, dass du etwas studierst, was dir nicht gefällt.«

»Natürlich nicht.« Ihre Stimme ist zickig und sie atmet tief durch, um sich selbst zu beruhigen. Dann spricht sie deutlich sanfter weiter. »Ich habe aber auch keinen Plan, was ich statt Wirtschaft studieren will. Vielleicht lasse ich mich von einem potenziellen NFL Kumpel von Denver schwängern und habe ausgesorgt.«

Fassungslos sehe ich sie an und suche den Witz in ihrer Aussage, aber leider kann ich ihn nicht finden. Sie meint das bitterernst.

»Phoenix!« Meine Stimme überschlägt sich mehrfach. »Niemals!«

Sie verdreht die Augen und beugt sich vor zu unseren

Unterlagen. »Das war ein Scherz!« Sie versucht die Aussage ins Lächerliche zu ziehen, aber ich nehme ihr das nicht ab. So niedergeschlagen, wie sie vor wenigen Minuten noch war, kann ich mir gut vorstellen, dass sie sich wirklich von einem Footballspieler ein Baby machen lässt.

»Obwohl ich es wirklich in Erwägung ziehen sollte.«

Wusste ich es doch! Sie meint es ernst!

»Das wirst du mit Sicherheit nicht tun«, erwidere ich und verdrehe die Augen. Dann wende ich mich ihr zu, sodass ich vor ihr sitze. »Wir lernen zusammen, bereiten uns vor und du bestehst die Klausur.«

Phoenix sieht immer noch nicht überzeugt aus, aber ich lasse nicht locker. Dieses Semester muss sie durchhalten, um ihrer Mutter einen Fachwechsel schmackhaft zu machen. Immerhin hat sie das Wirtschaftsstudium versucht.

Doch bevor wir starten können, klingelt es an der Tür.

»Hat Denver wieder seinen Schlüssel vergessen?«, fragt Phoenix lachend und steht auf, um ihrem Bruder zu öffnen. Ich habe noch nicht so viele Kontakte am College gesammelt, sodass die meisten, mit denen ich zu tun habe, Freunde von Denver sind oder meine Adresse noch nicht erfragt haben.

»Hallo?« Ihrer fragenden Stimme nach zu urteilen, handelt es sich weder um Denver noch um einen seiner Freunde oder den Postboten.

»Hallo!« Ich zucke heftig zusammen, als die Stimme meiner Mutter erklingt. Das kann doch nicht wahr sein. Wie konnte ich vergessen, dass meine Eltern meine restlichen Sachen mit dem Van bringen würden? So eine Scheiße! Noch dazu, weil ich ihnen bisher nicht gesagt habe, dass Denver ein Kerl ist und nicht, wie sie annehmen, ein Mädchen.

»Sie müssen Denver sein, Siennas Mitbewohnerin.«

Ich eile, so schnell ich kann, zu ihnen und kann Phoenix in letzter Sekunde das Wort abschneiden, bevor sie mich bei meinen Eltern verrät. »Mom, Dad«, rufe ich aus und drücke sie nacheinander. »Was macht ihr denn hier?«

»Wir bringen deine restlichen Sachen«, erwidert meine Mom irritiert und zwängt sich an Phoenix und mir vorbei in die Wohnung. Ich sehe meine Freundin warnend an.

»Hallo Schatz«, begrüßt mein Dad mich lächelnd. »Und Sie müssen Denver sein.«

Phoenix zeigt auf sich selbst und ich werfe ihr einen vielsagenden Blick zu, bei dem ich nur hoffen kann, dass sie ihn versteht. Auf keinen Fall dürfen meine Eltern herausfinden, dass ich mit einem heißen Footballspieler zusammenwohne. Der noch dazu regelmäßig seine Eroberungen im Zimmer nebenan vögelt. Vorgestern musste ich wieder eine dieser Damen vor die Tür setzen. Ich kann mir am frühen Morgen nichts Schöneres vorstellen.

»Ja!« Phoenix klingt ein wenig zu überschwänglich für meinen Geschmack. Sie darf das nicht versauen. »Ich bin Denver. Denver ... Siennas Mitbewohnerin, Denver!«

»Sie haben kapiert, dass du Denver heißt«, zische ich ihr zu und schiebe sie hinter mich.

Sie lächelt meinen Dad übertrieben an und ich tue es ihr gleich. Ich habe keine Ahnung, wie ich aus der ganzen Sache wieder rauskommen soll. Wenn meine Eltern erfahren, dass Phoenix nicht Denver ist und der echte Denver hier auftaucht, habe ich ein mächtiges Problem. »Möchten Sie etwas trinken, Mr. und Mrs. Miller?«, fragt Phoenix lächelnd und deutet in Richtung Küche. »Wie schön, dass Sie uns besuchen.«

Phoenix läuft voran, meine Eltern folgen ihr und ich beiße mir auf die Lippe und frage mich wie ich aus dem

Schlamassel wieder rauskommen soll. Es wäre wohl das Beste, die Wahrheit zu sagen und das, bevor Denver auftaucht und ich ihn auch noch in meine Lüge mit hineinziehen muss. Es ist schon schlimm genug, dass Phoenix sich meinetwegen als ihr Bruder ausgeben muss.

»Sienna!« Ich zucke zusammen. »Wo bleibst du denn?«

»Ich komme, Mom«, rufe ich und folge ihnen in die Küche.

Dort angekommen sehe ich meine Eltern lächelnd an und breite die Arme aus, um sie mit dieser Geste erneut willkommen zu heißen. Vielmehr versuche ich mich in Schadensbegrenzung. »Es tut mir leid, dass mich euer Besuch so sehr überrascht, aber ich hatte ziemlich viel zu tun in den letzten beiden Wochen.«

Phoenix zieht die Augenbrauen hoch und ich zucke mit den Schultern – als wäre nichts dabei, dass ich meine Eltern von vorne bis hinten belüge.

»Wie lange bleiben Sie denn?«, fragt Phoenix und reicht ihnen einen Kaffee. Gespannt sehe ich meine Eltern an. Hoffentlich nicht länger als die kommenden zwei Stunden, denn so lange wird Denver maximal noch beim Training sein. In den letzten Tagen hatte er Probleme mit den Adduktoren und musste das Training früher beenden. Dass ihn das frustriert hat und er danach wahnsinnig schlecht gelaunt war, muss ich wohl nicht erwähnen. Es kann demnach auch passieren, dass er jeden Moment in der Küche steht und ich habe keine Ahnung, was ich dann machen soll.

Wollen wir mal den Teufel nicht an die Wand malen. Noch ist er nicht da.

»Wir haben uns ein Hotelzimmer in Chicago genommen. Ein paar Tage, um die Stadt und Lake Michigan anzusehen.«

»Sie bleiben also nicht hier?« Phoenix zeigt mit ihrem Zeigefinger auf den Küchenboden, als wolle sie den Ort markieren.

»Hier ist doch gar kein Platz«, meint meine Mom und ich nicke sofort.

»Natürlich ist hier kein Platz«, erwidere ich, »Hier ist–«

»Sienna?« Ich zucke zusammen und Phoenix fällt vor Schreck der Zucker aus der Hand und zu Boden. Das lenkt meine Eltern zum Glück so sehr ab, dass sie ihr sofort behilflich sein wollen. Das gibt mir wiederum Zeit, die Küche zu verlassen und in den Flur zu stürmen. Ich muss Denver abfangen, bevor er meine Eltern entdeckt hat. Und noch viel wichtiger: Bevor sie ihn entdeckt haben! Mir wird heiß und mein Herz rast in meiner Brust. Ich hasse es, meine Eltern zu belügen und die Menschen, die ich in Lincoln meine Freunde nenne, mit reinzuziehen, aber ich habe keine andere Wahl.

O Mann, ich sitze so dermaßen in der Scheiße. Denver wird meine Notlüge niemals gutheißen und bei dem Theater mitmachen. Warum sollte er auch? Ich hätte meinen Eltern einfach die Wahrheit sagen sollen. Was sollen sie schon tun, außer mir das Geld streichen, die Miete nicht mehr zahlen und–

Fuck!

Ich kann ihnen auf keinen Fall sagen, dass Denver mein Mitbewohner ist und die Person, die sie für Denver halten seine kleine Schwester Phoenix.

»Hi!« Er steht völlig entspannt im Wohnzimmer und lächelt mich an. »Ist das Phoes Tasche?« Er deutet auf den Beutel seiner Schwester und ich nicke flüchtig.

»Ja, sie ist in der Küche und ich–«

»Sienna!« Meine Mom reißt die Küchentür auf und sieht uns überrascht an. Ihr Blick fliegt von Denver zu mir und wieder zurück. Immer wieder und wieder. »Ich wusste nicht, dass ihr Besuch erwartet.« Mit ihrem schönsten zweihundert Watt Lächeln, das ihr zu Hause schon manchen Wahlsieg eingefangen hat, kommt sie auf uns zu und Denvers Augen werden groß.

»Besuch?« Er sieht mich an und dann wieder meine Mutter. »Ich bin kein—«

Ich ramme ihm den Ellenbogen in den Bauch, sodass er die Klappe hält, aber nicht so auffällig, dass meine Mutter es sieht. Dann lächele ich sie engelsgleich an und gehe auf sie zu. »Das ist nur … Phoenix—«

Ich könnte mich ohrfeigen, dass mir kein besserer Name für ihn einfällt. Phoenix? Ernsthaft?

»Denvers Bruder!« Ich schiebe die Erklärung schnell hinterher, damit Denver keine dummen Fragen stellt.

»Bitte was?«, platzt es aus ihm heraus. »Denvers Bruder?«

Ich habe ihn überschätzt! Er hat es nicht kapiert.

Meine Mom sieht zuerst ihn skeptisch an und dann mich. Wenn jetzt nicht alles auffliegen soll, muss sie diese Story schlucken. Meine Güte bin ich froh, dass ihre Eltern ihnen Namen gegeben haben, die man jedem Geschlecht zuordnen kann. Würde Phoenix Claire heißen und Denver Michael hätte meine Notlüge schon ganz anders ausgesehen und das Namenschaos wäre noch größer!

»Was wolltest du denn, Mom?«, lenke ich sie ab und lächle sie an. Dass mein Herz mir bis zum Halse schlägt, ignoriere ich. »Ist mit dem Zucker alles in Ordnung?«

»Mit dem Zucker ist alles bestens.« Meine Frage irritiert sie, das sehe ich ihr an. So richtig glauben, dass alles in Ordnung ist, kann sie nicht. Sie scheint aber auch nicht so skeptisch zu sein, dass sie mich weiterhin mit Fragen löchert. »Dein Dad war nicht sicher, wie wir ihm bei dem großen Regal helfen können, aber jetzt scheint das kein Problem mehr zu sein.«

Ihr Blick liegt noch immer auf Denver und wenn ich es nicht besser wüsste, würde ich sagen, dass sie ihn abcheckt. Er sieht aber auch wieder zum Anbeißen aus in dem engen T-Shirt und seiner kurzen Trainingshose. »Ich bin Esther – Siennas Mutter.«

»Phoenix«, murmelt er und ich sehe ihm an, wie seltsam er sich dabei vorkommt. »Freut mich. Darf ich mir Ihre Tochter kurz ausleihen?« Denver deutet auf mich. »Unsere Waschmaschine ist kaputt und Sienna und Phoe– Denver haben mir angeboten, meine Trainingssachen hier zu waschen. Danach helfe ich Ihrem Mann gern.«

»Gar kein Problem«, flötet sie beinahe und dreht sich wieder herum, um in die Küche zu gehen und meinem Dad und Phoenix die frohe Botschaft zu verkünden. Um die Scharade aufrechtzuhalten, greift Denver nach seiner Trainingstasche und zerrt mich hinter sich her ins Bad.

Oh Gott, oh Gott, oh Gott. Ich habe die Sache wirklich überhaupt nicht zu Ende gedacht. Aber die letzten beiden Wochen waren so aufregend und auch schön, dass ich den Besuch meiner Eltern vollkommen vergessen habe. Denver hat mich nach anfänglichen Schwierigkeiten herzlich aufgenommen und wir sind ein gutes Team geworden. Zwar stimmt bei uns die klischeehafte Rollenverteilung, dass ich viel im Haushalt mache und er das Geld nach Hause bringt – er bezahlt immerhin unsere Putzfrau –, aber dennoch kommen wir gut klar. In Phoenix und Joy habe ich Freundinnen gefunden. All das hat sich so schnell entwickelt und war so aufregend, dass ich keine Gedanken an meine Eltern und meine Notlüge verschwendet habe. Das scheint sich nun zu rächen.

Denver zerrt mich ins Badezimmer. Er schubst mich regelrecht hinein, bevor er mir folgt und die Tür hinter sich zuschlägt.

»Kannst du mir das mal erklären?«, zischt er und deutet auf die nun geschlossene Badezimmertür. »Ich dachte, dass sie wissen, dass wir zusammenwohnen.«

»Das tun sie auch, aber—«, rede ich mich raus. »Aber sie kennen dein Geschlecht nicht.«

Denver verschränkt eindrucksvoll seine Arme vor der Brust und zieht die Augenbrauen hoch. »Willst du mich verarschen, Sienna?«, knurrt er.

»Sie wissen, dass meine Mitbewohnerin Denver Jones heißt.«

»Und weiter?«

»Ich habe ihnen nicht gesagt, dass du ein Kerl bist«, maule ich und fühle mich von Denver in die Enge getrieben. Er muss doch verstehen, dass ich meinen Eltern nicht die Wahrheit sagen konnte. Wenigstens ein bisschen. »Ich ... ich konnte es ihnen nicht sagen. Sie zahlen meine Miete und waren sowieso nicht begeistert, dass ich das zweihundert Dollar teurere Zimmer bei dir genommen habe. Das Einzige, was sie milde gestimmt hat, war der Grund, dass ich eine nette Mitbewohnerin habe.«

»Phoenix ist aber nicht deine Mitbewohnerin«, knurrt er und beginnt auf und ab zu gehen. »Was willst du machen, wenn sie mein Zimmer sehen wollen?«

»Das klärt sich schon irgendwie«, weiche ich seiner Frage aus und er verdreht die Augen. »Was soll ich denn machen? Sie werden sauer sein und mich womöglich wieder mit nach Montana nehmen.«

Allein der Gedanke daran lässt mein Frühstück langsam nach oben wandern. Ich will nicht wieder zurück nach Ellsworth, wo sich alle Nachbarn das Maul darüber zerreißen, dass ich es in Illinois nicht geschafft habe. Vor ein paar Jahren kehrte die Tochter unserer Nachbarn aus New York zurück, weil ihr Freund sie betrogen hat. Den ganzen Sommer lang war das Topthema der Stadt, dass Leute wie wir es in der Großstadt nicht schaffen würden und sie lieber hätte bleiben sollen. Lincoln ist zwar keine Großstadt und mich hat auch keiner betrogen, aber der Tratsch wäre nicht weniger.

»Verdient hast du es«, knurrt Denver. »Sienna ... ich ... ich kann doch nicht so tun, als würde ich hier nicht wohnen. Überall liegt mein Zeug rum ... meine Klamotten stehen im Bad. Ich glaube kaum, dass Phoe *Hugo Boss for Men* benutzt.«

Umso mehr Denver redet, desto dümmer komme ich mir vor. Natürlich ist in der Wohnung alles voll mit seinen Sachen. Wir müssen uns einen guten Grund überlegen, warum das so ist.

»Dann sagen wir, dass das Phoe's Freund gehört.«

»Und wer soll dieser Freund sein?« Denver zieht die Augenbrauen in die Höhe und verschränkt die Arme vor der Brust, um sich vor mir aufzubauen.

In meinem Kopf rattert es regelrecht.

»Jake!« Ich beiße mir auf die Lippe. Ein noch bescheuerteres Beispiel hätte mir nicht einfallen können.

»Jake?«, fragt Denver verdattert. »Wie kommst du denn auf Jake?«

»Dann eben Darren oder Julien.« Hastig versuche ich neue Beispiel zu finden, um Phoenix und Jake keine Probleme zu machen. Genervt von mir selbst werfe ich die Hände in die Luft. »Es ist auch völlig egal, okay?«

»Nein, das ist es nicht«, meint er und geht wieder auf und ab. »Jake und Phoenix?«

Mir wird immer heißer und ich ringe nach den richtigen Worten, um ihn von dem Thema abzubringen. Phoenix bringt mich um, wenn ich ihrem Bruder verrate, was ich selbst nicht mal richtig weiß. Sie hat sich zu dem Thema Jake nie geäußert. Ich kann nur vermuten, dass zwischen ihnen mehr läuft.

»Es war doch nur ein Beispiel«, seufze ich. »Können wir bitte wieder zurück zu unserem eigentlichen Thema kommen?«

»Das da wäre?« Er fokussiert mich mit seinem Blick. »Wie richte ich in einer Viertelstunde mehr schaden an als eine ganze Armee in einem Jahr?«

»Sehr witzig«, gebe ich spitzfindig zurück und presse die Lippen zusammen. »Denver bitte! Konzentrier dich!«

»Sienna, das geht in die Hose. Ich kann deine Eltern doch nicht von vorne bis hinten belügen und–«

»Natürlich kannst du«, falle ich ihm ungehalten ins Wort. Wir sind schon viel zu lange im Bad. Meine Mutter wird sich sicherlich bald auf die Suche nach uns machen. »Bitte Denver! Nur bis sie gefahren sind und wenn sie morgen nochmal wiederkommen, oder übermorgen wirst du beim Training sein und–«

»Was ist mit Phoenix?«, fragt er und hebt seine Augenbrauen. »Was willst du machen, wenn sie mit dir und der angeblichen Denver essen gehen wollen?«

Ehrlich gesagt ist es mein kleinstes Problem, ob meine Eltern mit Phoenix – alias Denver – und mir essen gehen wollen. Solange sie sein Zimmer nicht sehen und anhand dessen merken, dass ich sie belogen habe, ist doch alles in Ordnung.

Ich suche seinen Blick, obwohl ich mich das fast schon nicht traue. Denver ist mächtig sauer auf mich und ich kann es absolut verstehen. Ich hätte ihm sagen müssen, dass meine Eltern nicht wissen, dass er mein Mitbewohner ist. Vielmehr noch hätte ich bereits am ersten Tag, als sie mich angerufen haben, um zu hören, ob alles in Ordnung ist, mit der Sprache rausrücken müssen. Vielleicht auch am zweiten Tag, nachdem Denver mir mit der Sachbearbeiterin geholfen hat. Allerspätestens nach einer Woche hätte ich handeln müssen. Das habe ich aber nicht gemacht und jetzt stecke ich mächtig in der Klemme. Außerdem hätte ich ihn und Phoenix niemals in die Situation bringen dürfen, ihre Identitäten zu tauschen.

»Es tut mir leid«, nuschele ich halblaut und sehe ihn mit vorgeschobener Unterlippe an. »So, so leid.«

»Hast du noch was anderes zu deiner Verteidigung vorzubringen, außer diesen lächerlich Welpenblick?«, will Denver wissen und zieht die Augenbrauen hoch. »Oder war's das?«

»Erstmal war's das.« Ich versuche mich an einem Grinsen. »Bitte, bitte lass mich nicht auffliegen.«

Er seufzt und deutet auf die Tür. »Na schön. Ich stelle eine Maschine Wäsche an, damit es echt aussieht und sorge dann dafür, dass sie nicht merken, dass ich mich in meinem Zimmer umziehe.«

Erleichtert springe ich auf und falle ihm um den Hals. »Danke, danke, danke.«

Denver scheint überrascht zu sein und wankt einen Schritt nach hinten bei meinem kleinen Überfall. Er fängt sich aber schnell wieder und schlingt seine Arme um mich. Dabei drückt er mich gegen seinen muskulösen Körper und sein herbes Aftershave steigt mir in die Nase. *Wow*. Der Typ sieht nicht nur unverschämt gut aus, er riecht auch noch so.

»Danke Denver«, flüstere ich an seine Brust und kuschele mich ein wenig zu sehr an ihn. »Du hast was gut bei mir.«

Wir verharren länger als nötig in dieser Position und

schließlich ist er es, der sich räuspernd von mir löst. Mit erhitzten Wangen gebe ich ihn frei und lächele ihn ein letztes Mal dankend an, bevor ich zu meinen Eltern und Phoenix in die Küche verschwinde.

Gerade als ich die Badezimmertür öffne, zieht er sich sein Shirt über den Kopf und präsentiert mir ein weiteres Mal sein Sixpack.

Allein dieser Anblick ist jede Lüge wert!

»Geh schon«, meint er grinsend. »Sonst bekommt deine Mom das mit uns wirklich noch in den falschen Hals.«

Er hat recht. Meine Mutter würde durchdrehen, wenn sie mich mit einem halbnackten Denver im Badezimmer erwischen würde. Sie weiß zwar, dass ich bereits einen Freund hatte und ihr ist auch nicht unbekannt, dass ich mit ihm Sex hatte. Immerhin musste sie mit mir zum Frauenarzt gehen, um die Pille zu erhalten. Aber mit ihm war ich fast ein Jahr zusammen, bevor ich sie gebeten habe, mich zum Frauenarzt zu begleiten. Dass wir zu diesem Zeitpunkt bereits Sex hatten, habe ich stets außen vor gelassen. Ich bin ihr einziges Kind und sie ist immer sehr besorgt um mich und meinen Ruf. Mich mit Denver, dem Quarterback der Footballmannschaft in inniger Umarmung zu sehen, würde sämtliche Alarmglocken schrillen lassen. Ihrer Meinung nach sollte ich solche Zärtlichkeiten nur mit meinem Freund austauschen. Da ist meine Mutter sehr konservativ gestrickt.

Ohne Denver zu antworten, mache ich auf dem Absatz kehrt und bereite mich innerlich auf die Fragen meiner Eltern vor.

7. Kapitel

Denver

Nachdem ich meine Trainingssachen in die Waschmaschine geschmissen und sie angeschaltet habe, um den Schein aufrechtzuhalten, gehe ich in mein Zimmer. Wobei *gehen* übertrieben ist. Ich schleiche mich in mein Zimmer, weil es offiziell meiner kleinen Schwester gehört. Ich kann nicht glauben, dass ich mich auf diesen Quatsch eingelassen habe. Ich bin Phoenix Jones?! Dass ich das erleben muss, ist wirklich die Höhe. Ich bin so ziemlich alles, aber nicht meine kleine Schwester.

Na ja, lieber Phoenix als Madison. Die ist mit ihren fünfzehn Jahren unausstehlich. Ich schüttle den Kopf bei dem Gedanken an meine andere Schwester.

Die Sachen, die ich trage, wechsele ich gegen einen Hoodie mit dem Logo der Lincoln Tigers und einer Jeans sowie Socken und Sneakers. Dann betrachte ich mich nochmal in meinem bodentiefen Spiegel und verlasse mein Zimmer.

»Oh Denver«, höre ich Siennas Mom sagen. »Wir freuen uns so sehr, dass Sienna so eine tolle Mitbewohnerin gefunden hat.«

»Hallo Mr. Miller«, begrüße ich nun auch ihren Dad freundlich. »Ich bin Phoenix.«

Am diabolischen Grinsen meiner Schwester sehe ich, wie sehr sie dieses Spielchen genießt und überhaupt kein Problem damit hat, ihre Rolle zu spielen. Manchmal denke ich, dass an Phoenix eine großartige Schauspielerin verloren gegangen ist. Aber Phoenix in Hollywood, das mag ich mir überhaupt nicht vorstellen. Sie soll lieber etwas Solides machen. Nicht, dass ich ihr als NFL Spieler ihre gescheiterte Existenz nicht finanzieren könnte, aber sicher ist sicher.

»Hallo«, erwidert Siennas Vater und schüttelt meine Hand. »William Miller. Freut mich, Sie kennenzulernen. Meine Frau hat gesagt, dass Sie mir mit Siennas Möbeln helfen?«

»Natürlich«, sage ich und sehe zu ihr herüber. »Als Gast mache ich das doch gern.«

Minimal verziehen sich Siennas Augen zu Schlitzen und ich könnte schwören, dass sie mir in diesem Moment am liebsten eine reinhauen würde. Aber diese Seitenhiebe muss sie nun über sich ergehen lassen.

Ich gebe mich verdammt nochmal als meine Schwester aus und meine Schwester tut so, als wäre sie ich.

Gott, ist das verwirrend.

Daran ist nur Sienna schuld. Hoffentlich bekommt das niemals einer meiner Jungs mit. Die würden mich bis ans Ende meiner Collegetage damit aufziehen, dass ich das alles für Sienna auf mich nehme. Immerhin kenne ich sei erst seit wenigen Wochen. Wenn es nach denen geht, sollte ich sie sowieso längst vögeln.

Ich schüttle den Kopf. Diese Gedanken sind gerade völlig fehl am Platz.

»Dann können wir die Kisten tragen«, meint Sienna. »Wir sind ganz schnell fertig und ihr seid sicherlich so müde, dass ihr direkt in euer Hotel nach Chicago fahren müsst.«

Ihre Verzweiflung ist deutlich spürbar, sodass ich mir ein Grinsen nicht verkneifen kann. Vielleicht sollte ich dieses Spielchen mitspielen und mich so an ihr rächen. Denn scheinbar lässt Sienna aktuell nichts mehr verzweifeln, als ein langer Aufenthalt ihrer Eltern bei uns zu Hause.

»Du klingst fast so, als willst du deine Eltern loswerden«, gebe ich mich entrüstet und ziehe die Augenbrauen hoch.

»Das ist aber nicht nett.«

Sienna presst die Lippen zusammen und ballt die Hände zu Fäusten. Natürlich will sie ihre Eltern loswerden, weil sie Angst hat, dass sie sich verplappert.

»Das ist nicht wahr«, erwidert sie und verschränkt die Arme. »Ich würde euch niemals loswerden wollen. Ich dachte nur, dass ihr–«

Mir liegt es auf der Zunge zu sagen, dass sie aufhören soll zu denken, aber damit überspanne ich den Bogen wohl endgültig.

»Umso schneller wir anfangen, desto schneller sind wir fertig und desto schneller können wir überlegen, was wir mit der übrigen Zeit tun.«

Sienna wirft mir erneut einen bösen Blick zu, während Phoenix mich angrinst.

»Es ist wirklich ein Glücksfall, dass Sie hier sind, Phoenix«, meint Siennas Mom. »Wir haben schon überlegt, einen Nachbarn zu fragen, ob er bei den schweren Möbeln hilft.«

»Ja, es ist immer gut, einen Mann im Haus zu haben.« Ich zwinkere Sienna zu. »Wo haben Sie geparkt, Mr. Miller?«

»Im Haus, ja«, erwidert Sienna diabolisch. »In der Wohnung, nein.«

Ich bin kurz davor, die Augenbrauen hochzuziehen, aber lasse es bleiben. Im Grunde deckt sich mein Eindruck nun mit ihren Erzählungen aus den ersten Tagen. Ihre Eltern scheinen nicht zu wissen, wie ihre Tochter tickt, aber das ist nicht unbedingt schlecht. Meine Mom ist auch nicht im Bilde über alles, was ich tue. Das muss sie auch nicht, weil sie sich dann Sorgen machen würde. Es reicht schon, dass meine Schwestern sie regelmäßig mit ihrem Verhalten beunruhigen.

Madison ist aktuell völlig außer Rand und Band und kleidet sich im Gothic-Stil. Gott, sie hat sich sogar ihre blonden Haare schwarz gefärbt. Ich bin fast umgefallen, als ich sie das letzte Mal gesehen habe. Und Phoenix kriegt ihren Arsch im Studium nicht hoch. Mom redet sich ein, dass das bei Madison nur eine Phase ist. Immerhin wird sie bald sechzehn. Als Phoenix sechzehn war, hat sie sich ein Bauchnabelpiercing stechen lassen und ihre Röcke konnten nicht kurz und ihre Ausschnitte tief genug sein. Das war auch nicht besser. Als ich in Madisons Alter war, ist unser Dad gestorben und ich habe mich in den Football verbissen, um mich mit seinem Tod nicht auseinanderzusetzen. Was ich bis heute nur sporadisch getan habe. Auch wenn ich das ungern zugebe. Wir haben damals eine Familientherapie begonnen, die meinen Schwestern und meiner Mom mehr geholfen hat als mir.

Ich konnte mich auf die Gespräche mit der Psychologin nicht einlassen. Ich war sechzehn, als mein Dad gestorben ist. Als die Therapie angefangen hat siebzehn. Mein Dad war alles für mich – er war mein Held. Für mich war es unbegreiflich, dass eine fremde Frau wissen wollte, wie ich mich fühle und sagt, wie meine Mom, meine Schwestern und ich mit diesem Verlust umzugehen haben. Darum habe ich die Therapie boykottiert und bin nicht mehr hingegangen. Mom, Phoenix und Madison haben sie allein zu Ende gemacht. Außerdem denke ich, dass mich der Verlust unseres Dads mehr geschmerzt hat als meine Schwestern. Immerhin war ich älter als sie und ein Junge. Das mag für einige albern klingen. Aber dadurch, dass mein Dad bei der Army war und wir unseren festen Familienwohnsitz in Chicago hatten, war meine Zeit mit ihm immer sehr begrenzt. Er war die meiste Zeit des Jahres im Einsatz. Umso mehr freute ich mich, wenn er endlich zu Hause war. Wir haben Sport zusammen gemacht, er hat mir das Autofahren beigebracht und mir wann immer er konnte beim Football zugesehen. Sein Auslandseinsatz vor seinem Tod wäre sein letzter gewesen. Danach wäre er in Chicago stationiert worden und immer bei uns gewesen.

Ich schiebe die Gedanken an meinen Dad beiseite und konzentriere mich wieder auf das Hier und Jetzt.

»Wollen wir dann anfangen?«, durchbricht Sienna sichtlich genervt meine Gedanken und ich nicke abwesend.

»Ich habe eine Liste gemacht – mit allem, was wir im Auto haben und in welcher Reihenfolge wir es ins Haus tragen sollten, sodass Sienna, Denver und ich es am besten direkt einräumen. Mit dieser Strategie vermeiden wir Chaos«, erörtert Siennas Mutter in diesem Moment.

Mein Blick fliegt zu meiner Schwester, die Siennas Mutter mit nur einem Blick für verrückt erklärt und dann zu Sienna selbst, der der Auftritt ihrer Mutter sichtlich peinlich ist. Ihre Wangen ziert ein kräftiges Rot, als ich ihren Blick suche. Andererseits ist es praktisch, dass ihre Mutter alles durchplant. Weniger Arbeit für uns.

»Und wir müssen nur tragen?«, frage ich und zeige zwischen ihrem Dad und mir hin und her, der knapp nickt. »Super!«

»Lassen Sie uns schon mal runtergehen und die Möbel reintragen und aufbauen.« Ich folge ihrem Dad aus der Küche und schließlich aus der Wohnung nach unten.

»Und Sie haben auch viel mit Sienna zu tun?«, fragt er. Ich sehe ihn an und überlege, was ich ihm antworte. Kurz habe ich Angst, dass er die Lunte unserer Notlüge gerochen hat, aber Mr. Miller wirkt völlig entspannt.

»Ja«, sage ich also gelassen. »Sie wohnt mit meiner

Schwester zusammen und da läuft man sich über den Weg.«

»Was studieren Sie, Phoenix?«

»Sport, Sir!«

»Sport«, erwidert er und wirft mir einen anerkennenden Blick zu. Sein Blick gleitet über meinen Körper und endet schließlich an meinem Gesicht. »Spielen Sie Football?« Er deutet auf meinen Hoodie. Ich nicke. »Position?«

»Quarterback.«

»Quarterback«, murmelt er und wir verlassen zusammen das Wohnhaus und steuern den weißen Van an. »Haben Sie Ambitionen für die NFL?«

»Ja«, antworte ich und strahle ihn an. »Ich will in eineinhalb Jahren zum Draft.«

»Die NFL ist hart, Junge«, meint er und ich nicke. Ich weiß, dass die NFL hart ist und das College einem dagegen wie ein Kindergeburtstag vorkommt. Wenn ich kein Erstrundenpick bin, werde ich wohl erstmal auf der Bank sitzen. Selbst dann ist nichts in Stein gemeißelt. Viele gute Teams rüsten hinter ihrem Stammquarterback auf, um an die Zukunft zu denken.

»Das weiß ich«, antworte ich und er öffnet den Kofferraum des Vans. »Mögen Sie Football?«

»Ja.« Seine Miene hellt sich auf und er lächelt mich an. Er ist ehrlich interessiert an meinem Sport und das freut mich ungemein. »Mein Sohn Lawrence hat in der Highschool gespielt.«

Ich erinnere mich daran, dass Sienna mir erzählt hat, dass er aus einer früheren Beziehung ihres Vaters stammt. Sie hat nur spärlich Kontakt zu ihm und kann an einer Hand abzählen, wie oft sie ihn in ihrem Leben gesehen hat.

»Und danach wollte er nicht weitermachen?«, erkundige ich mich interessiert. Ich kenne einige Jungs, für die nach der Highschool Schluss war. Die Plätze in den Teams der

Collegemannschaften sind hart umkämpft und die Stipendien fallen nicht vom Himmel. Viele haben nicht genug Talent oder haben schlichtweg keine Lust gehabt den Sport professionell zu betreiben. Für sie war es nett während der Highschool Zeit, aber danach hatten sie andere Pläne.

»Seine Mutter, meine Ex-Frau, war der Meinung, dass das keine Grundlage hat.« Siennas Dad wirkt traurig. Seine Miene wird verschlossener und ich kann ihm ansehen, wie schwer es ihm fällt, dass er sich dem Wunsch seiner Ex-Frau beugen musste. »Er sollte etwas Handfestes machen.«

»Das ist schade«, sage ich und helfe ihm dabei, die Außenwände von Siennas Regal aus dem Van zu heben. »Meine Eltern haben mich immer unterstützt und meine Mom und meine Schwestern kommen, wann immer sie Zeit haben, zu meinen Spielen.«

»Es ist schön, dass sie dich unterstützen. Ich hätte es bei Lawrence auch gern getan«, sagt er und seufzt. »Leider sind Esther und mir keine weiteren Kinder vergönnt gewesen. Und Sienna wird kaum einen Football von einem zu großen Ei unterscheiden können.«

Ich muss laut lachen und kann kaum an mich halten. Sienna hat bereits sehr früh deutlich gemacht, dass sie für Football nichts übrig hat. Die Regeln schien sie auch nicht zu beherrschen, als wir vor ein paar Tagen die Wiederholung eines meiner Spiele der letzten Saison angesehen haben, weil ich meine Laufwege analysieren wollte. Das war gar nicht möglich, weil sie mich ständig unterbrochen hat. Sie wusste nicht, wie viele Versuche ich habe, bis ein Spielzug vorbei ist oder warum ein Field Goal drei Punkte bringt, aber der Extrapunkt nach dem Touchdown nur einen, obwohl beide vom Kicker ausgeführt werden. Ich habe versucht, ihr alles zu erklären, aber am Ende hatte sie lediglich verstanden, dass es zwei Mannschaften gibt und der Sport brutal ist. Gern würde ich das ihrem Dad erzählen, aber ich habe Angst, dass ich Siennas Notlüge damit auffliegen lasse.

Am Wochenende haben wir ein Heimspiel und es wäre schön, wenn sie mit Phoenix ins Stadion kommt. Bisher habe ich sie noch nicht gefragt, weil sie sich bestimmt irgendwelche Ausreden einfallen lassen würde. Das ist bereits jetzt ziemlich anstrengend.

»Sienna ist auch zum Studieren hier, nicht zum Football gucken«, erwidere ich stattdessen und Mr. Miller nickt.

»Natürlich ist sie das«, meint er und sein Blick schweift einen Moment in die Ferne. »Es war schon sehr schwer für uns, sie ziehen zu lassen – vor allem für meine Frau –, aber Sienna muss ihren eigenen Weg gehen. Neue Freunde finden und ihre Erfahrungen machen.«

»Sie möchten sie also nicht wieder zurück nach Montana holen?«

»Ich?« Er lacht. »Meine Frau bestimmt, aber ich nicht. Ich habe jetzt einen Hobbyraum, seitdem Siennas Räume im Keller ungenutzt sind.«

Ihr Dad wird mir von Sekunde zu Sekunde sympathischer und wirkt überhaupt nicht so langweilig und streng wie Sienna ihn beschrieben hat. Aber wir nehmen unsere Eltern immer anders wahr, als andere Menschen. Auf mich macht er einen sehr offenen und netten Eindruck. Lächelnd denke ich daran, dass er sich sehr gut mit meinem Dad verstanden hätte. Vielleicht würde er sich auch mit Moms Freund John gut verstehen, aber etwas in mir sträubt sich immer wieder dagegen, ihn an ihrer Seite zu akzeptieren. Für mich ist es nach wie vor unvorstellbar, einen anderen Mann als meinen Dad dort zu sehen. Das zeige ich John auch nur zu deutlich. Unsere Gespräche in den letzten drei Jahren beschränken sich auf das Minimum. Mir wäre es lieber gewesen, wenn Mom noch länger allein geblieben wäre nach Dads Tod. Wir haben schon oft darüber gestritten und vor allem meine Schwestern haben mir klar gemacht, dass ich das nicht zu entscheiden habe. Tief in meinem Inneren weiß ich auch, dass sie glücklich mit ihm ist. Sie sind seit drei Jahren zusammen, wohnen in ihrem gemeinsamen Haus und haben sich ein Leben aufgebaut. Meine Mom wird meinen Dad niemals vergessen. Allein schon, weil sie mit ihm drei gemeinsame Kinder hat. Außerdem war meine Mom Anfang vierzig, als sie Witwe geworden ist. Sie soll nicht die kommenden dreißig oder sogar vierzig Jahre allein bleiben, nur weil ich mir keinen Mann an ihrer Seite vorstellen kann.

»Ich hätte eine andere Antwort erwartet«, sage ich ehrlich.

»Weil ich denke, dass meine Tochter erwachsen wird und ihr eigenes Leben lebt?«, fragt er und schüttelt den Kopf. »Natürlich möchte ich nicht, dass Sienna an die falschen Leute gerät und in Schwierigkeiten kommt. Aber sie ist neunzehn Jahre alt und glücklich hier.«

»Ja, das ist sie«, sage ich lächelnd. Sienna schien tatsächlich nicht einmal unglücklich zu sein in den letzten Wochen. Ja, sie hat gesagt, dass ihr Studium stressig ist und sie sich einfinden muss, aber unglücklich klang sie nie. Ihre Augen leuchteten immer so übertrieben auf, wenn sie von ihrem Studium sprach, dass ich oftmals fragen wollte, ob wir uns im selben Gespräch befinden. »Bringen wir die Teile nach oben und bauen das Regal zusammen?«

»Das sagt der Plan meiner Frau.« Er lacht und wendet sich mir zu. »Gibt es denn ein Team, zu dem Sie möchten, Phoenix?«

Für einen Moment denke ich über seine Frage nach. Mein Wunsch wäre es, von den Chicago Eagles gedraftet zu werden. Dann kann ich weiterhin in meiner Heimatstadt leben und bin meinen Schwestern und meiner Mom nah. Aber die NFL ist kein Wunschkonzert und aktuell haben die Eagles keine Probleme auf der Quarterback Position. Ich befürchte vielmehr, dass ich nach Florida oder New York muss.

»Ich mache mir keine Illusionen, dass ich nach Chicago komme«, erwidere ich und zucke mit den Schultern. »Auch wenn das mein Wunsch wäre. Dann wäre ich weiterhin in der Nähe meiner Familie.«

Er nickt verständnisvoll und wir betreten den Hausflur und tragen die Sachen nach oben. Dort werden wir bereits von Sienna, ihrer Mom und Phoenix empfangen.

»Hier entlang«, weist Mrs. Miller uns an und ich schaue kurz zu Sienna. Ich bin nicht sicher, ob ihr der Ton ihrer Mutter recht ist. Immerhin gibt diese gerade vor, wie ihr Zimmer eingerichtet werden soll.

»Das Regal soll in diese Ecke«, meint sie und ich schaue erneut zu Sienna. Ich weiß nicht, was ich von ihr erwarte. Vielleicht eine Bestätigung dessen, dass ihr das alles recht ist. Aber sie bleibt stumm. Fast schon gleichgültig, als hätte sie damit abgeschlossen, den Einrichtungswünschen ihrer Mutter zu widersprechen. »Vielleicht stellen wir den Schreibtisch und das Bett auch gleich um.«

Ich schaue wieder zu Sienna, aber sie reagiert auch diesmal nicht. Verloren steht sie mitten im Raum und lässt ihrer Mutter absolute Handhabe. Die Sienna, die hier steht und die Sienna, die ich in den letzten Wochen kennengelernt habe, passen nicht zusammen. Sie ist doch kein schüchternes Mäuschen, das sich alles gefallen lässt. Mein Gott, sie setzt regelmäßig meine One-Night-Stands vor die Tür, geigt mir die Meinung und schlägt sogar Darren in die Flucht. Es behagt mir ganz und gar nicht sie so zu sehen.

»Möchte noch jemand was trinken?«, fragt Sienna und verschwindet aus ihrem Zimmer, bevor wir etwas erwidern können.

»Oh, Denver!« Ich hebe den Kopf, um Siennas Mutter zu antworten, als mir einfällt, dass ich gerade Phoenix bin. »Was meinst du, wenn wir noch die mitgebrachten Vorhänge aufhängen?«

Ich sehe zu Phoenix, die ein wenig unbeholfen neben Siennas Mutter steht und räuspere mich. »Ich bin mal kurz–«, murmle ich. »Für kleine Jungs.«

Ich verlasse Siennas Zimmer und schaue mich im Wohnzimmer um.

»Sienna?«, rufe ich leise. »Wo bist du?«

Als ich mich umdrehe sehe ich, dass meine Zimmertür einen Spalt offensteht. Seufzend gehe ich darauf zu und klopfe an. »Hey«, wispere ich und trete ein. »Alles okay?«

Sie sitzt völlig entnervt auf meinem Bett und wirft die Hände in die Luft.

»Ich weiß es nicht«, seufzt sie. »Ja, ich habe vergessen, dass sie kommen, aber ich–« Sie bricht mitten im Satz ab.

Ich gehe auf sie zu und setze mich neben sie. Sienna wirft mir einen kurzen Blick zu und starrt dann wieder auf ihre Füße vor sich.

»Ist deine Mom immer so–« Ich überlege, wie ich es am besten in Worte fasse. Ich glaube nicht, dass »anstrengend« das richtige Wort ist. »Motiviert?«

»Ja«, sagt sie und rollt mit den Augen. »Und sie wird erst zufrieden sein, wenn das Zimmer so aussieht, wie es ihr gefällt. Weil sie denkt, dass es mir auch gefällt.«

»Dann sag ihr doch, dass es dir nicht gefällt«, schlage ich vor. »Und sie nicht alles umräumen kann.«

»Hast du eine Ahnung!« Sienna sieht mich an, als wäre ich nicht bei klarem Verstand. Im Gegensatz zu ihrem Dad, scheint ihre Mutter ziemlich nervig zu sein. Ich hoffe wirklich, dass die bald verschwinden. Mir gefällt diese Sienna überhaupt nicht. Sie wirkt eingeschüchtert und hilflos. Immer mehr kann ich verstehen, dass sie so viele Meilen und Flugstunden wie möglich zwischen sich und ihre Mutter bringen wollte. Vielleicht wäre sie lieber nach Florida gegangen. Dort käme Mrs. Miller nicht mit ihrem Van hin oder zumindest nicht so schnell wie nach Illinois.

»Natürlich meine ich das und hättest du sie nicht belogen, würde ich sie rauswerfen.«

»Auf keinen Fall«, ruft sie mit weit aufgerissenen Augen. »Du kannst sie nicht rauswerfen. Sie ist meine Mutter!«

»Kann ich auch nicht, weil Phoenix hier wohnt.« Ich zwinkere ihr grinsend zu und stehe auf. Motiviert klatsche ich in die Hände und reiche ihr diese dann. »Los komm«, sage ich sanft. »Bringen wir es hinter uns.«

»Danke, Denver«, grinst sie. »Das müsstest du nicht tun.«

»Ich will doch nicht meine Köchin und Haushaltshilfe verlieren«, erwidere ich empört und sie wirft mir einen dermaßen giftigen Blick zu, dass ich beinahe lachen muss. »Komm schon, du weißt, dass ich das nicht in dir sehe.«

»Hoffentlich«, murrt Sienna und will an mir vorbeigehen, als ich sie aufhalte und zurückziehe. Dabei stolpert sie in meine Arme. Ihr Körper prallt gegen meinen und ich genieße das Gefühl ihrer weichen Brüste, die sich gegen meinen Oberkörper drücken. Generell genieße ich ihre Berührungen viel zu sehr.

»Sienna«, seufze ich. »Ich hatte bisher genug Chancen, um dich loszuwerden. Ich habe die letzten Jahre am College auch ohne dich geschafft.«

Sie muss ein Grinsen unterdrücken und verengt die Augen zu Schlitzen.

»Ich weiß ja nicht, Mr. Jones«, kichert sie. »Vielleicht haben Sie doch nur das Eine im Sinn.«

Das ist der Moment, in dem der gesunde Menschenverstand in meinem Hirn abschaltet. Ich habe zwar nicht nur *das* mit Sienna im Sinn, aber von der Bettkante schubsen würde ich sie auch nicht. Es wäre ein leichtes, meinen Kopf zu ihr zu beugen und sie zu küssen. Meinen Mund auf ihren zu drücken und ihren Geschmack zum ersten Mal zu schmecken. Flüchtig riskiere ich einen Blick auf mein Bett, als ich auch schon einen Schlag auf die Brust bekomme. Das war wohl etwas zu auffällig.

»Denver Jones!« Sienna stemmt die Hände in die Hüften. »Du bist ein Lustmolch.«

»Und?«, frage ich grinsend. »Warst du nicht diejenige, die gern vögelt?«

Sienna will sich empören und mir etwas entgegen schleudern, aber ich ignoriere sie und mache mich schnell aus dem Staub.

8. Kapitel

Sienna

Ich bin heilfroh, dass meine Eltern einige Tage später wieder abgereist sind und nicht herausgefunden haben, dass Phoenix nicht Denver ist. Meine Mom hatte zwar darauf bestanden, uns zum Essen einzuladen, aber wir konnten uns galant rausreden. Ich hoffe sehr, dass sie in den nächsten Monaten nicht mehr nach Lincoln kommen. Sonst muss ich ihnen entweder die Wahrheit sagen oder weiterhin zu dieser kleinen Notlüge greifen.

Es fällt mir nicht leicht, meine Eltern zu belügen, aber wenn sie mir das Geld für die Miete streichen, sitze ich nicht nur auf der Straße, sondern muss mein Studium auch abbrechen, weil ich unter einer Brücke kaum für meine Klausuren lernen kann.

Ich betrete den Seminarraum am College und halte Ausschau nach einem bekannten Gesicht. Unternehmensführung habe ich alle zwei Wochen. Es fällt mir leicht und es ist interessant. Auch wenn die Anforderungen sehr hoch sind und die Länge der Texte unfassbar ist.

An einem Tisch in der vorderen Reihe erkenne ich Millie. Ich habe noch weitere Kurse mit ihr, aber noch nie neben ihr gesessen. Sie wirkt auf mich nicht wie ein jemand, der von sich aus Kontakt zu anderen sucht. Sie ist sehr schüchtern.

»Hi«, sage ich an ihrem Tisch angekommen. »Darf ich mich setzen?«

Überrascht sieht sie zu mir auf und richtet ihre Brille. Zugegebenermaßen schreit einem nicht das Wort »Vamp« entgegen, wenn man sie sieht. Ihre biedere rosafarbene Bluse und die Jeans werden durch die Brille und ihren strengen Zopf abgerundet. Make-Up sucht man in ihrem Gesicht auch vergebens. Das hat sie aber auch nicht nötig. Sie hat strahlend braune Augen und rosige Wangen sowie eine absolut reine Haut. Andere Mädchen würden für so eine Natürlichkeit töten oder tausende von Dollar in Schönheitsbehandlungen stecken.

»Natürlich«, begrüßt sie mich überrascht und räumt ihren Rucksack auf den Boden. »Setz dich doch.«

»Danke«, sage ich und nehme Platz. Ich packe mein MacBook, meinen Block sowie einen Kugelschreiber und mein iPhone aus.

Während ihr äußeres Erscheinungsbild unscheinbar und ihr Auftreten anderen gegenüber schüchtern ist, hat sie die neusten elektronischen Geräte vor sich liegen. Ihr MacBook ist das aktuellste Modell und auch ihr iPhone das absolute High End Gerät mit drei Kameras. »Millie, richtig?«, hake ich nach und sie nickt.

Dabei rutscht ihre Brille herunter und ich muss kichern. »Sorry«, meint sie. »Sie will nicht halten.« Millie schiebt ihre Brille zurück an Ort und Stelle und grinst mich erneut an. »Ja, ich bin Millie und du bist Sienna?«

»Genau. Wir haben mehrere Kurse zusammen.«

Millies Mimik hellt sich bei meiner Feststellung auf. Sie wirkt glücklich darüber, dass ich sie ebenfalls bemerkt habe.

»Kommst du aus Chicago?« Überrascht, wie gesprächig sie ist, schüttle ich den Kopf.

»Ich komme aus Ellsworth, das ist eine Kleinstadt in der Nähe von Helena in Montana«, erkläre ich. »Und du?«

»Ich komme aus Minneapolis.«

»Oh«, meine ich und ziehe die Augenbrauen nach oben. »Kalt.«

Millie lacht und nickt.

Ich klappe mein MacBook auf und logge mich ein. Bisher habe ich noch nicht die richtige Lösung für meine Notizen gefunden. Alles per Hand mitzuschreiben ist mir zu anstrengend, aber ich kann besser mit handschriftlichen Notizen lernen und mir den Lernstoff einprägen. Digitale Texte sind hingegen schneller zu überarbeiten und mit meinen Kommilitonen zu tauschen. Die Cloud wäre noch eine Möglichkeit, um die Daten zu speichern.

»Und?«, meint Millie plötzlich und ich sehe zu ihr herüber. Es ist immer noch irritierend für mich, dass sie vor wenigen Minuten noch wie ein scheues Reh wirkte und jetzt drauflos redet. »Hast du schon viele neue Leute kennengelernt?«

»Ein paar«, erwidere ich und sehe mich im Raum um. »Die meisten durch meinen Mitbewohner und du?«

»Geht so«, murmelt sie und spielt mit ihrem Stift. Sie wirkt nervös und ihr ist ihre Antwort unangenehm. Das muss sie aber nicht. Ich weiß nur zu gut, wie schwer es ist, neue Kontakte zu knüpfen. Ehrlich gesagt ist sie die erste Person, mit der ich so richtig ins Gespräch komme, die nicht mit Denver befreundet ist. »Ich bin nicht so gut darin, neue Leute kennenzulernen.« Sie lächelt mich an und zuckt schüchtern mit den Schultern.

»Du hast mich kennengelernt«, antworte ich und lächle sie offen an.

»Ja, stimmt«, sagt sie. »Wo wohnst du denn? Ich habe eines der letzten Zimmer in einem der Wohnheime am Campus bekommen.«

Ich kann mir ein Lachen nicht verkneifen und überlege, ob

sie wohl das Zimmer bekommen hat, das ich unbedingt haben wollte – das dann aber nicht mehr frei war, weswegen ich jetzt bei Denver wohne. Das gefällt mir nach wie vor viel besser und ich bin wirklich dankbar über diesen Fehler.

»Ich wohne in einem der Apartmentkomplexe in der Abbey Street«, erkläre ich. »Die Wohnheimverwaltung hat meinen Mitbewohner versehentlich als Mitbewohnerin ausgegeben. Schließlich waren alle Zimmer in den Wohnheimen belegt und ich konnte nicht mehr umziehen.«

»Du … du wohnst mit einem Typen zusammen?« Millie sieht aus, als hätte sie ein Pferd getreten.

»Ja«, sage ich und zucke mit den Schultern. »Es war wie gesagt kein Zimmer mehr frei.«

»Oh, ach so«, meint sie. »Ist er nett?«

»Klar«, erwidere ich bemüht beiläufig. »Denver ist voll in Ordnung. Wir kommen gut miteinander klar.«

»Denver?«, kiekst sie. »Du meinst doch nicht Denver Jones, oder?« Millie lacht übernervös. Ist das etwa ihr Ernst? Denver ist doch kein Gott.

»Was finden nur alle so besonders an dem Typen?«, frage ich und puste mir eine Strähne aus der Stirn. »Der wäscht sich genauso wie alle anderen Kerle nicht die Hände, nachdem er seine Eier angefasst hat.«

Ich schüttle belustigt den Kopf, während der von Millie hochrot wird. Sie scheint auf dem Gebiet Männer entweder keinen Humor oder keine Erfahrung zu haben. Ich tippe eher auf Zweiteres.

»Hast du Hobbys?«, wechselt sie galant das Thema. »Ich habe überlegt der College-Zeitung beizutreten.«

»Dich der College-Zeitung anzuschließen ist doch kein Hobby.«

»Nicht?« Sie schaut mich verdutzt an und ich schüttle den

Kopf.

»Oh«, erwidert sie und spielt nervös mit ihrem Stift. »Vielleicht können wir mal zusammen Mittagsessen.«

»Das ist auch kein Hobby, aber finde ich eine gute Idee«, erwidere ich und zwinkere ihr zu, als unsere Dozentin den Raum betritt. Ich schaue nochmal zu Millie und lächle sie warm an.

Als wir eineinhalb Stunden später den Raum verlassen, fühle ich mich völlig erschlagen. Es kam mir vor, als hätte sie einen riesigen Eimer mit Informationen über mir ausgegossen, die ich gar nicht verarbeiten kann. Wie in Gottes Namen soll ich das alles nacharbeiten, ohne mein Privatleben komplett zu verlieren?

»War das nicht interessant?«, plappert Millie neben mir. »Obwohl es ganz schön viel Stoff ist bis nächste Woche.«

»Ganz schön viel Stoff?«, empöre ich mich. »Die glaubt doch wohl nicht, dass ich fünfzig Seiten über das Gründungsrecht lese und dieses auf Amazon und Apple anwende und vergleiche. In meinem Kopf!« Völlig entsetzt sehe ich Millie an, die bei meiner Tirade jedoch keine Miene verzieht.

»Wir können es zusammen machen. Du liest den einen Text, ich lese den anderen Text, wir erzählen uns die Infos und dann schreiben wir gemeinsam etwas.«

»Ich will nicht mal einen der Texte lesen«, jammere ich und sie lacht.

»Das wirst du aber müssen, Sienna. Umso mehr du jetzt machst, desto weniger musst du später lernen.«

»Das halte ich für ein Gerücht«, erwidere ich und seufze. »Lass uns erstmal etwas essen.«

•••

Wir betreten gemeinsam die Cafeteria und nehmen jeder ein Tablett, um uns anzustellen. Dabei lasse ich meinen Blick durch den großen Raum gleiten. Hier unterscheidet sich das College nicht weiter von der Highschool. Es gibt die Sportler, die Cheerleader, die Nerds, die Musiker und die, die sich keiner dieser Ultragruppen angehörig fühlen. Und dann gibt es noch mich, die nie etwas mit den Sportlern am Hut hatte und ihnen auf der Highschool auch eher aus dem Weg gegangen ist. Jetzt wohne ich mit dem Quarterback zusammen. Denver sitzt an seinem Stammplatz und sieht in meine Richtung. Ich hebe die Hand und winke ihm zu. Er erwidert es und das Mädchen, das heute die Ehre hat, an seinem Arsch zu kleben, verzieht den Mund, als sie sieht, dass er mich grüßt. Das lässt mich regelmäßig aus der Haut fahren. Er will sie doch nur vögeln. Wieso muss dafür immer so eine Show am helllichten Tag abgezogen werden? Wir sind doch nicht mehr auf der Highschool.

»Hat er dir gewunken?«, fragt Millie mit großen Augen und nimmt der Mitarbeiterin in der Essensausgabe einen Teller ab. Ich tue es ihr gleich.

»Ja«, erwidere ich knapp. »Er ist auch nur ein Mensch.«

»Hm. Kennst du seine Kumpels auch näher?«

»Definiere *näher*?«, hake ich nach und Millie wird auf Knopfdruck rot. »Ich meine ... ja, ich kenne Darren, Julien und Jake.«

»Ah okay.« Ich kann nicht einschätzen, ob sie desinteressiert ist oder nicht weiß, was sie antworten soll. »Ich mag Football. In Minneapolis haben wir auch ein NFL Team, die Minnesota Warriors.«

»Du magst Football?« Ich sehe sie mit großen Augen an und reiche der Frau an der Kasse mein Geld. Ich hätte jedem hier zugetraut, dass er Football mag, aber Millie – niemals. Sie wirkt auf den ersten Blick nicht wie eine Frau, die auf so einen brutalen Sport steht. Ich hätte sie vielmehr so eingeschätzt, dass sie sich über mehrere Stunden, die ein Spiel dauert, die Augen zuhält.

»Ja«, meint sie und lächelt. »Ich kenne sogar die ein oder andere Regel ... es macht Spaß zuzuschauen.«

»Wow«, stoße ich aus. »Das hätte ich niemals von dir erwartet.«

»Das sagen die meisten Menschen, denen ich es erzähle«, kichert sie und schiebt ihre Brille nach oben. »Magst du Football?«

»Nicht wirklich, aber wenn du es magst, geh für mich ins Stadion«, scherze ich. »Denver will unbedingt, dass ich am Wochenende komme.« Ich seufze.

»Das Spiel ist ausverkauft«, erwidert sie erstaunt. »Ich habe keine Karte mehr bekommen.«

»Komm doch mit mir«, schlage ich ihr vor. »Phoenix, Denvers Schwester, wird auch da sein. Das wird lustig.«

»Ich weiß nicht«, murmelt sie verunsichert. Dabei sehe ich ihr doch an der Nasenspitze an, dass sie unbedingt mitkommen will. »Er kennt mich gar nicht und ... und dann nehme ich eine Karte von ihm an.«

»Dann ändern wir das eben.« Ich grinse und mache kurzen Prozess mit ihr. Ich greife nach ihrer freien Hand und ziehe sie hinter mir her. Denver wird sich freuen sie kennenzulernen. Immerhin ist sie meine erste eigene Freundin am College. Vielleicht schieße ich mit der Bezeichnung Freundin ein wenig über das Ziel hinaus, aber was nicht ist, kann ja noch werden. »Komm mit.«

Millie aber bewegt sich keinen Schritt, woraufhin ich auch stehen bleiben muss. Fragend sehe ich sie an.

»Millie?«, spreche ich sie an und ziehe die Augenbrauen hoch. »Kommst du?«

»Du ... du willst dich zu ihnen setzen?«

»Ja«, sage ich wie selbstverständlich. »Ich habe dir doch gesagt, dass Denver mein Mitbewohner ist.«

»Ja, aber ... aber er ist auch – ich sollte dort nicht sitzen.«

»Er atmet die gleiche Luft wie du, er scheißt ins gleiche ... na ja er scheißt zu Hause ins gleiche Klo wie ich und aus seinem Mund kommen hundertmal dümmere Dinge als aus deinem«, stöhne ich auf. »Du wirst ihm gewachsen sein und den anderen auch. Sie sind nett.« Ich lächle sie aufmunternd an.

Millie sieht mich nochmal an und dann zu den Jungs. »Na schön«, wispert sie und tatsächlich schleicht sich ein Lächeln auf ihr Gesicht. »Essen wir mit ihnen.«

»Perfekt.« Ich grinse erhaben und steuere den Tisch an.

Jake, der mich zuerst sieht, deutet dem Mädchen auf dem Stuhl neben sich an, aufzustehen. Völlig empört sieht sie ihn an und wirft ihre wasserstoffblonden Locken zurück. Ein wenig kann ich ihre Entrüstung verstehen. Es ist nichts anderes, wie bei der, die immer noch an Denver klebt. Neben Jake sitzt Darren. Denver und das Mädchen neben ihm gegenüber auf den Stühlen. Julien und Dan haben jeweils an den Enden des Tisches Platz genommen.

»Hey«, sage ich und lächle dabei in die Runde. Ich mag Denvers Freunde und freue mich, sie beim Mittagessen zu sehen. Überraschenderweise verstehe ich mich besser mit ihnen, als ich gedacht hätte. »Können wir uns zu euch setzen?«

»Klar.« Jake grinst und geht sofort in den Flirtmodus über. Ich verdrehe die Augen und deute Millie an, ihr Tablett abzustellen. Sie tut wie ihr geheißen und lässt sich auf den

Stuhl plumpsen, den Jake freigemacht hat, sodass sie nun zwischen ihm und Darren sitzt.

»Komm hier her, Sienna.« Denver zieht einen Stuhl vom Nebentisch zu sich herüber und drückt ihn zwischen sich und seine Eroberung. Ich ziehe die Augenbrauen hoch, weil ich nicht ganz glauben kann, dass ich dort sitzen soll. Denver aber macht keine Anstalten daran, etwas zu ändern. Er weiß, dass ich seinen Flirts und One-Nights-Stands lieber aus dem Weg gehe. Die meisten von ihnen wissen mittlerweile, dass ich seine Mitbewohnerin bin, und lassen mich ihren Neid spüren. Natürlich sagen sie nie etwas direkt zu mir, aber ich bekomme die Lästereien hinter vorgehaltener Hand mit, sowie die Gerüchte über Denver und mich. Manchen Menschen scheint es völlig unbegreiflich zu sein, dass zwischen uns nichts läuft. Bereits in der Highschool hat es mich gestört, mit falschen Wahrheiten im Mittelpunkt zu stehen.

»Bevor ich es vergesse.« Ich rücke den Stuhl zurecht und wende mich meiner neuen Freundin zu. »Das ist Millie. Millie, das sind Denver, Jake, Darren, Julien und Dan.« Die Namen der Mädchen weiß ich nicht.

»Hey Leute!« Gut gelaunt kommt Phoenix in Begleitung von Joy auf uns zu. »Alles klar?« Mit einem Selbstbewusstsein gesegnet, das mich neidisch werden lässt, zieht Phoenix sich und Joy jeweils einen Stuhl an unseren Tisch und setzt sich. Ihre blonden Haare hat Phoenix in einem hohen Pferdeschwanz zusammengebunden. Zu meiner Überraschung trägt sie einen Hoodie der Footballmannschaft, der ihr mindestens zwei Nummern zu groß ist. Ob der von Jake ist? Ich muss grinsen. Eine graue Jeans und schwarze Sneakers runden ihr Outfit ab. Phoenix ist, wie so oft, ungeschminkt. Joy hingegen hat ihren markanten Lidstrich gezogen und ein sexy Augen-Make-Up aufgelegt. Ihre Haarspitzen sind mittlerweile Türkis. Ein weißes T-Shirt und eine schlichte Skinny Jeans sowie weiße Sneakers runden ihren heutigen Style ab. Ich freue mich sehr, die beiden zu sehen.

»Hey«, meine ich. »Phoenix, Joy – das ist Millie.«

»Hi«, sagen die beiden im Chor und Millie erwidert es schüchtern. Für sie ist diese Situation ein Eintritt in eine völlig andere Welt. Ehrlich gesagt wäre es das für mich auch, wenn ich nicht Denvers Mitbewohnerin wäre und diese Chaoten hier nicht bereits kennen würde. Phoenix und Joy steigen sofort in die Gespräche am Tisch ein.

»Sienna kommst du auch mit?«, fragt Joy mich und ich sehe sie fragend an.

»Wohin?«

»Heute Abend auf die Party«, erwidert Joy und pustet sich eine Strähne ihrer Haare aus der Stirn. »Das wird lustig.«

»Sie wird keine Zeit haben«, meldet sich Denver zu Wort, bevor ich antworten kann. »Sie muss sicher wieder lernen.«

Empört sehe ich ihn an. Scheinbar bin ich die einzige Person am Tisch, Millie ausgenommen, die ihr Studium mit einer gewissen Ernsthaftigkeit ansieht. Obwohl ich das, nach dem heutigen Seminar in Unternehmensführung, auch anders sehe. Die Dozentin hat echt einen Knall, wenn sie denkt, dass ich das alles lese.

»Oh sorry, dass ich nicht jetzt schon alles in den Arsch geschoben bekomme, Mr. Quarterback«, entgegne ich flapsig.

»Nur kein falscher Neid«, erwidert er und grinst mich schelmisch an. »Und die Putzfrau, die wir haben, bezahlt sich auch nicht von selbst.«

»Uh«, lacht Darren, »Die Runde geht an Denver.«

»Halt die Klappe«, motze ich ihn an. »Und du sag auch

keinen Ton.« Ich deute mit meiner Gabel auf Jake, der sogleich die Arme hebt.

»Magst du Football, Millie?«, fragt er diese stattdessen und sie wird sofort rot, weil sie wohl nicht damit gerechnet hat, in den Fokus der Gruppe zu gelangen. Sie wirkt, als würde sie sich lieber in Luft auflösen, als ihm zu antworten.

»Ein wenig«, meint sie und stochert in ihrem Essen herum. »Ich kenne mich aus.«

»Sie hat leider keine Karten mehr für das Spiel am Samstag bekommen«, schalte ich mich ein. »Ich habe ihr meine angeboten.«

Denver wirft mir einen fragenden Blick zu und ich zucke mit den Schultern.

»Ich habe doch gesagt, dass ich das nicht annehmen kann«, meint Millie und schüttelt den Kopf. »Dann gehe ich nicht hin, das ist in Ordnung.«

Nur ein Idiot würde nicht sehen, wie gern sie mitkommen möchte.

»Ach Quatsch«, mischt sich nun Darren ein und lächelt sie an. Millie erwidert seinen Blick und ihre Wangen färben sich noch eine Nuance dunkler. »Wir besorgen dir noch eine Karte.«

»Nein«, sagt Millie und winkt ab. »Das … das ist wirklich nicht nötig.«

»Das ist kein Ding. Jeder von uns hat eine Anzahl an Karten zur Verfügung. Ich habe noch welche übrig.«

»Siehst du«, sage ich grinsend und deute auf Millie. »Jetzt hast du eine Karte.«

Ihr ist die ganze Sache immer noch nicht geheuer, aber weder ich noch die Jungs lassen uns von unserem Plan abbringen. »Danke«, flüstert sie und lächelt Darren schüchtern an. Dieser nickt unbeteiligt und widmet sich wieder den Gesprächen am Tisch.

»Können wir nochmal über die Party reden?«, fragt Joy und sieht mich an. »Kommst du mit oder nicht?«

»Ich –«

»Sie kommt mit«, beschließt Denver und mein Kopf fährt herum, sodass ich ihn ansehen kann. Er wirkt völlig zufrieden mit sich und seiner Antwort. Und das, obwohl er genau weiß, dass ich nicht mitkommen möchte und morgen früh einen wichtigen Kurs habe. »Und wir diskutieren auch nicht darüber.«

Die Jungs lachen und auch Phoenix und Joy können nicht mehr an sich halten.

»Was?«, fragen Denver und ich und sehen sie an.

»O Mann«, meint Jake und verdreht amüsiert die Augen. »Ihr hättet sehen müssen, wie Brittany und Tiffany abgezogen sind, als Denver nur noch Augen für dich hatte.«

Jetzt weiß ich immerhin wie die beiden heißen. Den Rest von Jakes Aussage versuche ich zu ignorieren, aber das ist mir nicht möglich. Alle sehen mich – uns – an.

Hitze schießt in meine Wangen, weil mir die Aufmerksamkeit nun doch unangenehm ist. Denver sieht mich weiterhin grinsend an und legt seinen Arm um mich.

»Das war mein Plan«, meint er selbstgefällig. »Sienna ist das perfekte Alibi für nervige Tussis.«

Ich verdrehe die Augen und schlage seinen Arm weg.

»Nimm deine Pfoten von mir«, zische ich, aber er lässt sich nicht beirren und zieht mich nur noch näher an sich heran.

»Denver, verdammt!«

9. Kapitel

Sienna

Ein Monat später

Seit mehr als einem Monat studiere ich nun in Lincoln, habe in Millie, Joy und Phoenix tolle Freundinnen gefunden und mit Denver den besten Mitbewohner der Welt. Wir verstehen uns wahnsinnig gut, haben viel Spaß miteinander. Meine Befürchtung, dass ich allein den Haushalt schmeißen muss und er wie der Obermacho daneben steht und nichts tut, hat sich zum Glück nicht bestätigt. Vielmehr ist es so, dass er mir immer wieder seine Hilfe anbietet und ein ziemlich ordentlicher Kerl ist. Natürlich haben wir manchmal unsere Reibereien und Themen, bei denen wir absolut nicht auf einem Nenner sind. Denver hat die furchtbare Angewohnheit seinen übriggebliebenen Kaffee am Morgen nachmittags zu trinken. Kalt und mit abgestandener Milch. Ich habe ihm schon hundert Mal gesagt, dass die abgestandene Milch Bakterien bilden kann. Wohingegen er es schlimm findet, dass ich jeden Tag laut meinen Stundenplan für den kommenden Tag durchgehe, obwohl ich diesen seit Wochen habe.

Seitdem Denver mich offiziell in seine Clique aufgenommen hat, habe ich neben den Mädels auch in seinen Kumpels gute Freunde gefunden. Vor allem mit Jake verstehe ich mich sehr gut, was Denver nicht immer gutheißen mag. Manchmal glaube ich sogar, dass er eifersüchtig auf ihn ist. Jake studiert auch Wirtschaftswissenschaften und wenn er bei uns ist und wir uns unterhalten verfallen wir schnell in Diskussionen über – für ihn – vergangene Kurse. Denver kann nicht mitreden und räuspert sich meist lautstark, um Jake darauf hinzuweisen, dass er ihn und nicht mich besucht.

Für mich ergibt es keinen Sinn, dass er eifersüchtig ist, wenn er es denn wirklich ist. Natürlich ist Jake ein attraktiver Kerl, aber absolut nicht mein Typ. Außerdem würde es nicht zu unserem WG-Frieden beitragen, wenn ich etwas mit Jake anfangen würde. Das Gleiche gilt für Darren, Julien oder Dan. Denver vermittelt mir immer den Eindruck, dass er mich nicht mit seinen Freunden sehen möchte. Er unterbricht unsere Gespräche öfter als nötig, lässt uns keine Späße miteinander treiben, die über ein platonisch-freundschaftliches Verhältnis hinausgehen und verhindert meistens, dass ich zwischen ihnen sitze. Bereits wenn einer von ihnen im Anmarsch ist und mich angrinst, verspannt sich sein Körper. Das wird mir immer besonders deutlich, wenn wir gemeinsam zu einem Treffen fahren.

Denver frönt weiterhin seine schreckliche Angewohnheit zu Hause möglichst wenig Klamotten am Leib zu tragen. Vor allem, was seinen Oberkörper betrifft. Das Spiel seiner Muskeln ist großartig, wenn er sich bewegt. Sie zucken leicht und ich kann mir gut vorstellen, wie sie das tun würden, wenn ich meine Finger darin vergrabe. Wie er sie anspannt und sein Körper zittert, wenn ich die Furchen seines Sixpacks mit meiner Zunge nachfahre. Eine Gänsehaut würde seinen Körper überziehen. Ja, ich finde Denver unglaublich heiß und mache mir zu oft und zu viele Gedanken um ihn.

Gott, was denke ich denn da? Denver ist mein

Mitbewohner und ein guter Freund. Seit mehr als einem Monat schlage ich mich mit solchen Gedanken herum und sie tragen nicht dazu bei, dass ich unser Zusammenleben locker sehen kann. Noch dazu, weil ich weiß, dass er kein Kind von Traurigkeit ist. Die Anzahl an Mädchen, die er in unsere Wohnung schleppt, ist so erschreckend hoch, dass ich nicht sicher bin, ob er nicht schon längst Kinder in die Welt gesetzt hat oder Geschlechtskrankheiten mit sich herumträgt. Fast jedes Wochenende und auch manchmal unter der Woche hat er eine Neue am Start. Ihre Namen merke ich mir nie. Ich bin auch nicht mehr bemüht darum, sie zur Tür zu begleiten und nebenbei aufzuklären, dass ich nur seine Mitbewohnerin bin. Umso länger ich hier wohne, desto weniger One-Night-Stands halten mich für seine Freundin. Dass der Quarterback mit einer Blondine zusammenwohnt, hat sich rumgesprochen. Nach meinem Verständnis würde seine Freundin doch niemals seelenruhig am Kaffeetisch sitzen, wenn er seinen One-Night-Stand vor die Tür setzt.

Angewidert über all das verziehe ich den Mund. Ich muss aufhören, über Denver Jones nachzudenken und damit anfangen, ihn weiterhin rein platonisch als guten Freund zu betrachten. Was aber alles andere als einfach ist – vor allem, weil er mich manchmal ansieht, als wäre er auch nicht davon abgeneigt, dass mehr zwischen uns ist. Es gibt diese Blicke, da müssen wir uns nichts vormachen. Ich wäre schön blöd, wenn ich es nicht merken würde, dass er mir immer wieder auf den Hintern sieht.

»Sienna!« Phoenix schnipst vor meinem Gesicht herum und ich zucke zusammen. »Wo bist du mit deinen Gedanken?«

Phoenix, Joy und ich sind in einem Diner in der Nähe des Campus zum Essen verabredet. Es ist ein typisch amerikanisches Diner mit Sitzgruppen aus silbernen Tischen und knallroten Bänken. Die Theke ist weiß und vor ihr stehen in regelmäßigen Abständen Barhocker, die passend zu den Bänken mit einem knallroten Leder überzogen sind. An den Wänden dominieren Fan-Artikel der Chicago Eagles, dem ansässigen NFL Club in Chicago sowie den Lincoln Tigers. Denvers Trikot hat es auch schon an die Wand geschafft, was mich stolz macht. Es freut mich, dass er in seinem Sport so erfolgreich ist und sein großes Ziel erreichen wird.

»Bei deinem Bruder«, feixt Joy und beißt in eine Pommes. »Stimmt's?«

Verlegen greife ich nach meiner Cola und antworte ihr nicht. Zwischen Denver und mir ist bisher nichts gelaufen.

Wir sind Freunde.

Außerdem hat er ein dermaßen ausgefülltes Sexleben, dass er mich dafür überhaupt nicht braucht.

Ich öffne meinen Mund, um etwas zu erwidern, als Millie völlig abgehetzt an unseren Tisch kommt.

»Hey Leute!« Außer Puste setzt sie sich neben mich. »Sorry, dass ich zu spät bin.«

»Musstest du erst noch die Folien mit deinen Mitschriften abgleichen?«, zieht Joy sie auf, sodass Phoenix und ich lachen müssen. Millie ist definitiv die Strebsamste von uns und die Klügste. Dabei hat sie dieses nervige Büffeln nicht nötig. Auch wenn sie nur die Hälfte von dem lernt, was ich lerne, schreibt sie eine bessere Note. Sie ist ein Naturtalent für Wirtschaft.

»Nicht witzig«, mault sie und streicht eine ihrer braunen Strähnen hinters Ohr. »Worüber habt ihr geredet?«

Ich bin froh, dass sie in den letzten Wochen viel offener geworden ist. Natürlich ist sie bei einigen Themen immer noch verschüchtert, aber das verflüchtigt sich mit der Zeit. Manchmal nimmt sie sogar Wörter wie »Pussy« oder »Ficken« in den Mund. Wenn man bedenkt, dass sie bei unserem ersten Gespräch noch dachte, dass Denver ein Halbgott ist, ist das eine Steigerung. Ihr Vorteil mir gegenüber ist, dass sie ein Ass im Football ist. Millie kennt jede Position, jeden Spielzug und kann manchmal sogar schon den Play-Call von Denver voraussagen. Nur sehr zögerlich hat sie irgendwann zugegeben, dass sie Football liebt.

»Darüber, dass Sienna von Denver träumt«, meint Joy grinsend und ich verdrehe die Augen.

»Ich träume nicht von Denver«, stelle ich klar. »Ich bin–«

»Schon klar«, meint Joy und hebt beschwichtigend die Hände. »Du findest ihn gar nicht heiß und er lässt dich kalt.«

Meine Freundinnen wissen, dass das nicht so ist. Aber ich will im Moment nicht darüber reden. Noch weniger, wenn seine kleine Schwester am Tisch sitzt und mich beinahe mit ihren Blicken erdolcht. Phoenix hat noch nie offen gesagt, dass es sie stört, wenn ihre Freundinnen Interesse an Denver zeigen. Ich merke jedoch, dass sie sich versteift, wenn das Thema Denver und ich aufkommt. Leider kommt es das in letzter Zeit viel zu häufig. Joy fährt in erster Linie die Schiene, dass ich ihn heiß finde und mit ihm ins Bett will. Millie hingegen geht das alles sehr viel sanfter an. Sie sagt, dass man mir ansieht, dass ich Denver mag und immer wieder in Tagträume verfalle, wenn wir von ihm sprechen. Zwar würde sie es nie so plump formulieren wie Joy, aber die Botschaft ist die Gleiche: Ich stehe auf Denver!

Noch fällt es mir schwer, mich auch emotional wirklich auf diesen Gedanken einzulassen. Ich mag ihn, ja, und ich verbringe sehr gerne Zeit mit ihm. Wenn ich nach meinen Vorlesungen am Nachmittag nach Hause komme, freue ich mich, wenn er schon da ist oder erwische mich immer wieder dabei, dass ich meine Zimmertür beim Lernen einen Spalt offenlasse, um zu hören, wenn er nach Hause kommt. Die Abende verbringen wir immer mehr zusammen. In den ersten beiden Wochen war ich noch viel in meinem Zimmer, aber Denver hat mich mehr und mehr aus der Reserve gelockt. Dann essen wir zusammen und schauen einen Film. Wir albern viel miteinander herum und ... und es gibt immer wieder diese kleinen Gesten, die mein Herz höherschlagen lassen. Wenn sein Arm auf der Couch meinen streift oder er mich grinsend an sich zieht, um mir weiszumachen, dass er mich in den Schlaf wiegen kann. Es gibt aber auch den anderen Denver Jones, den Aufreißer, Mädchenschwarm und Quarterback. Dieser gefällt mir nicht, weil er mir aufzeigt, dass sich zwischen uns nicht mehr entwickeln wird, weil er dann sein freies Leben als Single aufgeben müsste.

Phoenix' Blicke kann ich nicht deuten. Ich weiß nicht, ob sie schlichtweg genervt von dem Thema ist oder ebenfalls Bescheid weiß und es alles andere als gutheißt. Bereits in der Highschool war Denver ein Mädchenschwarm und viele Mädchen wollten nur mit Phoenix befreundet sein, um in seinem Bett zu landen. Verständlicherweise hat sie das geprägt in den letzten Jahren. Joy und Millie haben längst verstanden, dass ich Denver mehr als nett finde.

Während Phoenix sich noch ausschweigt und Millie versucht, alles nett zu verpacken, ist Joy einfach Joy. Sie sagt immer genau das, was wahr ist, aber keiner hören möchte.

»Sienna und Denver«, lacht Phoenix und verdreht die Augen. »Das ist doch albern.«

Sie scheint es wirklich nicht auf dem Schirm zu haben. Gut für mich.

Sofort ziehen Joy und Millie die Augenbrauen hoch.

»Der einzige Grund, warum die noch nicht gevögelt haben, ist der, dass sie ihre Freundschaft nicht gefährden wollen«, meint Joy und steckt sich eine weitere Pommes in den Mund, als würden wir über das Wetter reden. Sie ist unglaublich. Hat aber nicht ganz Unrecht mit ihrer Aussage. Dennoch frage ich mich, ob wir gerade wirklich darüber reden sollten, ob Denver und ich jemals Sex haben werden.

»Vergiss seine ganzen One-Night-Stands nicht«, fügt Millie hinzu. »Ich hoffe, dass er keine Geschlechtskrankheiten hat.«

Joy und ich prusten los, während Phoenix die Augen verdreht und sich für einige Sekunden die Ohren zuhält.

»Das ist eklig«, meint sie und verzieht angewidert das Gesicht. »Ihr redet vom Sexleben meines Bruders.«

»Sollen wir über dein Sexleben reden?«, fragt Joy und sieht sie aufmerksam an. »Wen vögelst du, Phoe?«

Phoenix, die eben noch eine große Klappe hatte, wird ganz kleinlaut und starrt auf ihren Burger. Na nu? Was ist denn da los? Normalerweise ist sie doch auch immer für einen Spruch gut.

»Niemanden«, antwortet sie und greift nach ihrem Burger. »Da gibt es niemanden.«

»Wirklich niemanden?«, hakt Joy nach und Phoenix schüttelt den Kopf.

»Nein«, faucht sie aufgebracht. Ihre Augenbrauen sind zusammengezogen und eine Zornesfalte bildet sich zwischen ihnen. Angespannt sieht sie uns an. Als hätte Joy in ein Wespennest gestochen und ordentlich darin herumgerührt. »Wen vögelt denn Millie?«, versucht sie vom Thema abzulenken.

Millie wird knallrot im Gesicht. Ihr scheint die Frage so dermaßen unangenehm zu sein, dass sie sich im Stillen bestimmt neue Freundinnen wünscht. Sie sieht mich an, dann Joy und Phoenix.

»Ich ... also ich–«, stammelt sie unbeholfen. »Das ist privat.«

Erneut prusten wir los. Das ist in unserer Mädels-Clique alles andere als privat. Da ich aber denke, dass Millie noch Jungfrau ist und maximal mit einem Typen geknutscht hat, lasse ich sie in Ruhe. Auch Joy hält die Klappe. Was verwunderlich ist, da sie eigentlich immer nochmal einen draufsetzen muss.

Insgeheim glaube ich, dass Millie sich in Darren verknallt hat. Was ehrlich gesagt eine absolute Katastrophe wäre. Der weiß doch nicht mal wirklich, dass sie existiert und dieselbe Luft atmet wie er.

»Ihr seid so langweilig«, meint Joy und schüttelt den Kopf. »Ich hatte gestern Sex mit–«

»Ethan«, vervollständige ich ihren Satz. »Ich weiß, das hat Denver lang und breit analysiert.«

»Woher weiß er das denn?« Joy runzelt die Stirn. Es ist ihr nicht unangenehm. Ihre Haltung ist weiterhin locker, aber dennoch scheint es ihr nicht hundertprozentig Recht zu sein, dass Denver es mir erzählt hat.

»Er war mit Jake bei Darren als ihr ... na ja ... zugange wart.« Joy stöhnt auf und ich lache leise. »Aber Jake war dann auch verabredet.«

»Dass Jake keine Geschlechtskrankheiten hat, wundert mich«, meint Joy amüsiert. »Der nimmt doch auch jede.«

»Glaube ich nicht«, murmle ich und sehe kurz zu Phoenix, die sich immer noch nicht zu dem Thema geäußert hat. Was zur Hölle ist los mit ihr? Normalerweise liebt sie diesen Tratsch und plötzlich bekommt sie keinen Ton mehr über die Lippen. Ihrer eigenen Aussage nach hilft Jake ihr nur im Studium, aber ich weiß nicht, ob ich das zu hundert Prozent glauben kann. Ich könnte mir sehr gut vorstellen, dass da mehr zwischen ihnen ist. Sie hatte schon mehrfach angedeutet, dass sie zusammen lernen und nach ein paar Partys, auf denen ich war, ist mir natürlich auch aufgefallen, dass Jake und Phoenix gemeinsam nach Hause gegangen sind. Dass da jeder in sein eigenes Bett gefallen ist, bezweifele ich. Die beiden wären ein süßes Paar. Jake ist ein toller Kerl und ich kann verstehen, dass sie sich mehr erhofft.

»Vielleicht lassen wir das Thema sein«, sagt Millie und sieht zwischen uns hin und her. »Wir können es nicht ändern«

Sie versucht diplomatisch zu klingen und als Phoenix heftig nickt, muss ich grinsen. Millie hat ein unglaublich gutes Gespür dafür, wann eine Situation zu viel für eine von uns wird.

»Das sehe ich auch so«, mault Phoenix. »Er kann ficken, wen er will.«

Ich verdrehe die Augen und stecke mir eine Pommes in den Mund. Natürlich kann er das und so, wie sie reagiert, ist es ihr natürlich auch völlig egal. Wer's glaubt.

»Mal ehrlich Leute«, meint Joy, ihr Gesicht hat einen ernsten Ausdruck angenommen. »Das macht so keinen Spaß. Du–« Sie zeigt auf Phoenix. »Äußerst dich nicht zu der Sache mit Jake und–«

»Zwischen mir und Jake ist nichts«, ruft Phoenix aufgebracht. »Wieso denkt ihr das?«

»Na ja. Weil es offensichtlich ist?«, erwidert ausgerechnet Millie. »Du magst ihn doch.«

Ich muss mir ein Grinsen verkneifen, weil ich niemals erwartet hätte, dass Millie ihr das so ins Gesicht sagt. Vor allem, weil sie das Thema doch diplomatisch beenden wollte. Andererseits ist Millie die Einzige, die glaubt, dass hinter jeder Verbindung eine romantische Beziehung stecken muss.

Dass man auch mit jemandem vögeln kann, weil es Spaß macht, kommt für sie nicht in Frage. Eigentlich bin ich ebenfalls kein Fan davon. Das tun lediglich Joy und Phoenix. Mir ist es lieber, das in einer Beziehung zu teilen, statt bei einer schnellen Nummer nach einer Party oder schlimmer noch *auf* einer Party.

»Und er dich auch«, plappert Millie weiter. »Was ist das Problem?«

»Denver«, meint Phoenix frustriert und ich bin überrascht, dass sie nun doch etwas dazu sagt. »Jake sagt, dass er sein bester Freund ist, und ich bin seine kleine Schwester.«

»Der Bro-Code«, murmelt Joy. »Ganz mieser Zug von ihm.«

Phoenix nickt traurig. Millie macht derart große Augen, als hätte sie davon noch nie etwas gehört.

»Jetzt sag mir bitte nicht, dass du den Bro-Code nicht kennst.« Joy zieht die Augenbrauen hoch und Millie zuckt mit den Schultern. »Jake will nichts mit Phoe anfangen, weil sie Denvers kleine Schwester ist. Man vögelt die kleine Schwester des besten Freundes nicht. Bros before Hoes. Nur, dass Phoe keine Hoe ist.«

»Ja, aber wenn es einvernehmlich ist«, erwidert Millie und zieht verwirrt die Augenbrauen zusammen. »Sie mögen einander doch.«

»Du bist süß.« Phoenix lacht und steht auf, um zur Theke zu gehen. Zum Mittagsmenü gibt es hier All You Can Drink. Ich schätze aber, dass sie der Situation entkommen möchte, um uns ihre wahren Gefühle nicht zu offenbaren. Wir sehen ihr nach und ich seufze.

»Sie macht das echt fertig«, sage ich und Joy nickt. »Ich könnte Denver mal fragen, ob er wirklich–«

»Lass das lieber«, meint Joy. »Solange er nichts ahnt ... am

Ende weckst du eine Bestie, die lieber weiterschlafen sollte.«

»Stimmt«, erwidere ich, als Phoenix zu uns zurückkommt. Sie setzt sich wieder auf ihren Platz und massiert ihre Schläfen.

»Wir haben nie darüber geredet, okay?« Sie lässt ihren Blick langsam durch die Runde schweifen. Nacheinander nicken wir. »Und kein Wort zu irgendwem.«

»Sicher«, sage ich und nicke noch einmal.

»Denver darf das auf keinen Fall erfahren.«

»Dann sollten wir jetzt schleunigst das Thema wechseln«, meint Millie und ich drehe mich verwundert um.

Denver betritt bestens gelaunt mit Darren und Jake das Diner. Wie zu erwarten, sieht er mal wieder zum Anbeißen aus. Er trägt eine schwarze kurze Hose, Sneakers und einen schwarzen Hoodie mit dem Logo der Lincoln Tigers darauf. Mir entgeht nicht, dass die anderen Mädchen im Laden sie abchecken. Die Jungs sind aber auch eine Augenweide. Ihre Präsenz ist erschreckend. Jeder dreht sich zu ihnen herum. Viele der weiblichen Gäste wünschen sich, einmal an ihrer Seite zu sein und die männlichen wären gern mit ihnen befreundet. Ziemlich klischeehaftes Denken, aber so wirkt die Situation. Es ist das reinste Schaulaufen und alle spekulieren, an welchen Tisch sie sich setzen, welches Getränk sie bestellen und was sie essen.

Als sie uns entdecken, winken sie uns zu und wir erwidern es. Sofort rutschen wir zusammen, sodass sie Platz an unserem Tisch haben. Darren und Jake schnappen sich zwei Stühle vom Nachbartisch und setzen sich hin. Darren zwischen Millie und mich und Jake zwischen Joy und Phoenix. Wie selbstverständlich greifen sie nach den Pommes meiner Freundinnen. Lediglich Denver bleibt stehen.

»Willst du dich nicht setzen?«, frage ich ihn und kann nicht verhindern, dass ein Lächeln auf meinen Lippen erscheint. Er erwidert es und legt seine Hand in meinen Nacken. Sofort beginnt meine Haut zu kribbeln, wo er mich berührt, und ich grinse ihn dümmlich an. Denver hat vor einer Woche damit begonnen, mich immer wieder wie zufällig, aber doch absichtlich, zu berühren. Wie zum Beispiel jetzt.

»Wir haben keinen Stuhl mehr«, meint er. »Wie du siehst.«

Er grinst mich an und ich verdrehe die Augen. Manchmal ist er wirklich eine kleine Diva. Er könnte auch einen Stuhl von einem etwas weiter entfernten Tisch holen.

»Mein Gott«, seufze ich und stehe auf. Denver sieht mich mit großen Augen an. Grinsend deute ich auf meinen Stuhl. »Jetzt hast du einen freien Stuhl. Ich hole mir einen anderen.«

Er schüttelt amüsiert den Kopf und lässt sich darauf fallen. Als ich mich umdrehe, um mir einen anderen Stuhl zu holen, greift er nach meiner Hand und zieht mich auf seinen Schoß. Überrascht quieke ich auf, was meine Freundinnen lachen lässt. Beschämt sehe ich weg, was allerdings auch keine gute Idee ist, weil die Alternative Denvers Halsbeuge ist.

»Ist es dir peinlich auf meinem Schoß zu sitzen?«, flüstert er mir zu und ich verdrehe die Augen.

»Nein«, entgegne ich bestimmt und er grinst mich an. Bevor ich reagieren und vor allem protestieren kann, zieht er mich noch näher an sich heran. Seine großen Hände liegen auf meinen Oberschenkeln und sein Aftershave weht mir um die Nase. Joy und Millie sehen mich vielsagend an. Phoenix wirkt abwesend und desinteressiert.

»Hi«, erklingt die helle Stimme der Kellnerin und tritt an unseren Tisch. So wie der Großteil der in der Gastronomie angestellten Aushilfen in Lincoln, ist auch sie Studentin. Wie zu erwarten, wirft sie den Jungs flirtende Blicke zu und bleibt an Denver hängen. Das war klar. Es ist wirklich krass, dass die Mädchen ihn selbst dann noch anflirten, wenn ich auf seinem Schoß sitze. Wobei sie sicher mittlerweile wissen, dass ich nur seine Mitbewohnerin und nicht seine Freundin bin.

»Was darf ich euch bringen, Jungs?«

»Drei Cola, zweimal Nachos und drei Beef-Burger«, bestellt Darren für alle.

Die Lippen zu einer schmalen Linie verzogen sehe ich ihr deutlich an, dass sie Jake und Denvers Bestellung gern persönlich aufgenommen hätte, um mit ihnen ins Gespräch zu kommen. Ihr Blick bleibt noch einen Moment auf Denver hängen, weil sie sich erhofft, dass er noch einmal das Wort an sie richtet. Stattdessen notiert sie sich missmutig, was Darren bestellt hat, und geht zurück zur Theke.

»Sag mal Joy«, meint Jake und sieht sie belustigt an. »Vögelst du jetzt öfters mit Ethan?«

Alle Köpfe drehen sich zu Joy und sie zuckt vergnügt mit den Schultern. Ihr scheint die Frage nicht im Geringsten unangenehm zu sein. Wie kann das sein? Ich würde mich in Grund und Boden schämen. Millie würde vermutlich anfangen, zu heulen und weglaufen. Phoenix wird von solchen Fragen verschont, weil Denver vorher einschreiten würde.

»Nein.« Ihre Stimme klingt völlig neutral – als würde sie über einen Einkaufszettel sprechen und nicht über Sex. »Und du? Mittlerweile sesshaft geworden?«

Gespannt sehe ich Jake an und dann Phoenix. Nervös umklammert sie ihr Getränk, was nichts Gutes heißen mag. Vermutlich will sie Jakes Antwort gar nicht hören.

»Ich?« Jake lacht. Darren und Denver stimmen mit ein. Diese Reaktion ist ganz und gar nicht gut. »Wo denkst du hin?«

»Ja, wo denke ich hin«, erwidert Joy angespannt und wirft einen flüchtigen Blick auf Phoenix. »Du bist und bleibst ein–«

»Unverbesserlicher Charmeur«, grätsche ich dazwischen. »Wahnsinnig süß und sympathisch.«

Denver lacht leise und Jake macht große Augen.

»Willst du mir was sagen, Sienna?«, fragt er und wackelt mit den Augenbrauen. »Ich meine, wenn du mal wieder vögeln willst–«

»Halt den Mund, Jake«, unterbricht Denver ihn ziemlich barsch und seine Finger graben sich fester in meine Oberschenkel. Dabei werde ich noch enger an ihn gedrückt und spüre, dass seine Brust sich unregelmäßig hebt und senkt. Was soll das denn jetzt? Jake und ich albern doch nur herum. Das ist kein Grund, mir blaue Flecken zu bescheren. Jake hebt die Hände und lacht leise.

»Sorry Bro. Sie gehört ganz dir.«

Jetzt brauche ich einen Moment, um die wirren Gedanken in meinem Kopf zu ordnen. Dass Denver nie begeistert, davon war, dass ich mit seinen Kumpels flirte, weiß ich. Jake nun aber sagen zu hören, dass ich ganz ihm gehöre, finde ich schon ein wenig merkwürdig. Denver behandelt mich, bis auf wenige kleine Gesten im Alltag wie eine Freundin. *Eine* Freundin, nicht *seine* Freundin.

Langsam drehe ich meinen Kopf herum und sehe Denver in die Augen. Er starrt durch mich hindurch zu Jake herüber. Seine Finger graben sich mittlerweile schmerzhaft in mein Fleisch und ich befürchte, dass er jeden Moment die Fassung verliert. Um Denver nicht noch mehr zu provozieren, bewege ich mich nur ganz langsam auf seinem Schoß und bringe so ein wenig Abstand zwischen uns. Nur sehr zögerlich kommt er meinem Wunsch nach und entfernt seine

Finger von meinen Oberschenkeln. Sofort spüre ich die fehlende Wärme und wünsche mir, dass er mich wieder berührt und an sich drückt. *Reiß dich zusammen, Sienna.* Meine innere Stimme mahnt mich an, mich auf das Wesentliche zu konzentrieren und nicht darauf, was mein Körper und schlimmer noch mein Herz wollen – ihn!

Allem Anschein nach gab es zwischen den Jungs Gespräche, über die gern aufgeklärt werden möchte.

»Was meint er damit?« Ich suche Denvers Blick und es dauert ein paar Sekunden, bis er sich von Jake losreißt und mich ansieht. Sein Kiefer ist fest aufeinandergepresst und könnten aus seinen Augen Pfeile in Richtung seines besten Freundes schießen, würde er keine Sekunde zögern.

»Er meint damit, dass er scharf auf dich ist, aber Denver sein Wort gegeben hat, dich in Ruhe zu lassen.« Phoenix Aussage lässt mich zusammenfahren und ich erwarte nun mehr denn je eine Antwort von Denver. Das kann sie doch nicht ernst meinen, oder? Jake steht nicht auf mich. Das ist lächerlich. Fast genauso lächerlich wie die Vorstellung, dass Denver seine Freunde angehalten hat, nicht mit mir zu flirten.

Phoenix erhebt sich von ihrem Stuhl und stürmt aus dem Diner, nachdem sie noch einen vielsagenden Blick mit Jake getauscht hat.

Ich reiße die Augen auf und sehe ihr nach, als Jake aufspringt und ihr folgt. Auch wenn sie eigentlich mich meint, spiegeln ihre Worte vielmehr ihre eigene verfahrene Situation mit Jake wider. Zum Glück geht er ihr hinterher, um das zu klären.

»Was zur Hölle—« Denver sieht zwischen Joy, Millie, Darren und mir hin und her. »Kann mir mal jemand erklären, was hier los ist?«

Ich drehe meinen Kopf und sehe ihn an.

»Erklär du mir mal lieber, warum du deinen Freunden scheinbar verboten hast, mich zu daten?«, frage ich. »Dass du nicht begeistert warst, als wir uns gut unterhalten haben, weiß ich. Aber das–« Ich deute mit dem Zeigefinger in Richtung Ausgang des Diners, durch den Jake und Phoenix verschwunden sind. »Ist echt zu viel des Guten, Denver. Du spielst dich auf, als wärst du meine … mein–« Das Wort Freund will mir nun doch nicht über die Lippen kommen, weil ich nicht riskieren möchte, dass er sich daran festbeißt und wir nicht mehr über sein Flirtverbot sprechen. »Ich höre, Denver.«

10. Kapitel

Denver

Als wir beschlossen haben, nach dem Training noch ins Diner zu gehen, habe ich mir das alles etwas anders vorgestellt. Der fehlende Stuhl kam mir dabei zugute, aber ansonsten läuft hier echt nichts nach Plan. Ich glaube, ich bin im falschen Film. Mein bester Freund will Sienna vögeln, meine kleine Schwester rennt aus dem Diner wie von der Tarantel gestochen. Jake wiederum folgt ihr und Joy schweigt. Joy schweigt nie und hat zu allem etwas zu sagen. Zur Krönung weiß Sienna nun, dass ich den Jungs ein Date Verbot ausgesprochen habe.

Was ist in den letzten Minuten nur passiert? Natürlich habe ich meinen Teamkollegen und Kumpels nahegelegt, die Finger von Sienna zu lassen. Besonders, weil ich bereits bemerkt habe, dass einige von ihnen einen Blick auf sie geworfen haben. Keiner dieser Idioten passt zu ihr oder ist gut genug für sie. Sie ist so lieb und zuvorkommend. Die hingegen sehen nur ihren bombastischen Körper und wollen sie ficken. Nicht, dass ich normalerweise anders wäre, aber bei Sienna wird nun mal mein Beschützerinstinkt geweckt. Es ist ähnlich wie bei meinen Schwestern, aber doch irgendwie anders. Phoenix und Madison soll auch keiner zu nahe kommen. Umso mehr interessiert es mich, wieso Jake Phoenix gefolgt ist. Ich verstehe es nicht, aber habe auch gerade andere Sorgen als die beiden.

Bestimmt ist Phoenix sauer, weil ich Interesse an ihrer

Freundin habe. Ich habe in der Highschool immer mal mit ihnen geflirtet und in den Jahren danach hatte ich auch vereinzelt Sex mit Freundinnen von Phoenix. Meines Erachtens stand aber keine von ihnen ihr so nah wie Sienna. Das waren oberflächliche Bekanntschaften. Demnach habe ich es als nicht so schlimm empfunden. Wenn meine Schwester das anders gesehen hat, tut es mir leid. Ich wollte Phoenix nie in eine unangenehme Lage bringen. Das hat man davon, wenn man nur zwei Jahre auseinander ist und die Altersgrenzen mit den Jahren immer weiter verschwimmen.

Ich sehe Sienna wieder an, die mittlerweile von meinem Schoß aufgestanden ist und mit verschränkten Armen vor mir steht und dann zu Darren, Millie und Joy. Keiner von ihnen scheint für mich in die Bresche springen zu vollen und mir aus dieser wirklich unangenehmen Situation zu helfen. Im Gegenteil – sie sehen mich genauso fragend an.

Sienna zu erklären, warum ich sie für meine Kumpels als tabu erklärt habe, geht mir gegen den Strich. Sie wird die völlig falschen Schlüsse daraus ziehen. Wobei–

Es ist doch nicht nur so, dass ich nicht will, dass sich einer von ihnen an Sienna ranmacht, weil ich sie beschützen möchte, sondern weil … weil ich selbst scharf auf sie bin. Ja, verdammt, ich gebe es zu. Ich bin scharf auf Sienna – und wie. Aber nicht nur körperlich, sondern auch, weil wir uns so gut verstehen. Jeden Tag erlebe ich es in unserem Zusammenleben. Ich merke mir Dinge wie ihren Lieblingskaffee oder weiß, an welchen Tagen sie um wie viel Uhr zu Hause ist. Das alles würde mich nicht interessieren, wenn ich nur mit ihr Sex haben wollen würde. Ich mag Sienna und der Gedanke daran, dass sie all das mit einem anderen Typen teilen könnte, macht mich wahnsinnig.

Diese ganze Sache zwischen uns verkompliziert sich

zunehmend. In den letzten Tagen bin ich mutiger geworden und habe begonnen Sienna zu berühren. Nicht nur, wenn wir gemeinsam auf der Couch sitzen, sondern auch im Alltag. So wie nach unserer Ankunft im Diner, als sie noch auf ihrem Stuhl saß und ich meine Hand in ihren Nacken gelegt habe oder als ich sie auf meinen Schoß gezogen habe, statt mir einen eigenen Stuhl zu nehmen. Es wäre mir ein Leichtes gewesen zu einem entfernten Tisch zu gehen und mir einen Stuhl zu holen. Aber ich wollte sie auf meinem Schoß sitzen haben. Ich wollte ihren Körper an meinem spüren und allen Kerlen, inklusive Darren und Jake, klarmachen, dass sie zu mir gehört.

Sienna hat mich noch nie weggestoßen oder gezeigt, dass sie meine Berührungen nicht möchte. Sie hingegen hat noch nie die Initiative ergriffen. Ob es ihr unangenehm ist mir zu sagen, dass sie es nicht möchte? Das wäre natürlich furchtbar, weil ich sie zu nichts zwingen möchte.

»Denver!« Siennas Stimme dringt zu mir durch und ich sehe sie an. »Was soll das? Wieso sagst du das?«

»Ich habe nichts gesagt«, rede ich mich raus. »Sagt ihr mir lieber, wieso Jake und Phoenix–« Ich zeige mit meiner Hand auf die Tür und sehe sie verständnislos an. »Gemeinsam das Diner verlassen und–«

»Es geht aber nicht um Jake und Phoenix, sondern um dich«, motzt Sienna mich an. »Ich kann selbst entscheiden, mit wem ich mich treffe und wem nicht. Kapiert?«

Scheiße nochmal, das ist echt heiß, wie sie mit verschränkten Armen vor mir steht und Antworten fordert. Antworten, von denen ich nicht weiß, ob ich sie sie hören will. Immerhin warte ich noch auf den entscheidenden Schritt von ihr, aber so wie es gerade aussieht, wird dieser kaum kommen. Sie ist verdammt sauer. Bevor ich etwas erwidern kann, kommt zum Glück die Kellnerin zu uns und stellt das Essen ab. Darren greift herzlich zu. Ich schaue nochmal zu Sienna und greife dann ebenfalls nach meinem Burger, als sie nicht reagiert. Stattdessen setzt sie sich auf Phoenix' Stuhl.

»Okay«, meint Joy völlig ungerührt dessen, was die letzten Minuten an unserem Tisch abgegangen ist. »Gehen wir morgen zur Party von Josh?«

Und auch wenn ich verwundert bin, dass sie das Thema wechselt, bin ich ihr dennoch dankbar dafür. Lächelnd nicke ich ihr zu. Sie reagiert nicht auf meine Geste, sondern konzentriert sich auf Millie und Sienna.

Josh ist einer unserer Teamkameraden. Darren nickt und auch Millie kann sich ein zögerliches Nicken abringen.

Ehrlich gesagt finde ich sie ziemlich süß. Nicht im Sinne von sexy süß, so wie Sienna, sondern wirklich süß. Sie ist sehr unerfahren im Umgang mit Männern und auch die Freundschaften mit den Mädels sind für sie Neuland. Dennoch bringt sie sich immer ein und kommt mit uns mit. Wir sind alle ziemlich gute Freunde geworden in den letzten Wochen.

»Was ist mit euch?«, fragt Joy und sieht zwischen Sienna und mir hin und her.

»Ich bin dabei«, meint Sienna und sieht mit einem sexy Funkeln in den Augen, das ich lieber in einer weitaus intimeren Situation nochmal sehen würde, zu mir herüber. »Wenn Denver es erlaubt.«

Als hätte man mich ungefragt in eine Eistonne geschubst, schrecke ich zusammen. Sie braucht meine Erlaubnis nicht, um eine Party zu besuchen. Ich bin nicht ihr Freund. Das hat sie vorhin deutlich gemacht.

»Was soll ich dir erlauben?«, frage ich und lecke mir die

Burger Soße von meinen Fingern. »Dass du auf die Party darfst?«

»Ja«, meint Sienna und bedient sich an den Nachos. »Da laufen immerhin deine Freunde rum. Du willst doch nicht, dass ich ihnen in die Arme laufe oder ... in ihr Bett falle.«

»Ernsthaft?« Ich stöhne auf. Diese kindischen Provokationen kann sie sich schenken. Auch wenn ich zugeben muss, dass ich nah dran bin, es ihr wirklich zu verbieten. Ich will sie nicht in einem dieser Betten sehen. »Ich habe nie gesagt, dass ich dich für mich allein will.«

Bevor Sienna etwas erwidern kann, kommen Jake und Phoenix zurück. Meine Schwester sieht deutlich besser gelaunt aus. Erleichtert atme ich auf. Ich bin froh, dass Jake und sie sich so gut verstehen und er sie beruhigen konnte. Er würde immer auf sie und Madison aufpassen.

Jake nimmt sich einen Stuhl vom Nachbartisch und sie setzen sich wieder. Ich richte meine Aufmerksamkeit erneut auf Sienna. »Du kannst tun und lassen, was du willst. Und mit wem du willst.«

Ich mache mir doch gerade selbst etwas vor.

»Perfekt.« Sienna grinst mich zufrieden an. »Ich habe einige nette Angebote.«

»Gut«, knurre ich und esse missmutig weiter. »Dann wünsche ich dir viel Spaß.«

»Den werde ich haben«, meint sie vergnügt und leckt sich über die Lippen. Das sieht verdammt scharf aus – fuck. »Ich bin froh, dass wir das geklärt haben, Denver. Immerhin bringst du deine Eroberungen auch ständig mit nach Hause. Gleiches Recht für alle.«

Und als könnte die Situation nicht schlimmer werden, fangen unsere Freunde auch noch an, zu lachen.

•••

Meine Laune ist seit gestern Nachmittag auf dem Tiefpunkt. Nachdem wir aus dem Diner aufgebrochen sind und nach Hause kamen, haben wir uns beide für den Rest des Tages in unsere Zimmer verkrochen. Auch ein gemeinsames Abendessen fand nicht statt. Dabei essen wir immer zusammen, wenn es mein Zeitplan zulässt. Sienna ist mir aus dem Weg gegangen und ich habe fast schon nicht mehr damit gerechnet, dass sie mich nochmal anspricht. Das hat sie aber heute Nachmittag getan und gefragt, ob wir gemeinsam zur Party fahren. Natürlich habe ich sofort zugestimmt.

Jetzt stehe ich an der Wohnungstür und warte darauf, dass sie endlich kommt. Wie lange kann eine Frau im Bad brauchen?

»Sienna«, rufe ich und sehe zum gefühlt hundertsten Mal auf meine Uhr. »Komm endlich!«

Immer wieder schleichen sich Gedanken in meinem Kopf, dass sie sich heute einen anderen Kerl aufreißen könnte.

In den letzten Wochen habe ich nie mitbekommen, dass sie Sex hatte oder einem Typen nähergekommen ist. Da ich meine Eroberungen meistens mit zu mir nehme, wird sie vielleicht auch zu den Typen nach Hause gefahren sein. Das würde zumindest insofern Sinn ergeben, dass sie diese ab sofort auch mit zu uns bringen möchte. Aber nein, das ergibt keinen Sinn. Sienna war immer zu Hause, als ich gekommen bin. Egal, wie spät es war. Sie lag in ihrem Bett. Das weiß ich so gut, weil ich oft nochmal nach ihr gesehen habe. Egal, ob ich alleine war oder nicht. Natürlich kann sie vorher bei den Kerlen zu Hause gewesen sein oder sie bereits nach Hause geschickt haben. Doch wie sehr ich auch versuche, mir zurechtzulegen, wie es abgelaufen sein könnte, ich will es nicht glauben. Sienna ist nicht der Typ für unverbindlichen Sex. Das passt nicht zu der Art, wie sie über Sex redet. Joy hingegen ist es schon und selbst meine Schwester – auch wenn ich das nur sehr ungern zugebe.

»Sienna!« Langsam, aber sicher werde ich ungeduldig. »Wir kommen zu spät.«

Mir wird ganz anders, wenn ich daran denke, dass ein anderer ihren Körper erkunden durfte. Mit seinen Lippen, seinen Händen. Außerdem wird er sie gevögelt haben. In welchen Stellungen auch immer.

»Da bin ich!« Sienna kommt aus dem Badezimmer und mir fällt fast die Kinnlade runter. Sie sieht unglaublich aus. Ihre langen blonden Haare sind gelockt und fallen über die Schultern. Das Make-Up ist ungewohnt aufreizend und ihre Augen werden von einem kräftigen braunen Lidschatten betont und ihr roter Lippenstift wirkt wie eine Einladung von ihnen zu kosten. Am heißesten ist aber das Kleid! Ich schlucke heftig und hoffe, dass ich keinen Ständer bekomme. Es ist aus schwarzem Leder, liegt wie eine zweite Haut an ihrem Körper und drückt ihre Brüste wie zwei reife Melonen zusammen. Als würde das nicht reichen, sind die Körbchen ihrer Brüste in dem Kleid vorgeformt, um das Ganze noch mehr zu betonen. Erleichtert stelle ich fest, dass sie sich zumindest eine Jeansjacke überzieht.

»Wir können los!«

»Du ... du willst so gehen?«, frage ich, während sie ihr iPhone und ihren Schlüssel in die Taschen ihrer Jacke steckt.

»Ja?«, erwidert sie und kneift die Augen zusammen. »Oder meinst du, dass ich statt den Pumps lieber Boots tragen soll?«

»Was?«, frage ich entgeistert. Es ist mir völlig egal, welche Schuhe sie trägt! Das Kleid ist es, was mich schier um den

Verstand bringt. »Du … du glaubst, dass das mein … Problem ist.«

»Na ja.« Sie kichert und wirft ihre Haare zurück. So habe ich einen noch besseren Blick auf ihr Dekolleté. Ihre helle Haut ist makellos. Die dünne silberne Kette mit einem S-Anhänger schmeichelt ihrem Hals. Zu gern würde ich meinen Mund auf diesen pressen und ihr einen Knutschfleck verpassen, der sie als mein markiert. Sienna würde wohlig seufzen, sich an mich schmiegen und–

»Ich war mir nicht sicher, welche Schuhe besser sind. Aber die Boots haben einen dickeren Absatz.«

Ich blinzele einmal, um wieder im Hier und Jetzt anzukommen. Noch mehr solcher Aussetzer kann ich mir heute Abend nicht erlauben. Das Outfit ist waffenscheinpflichtig und bei ihrer Androhung gestern im Diner muss ich noch mehr ein Auge auf sie werfen.

Ich sage nichts zu ihren Schuhen und reiße die Wohnungstür auf, in der Hoffnung, dass mir dabei ein Schwall kühler Luft entgegenschlägt. Tut es aber nicht. Stattdessen geht Sienna grinsend an mir vorbei und ihr Parfum steigt mir in die Nase. Heute Abend bringt sie mich an den Rande des Erträglichen. Und das Schlimmste ist, dass ich selbst schuld an der Misere bin.

Hoffentlich ist irgendwer auf der Party, der Lust auf Sex mit mir hat. Wer es ist, ist mir völlig egal. Ich muss Sienna aus dem Kopf bekommen. Koste es, was es wolle.

11. Kapitel

Sienna

Ich habe keine Ahnung, was ich mir dabei gedacht habe, als ich mich in dieses hautenge Lederkleid gezwängt habe. Ich fühle mich furchtbar unwohl darin. Eigentlich sind mir solche Kleider zuwider und vor allem zu kurz. Joy hat es mir aufgeschwatzt, weil sie meinte, dass ich Denver damit von meinen Vorzügen überzeugen kann. Ihre Aussage, nicht meine. Seiner Reaktion zu Folge, als wir uns auf den Weg zur Party gemacht haben, ist es mir wohl auch gelungen. Ich habe gemerkt, dass er kaum den Blick von mir nehmen konnte.

Nachdem Denver und ich im Diner aneinandergeraten sind und ich erfahren habe, dass er seinen Kumpels tatsächlich gesagt hat, dass sie die Finger von mir lassen sollen, bin ich innerlich ausgerastet. Was fällt diesem Kerl ein? Er ist es doch, der die Eier am Ende nicht hat, um den letzten Schritt zu machen. All diese Berührungen und zufälligen Gesten gehen von ihm aus. Ich nehme sie an und warte, ob er weitergeht. Mich vielleicht küsst, aber nichts passiert.

Darüber hinaus bin ich nicht diejenige, die dazu in der Lage ist seine fast hundert Kilo gegen die nächste Wand zu drücken und ihn um den Verstand zu küssen. Ich könnte ihn erstens niemals bewegen, wenn er nicht nachgibt und zweitens, fehlt mir für sowas das Selbstbewusstsein. Phoenix und Joy würden das locker machen, aber ganz so viel von ihren Charakterzügen habe ich doch noch nicht angenommen. Da steckt noch zu viel behütetes Töchterchen aus Montana in mir. Außerdem bin nicht ich es, die ihm ständig beweist, dass ich zig Typen nebenbei habe. Denver glaubt doch nicht ernsthaft, dass ich mich in die Sammlung seiner Betthäschen einreihe.

Ein Grund, warum ich mit ihm ins Bett will, ist natürlich, dass ich ihn unendlich heiß finde – keine Frage. Aber darüber hinaus hat sich unsere Beziehung in den letzten Wochen verändert. Wir mögen uns und verbringen gern Zeit miteinander. Für mich ist das genauso wichtig, wenn nicht wichtiger als die körperliche Anziehung. Gutes Aussehen hin oder her, wenn man menschlich nichts miteinander anfangen kann, ist es absolut nebensächlich, wie heiß man den anderen findet.

Denver ist kein Mensch der großen Worte, das ist mir schon oft aufgefallen. Beispielsweise wenn das Gespräch zufällig auf seinen Dad fällt, bringt er kaum ein Wort über die Lippen oder auch die Sorge um seine Schwestern, die ihn ganz eindeutig umtreibt, macht er mit sich aus. Ich kann also nicht von ihm erwarten, dass er mir verbal ein Zeichen gibt, dass er mehr als Sex möchte. Selbst traue ich mich aber auch nicht Klartext mit ihm zu reden. Die Angst vor einer Abfuhr ist allgegenwertig.

Um zurück zu meinem Problem zu kommen: Das Kleid ist die pure – vor allem unbequeme – Provokation. Und jetzt habe ich das beschissene Ding an und kann mich kaum darin bewegen, weil ich Angst habe, dass es entweder meinen Hintern freilegt oder meine Brüste rausfallen.

»Warum hast du das Kleid nochmal an?«, fragt Millie, als ich erneut daran zupfe. Nach dem hundertsten Mal in der letzten Stunde sollte ich begriffen haben, dass Leder kein dehnbarer Stoff ist und immer wieder zurück an Ort und

Stelle rutscht.

»Provokation!«

»Aha«, meint sie und zieht die Augenbrauen hoch. »Und dafür musst du so rumlaufen? Das ging nicht anders?«

Sie hat gut reden in ihrer Jeans und ihrem T-Shirt. Darin würde ich mich auch viel wohler fühlen, aber ich musste ja auf Joy hören. Man sollte bei sowas niemals auf Joy hören.

Ich schüttle den Kopf.

»Nein. Du weißt doch, was Denver gemacht hat.«

Millie seufzt und nickt. Sie nippt an ihrem Getränk und sieht mich eindringlich an. Sie würde niemals etwas sagen, das mich in irgendeiner Weise verletzen würde. Nein, sie denkt lange nach, bis mich ihr Blick so sehr einschüchtert, dass ich auch darüber nachdenke und mich danach schlecht fühle. Dabei meint sie es immer nur gut und ich finde es bemerkenswert, dass sie stets versucht, ehrlich, fair und diplomatisch zu sein. Das kann nicht jeder.

»Ja, aber du musst dich doch nicht auf sein Niveau begeben«, sagt sie. »Du siehst toll aus und die meisten Typen hier können ihre Blicke nicht von dir nehmen. Das liegt nicht an dem Kleid. Ist es dir das wirklich wert, um einem Idioten wie Denver eine reinzuwürgen?«

»Millie«, seufze ich. »Das verstehst du nicht.«

»Was versteht unsere süße Millie-Maus nicht?«, fragt Joy und legt ihren Arm um mich. Sie grinst uns an und ich erwidere ihren Blick. »Du siehst bombastisch aus.«

Ich verstehe manchmal nicht, wie wir vier uns finden konnten. Phoenix, Joy, Millie und ich. Das Schicksal hat uns einfach zusammengeführt und ich glaube, dass wir Freundinnen fürs Leben werden könnten. Phoenix habe ich sogar schon vor Denver kennengelernt, als sie in der Haustür vor mir stand. Joy kam als eine Freundin von Phoenix dazu und schließlich habe ich mir Millie noch geschnappt. Jetzt sind wir eine Vierergruppe und ich finde es ziemlich cool. Es ist das erste Mal, dass ich in einem so starken Gefüge aus Freundschaft bin.

Dennoch sind und bleiben wir sehr gegensätzlich. Vor allem Millie und Joys Weltansicht könnte nicht weiter auseinanderliegen und schlussendlich aufeinanderprallen.

»Wisst ihr eigentlich, dass wir drei und Phoenix überhaupt nicht zusammenpassen?«, kichere ich und die beiden stimmen mir zu. »Ich meine wir ... wir sind so unterschiedlich und ... und trotzdem passt es einfach.«

»Das stimmt«, pflichtet Millie mir bei. »Irgendwie erfüllt jeder in unserer Gruppe eine Rolle, die die anderen ergänzt.«

Joy nickt und deutet nochmal auf mich.

»Also. Wie ist dein Schlachtplan für Denver?«

Millie verdreht die Augen.

»Sie hat keinen. Sie kann sich nicht mal anständig bewegen in dem Fummel.«

Joy muss herzlich lachen. »Aber das ist der Sinn an solchen Kleidern. Du sollst darin gut aussehen und es für den Sex schnell runterbekommen.«

Joys offene Art macht mich manchmal echt fertig und treibt Millie die Schamesröte ins Gesicht.

»Was würde ich nur ohne deine Life-Hacks machen?«, erwidere ich ironisch und kann mir ein Augenrollen nicht verkneifen. »Und Millie meint, dass ich dieses Kleid nicht nötig habe, um Denver eine reinzuwürgen.«

»Unrecht hat sie nicht, weil der auch sabbern würde, wenn du einen Kartoffelsack anhättest«, sagt Joy mit einem vergnügten Ausdruck in den Augen. »Aber ich finde es gut, dass du ihm zeigst, was er verpasst, während er heute Nacht seine Hand benutzen muss.«

Millie verzieht den Mund und ich verdrehe die Augen.

»Denver und Handbetrieb.« Ich lache auf. Meine Stimme strotzt nur so vor Ironie. »Nette Vorstellung. Er wird schon jemanden finden, der die Beine für ihn breit macht.«

In dem Moment betritt Darren die Küche und ich könnte schwören, dass Millie seufzt. Sie ist nicht sonderlich subtil darin, zu verbergen, dass sie auf ihn steht. Gott sei Dank ist Darren viel zu dämlich, um zu begreifen, dass eine so wundervolle Person wie Millie ihr Herz an ihn verloren hat. Was ich übrigens gar nicht verstehen kann. Darren ist nett, aber das war's auch schon. Nichts an dem Kerl finde ich anziehend. Außerdem nervt mich seine Südstaaten-Attitüde total. Deswegen wundert es mich auch so sehr, dass sich ausgerechnet unsere *Millie-Maus*, wie Joy sie seit neuestem nennt, in ihn verknallt hat.

»Du siehst heiß aus«, meint Darren und zwinkert mir zu. Ich ignoriere seine Worte, weil ich Millies Gefühle nicht verletzen möchte, aber natürlich bekommt sie es mit. Darrens Beuteschema ist alles, was Millie nicht ist. In ihrem keuschen Partyoutfit, das wir zu Seminaren tragen, spricht sie ihn auf keinen Fall an. So intelligent, wie sie ist, ist sie sich dem auch bewusst, aber kann nicht aus sich heraus. Für einen Typen wie Darren sollte sie sich auch nicht verändern. Niemand sollte sich für irgendwen verändern, nur um seine Aufmerksamkeit zu bekommen.

Millie weicht meinem Blick aus und wendet sich ab. »Ich hoffe, Denver hat dir das schon gesagt«, fügt Darren seinem Kompliment hinzu.

»Nein«, antworte ich und sehe mich um. »Er redet auch nicht mit mir, seitdem wir hier sind.«

Darren nickt kurz und lächelt Millie an. Sie erwidert es, was Joy und mich grinsen lässt. Dann macht er auf dem Absatz kehrt und geht. Es wäre auch zu schön gewesen, wenn er sie ebenfalls angesprochen hätte. Millie ringt sich ein klägliches Lächeln ab und ich sehe ihr an, wie enttäuscht sie ist.

»Na?« Joy grinst. »Hat er dich ein wenig aus der Fassung gebracht?« Sie scheint mal wieder die Vorschlaghammer Methode zu wählen.

»Nein.« Millie schnappt nach Luft. »Ich ... ich war nur ... höflich. Ich ... ich wollte sein Kompliment für Sienna nicht ... nicht unterbrechen–« Wild fuchtelt sie mit den Händen in der Luft herum. »Ihr wisst doch, was ich meine.«

»Rede mal mit ihm«, rate ich ihr mit sanfter Stimme. »Das soll funktionieren.«

»So wie bei dir und Denver?«, gibt sie schnippisch zurück und schlägt sich mit der Hand vor den Mund. »Sienna ich–«

»Ist doch kein Ding«, sage ich und grinse. »Und ja ... vermutlich sollten Denver und ich miteinander reden ... «

»Ihr könntet auch rummachen«, meint Joy und wirft mir ein vielsagendes Lächeln zu. »Das ist auch eine Art von Kommunikation.«

Ich verdrehe die Augen, aber kann mir ein Lachen nicht verkneifen.

•••

Der Geruch von Rauch und Alkohol hängt in der Luft des Verbindungshauses, in dem wir uns befinden. Ich hatte eigentlich den Plan, mich zu betrinken und irgendeinen Typen abzuschleppen, sodass Denver es mitbekommt – und ihm die Show zu bieten, die ich ihm angedroht habe. Aber ich kann mich nicht überwinden, das zu tun. Ich hatte noch nie einen One-Night-Stand. Das bin ich nicht und das will ich auch nicht sein. Außerdem glaube ich, dass ich dank der

Freundschaft zu Denver und dem Buschfunk auf dem Campus zu bekannt bin, um mich heimlich von einem Typen vögeln zu lassen, sodass es nur Denver mitbekommt.

Ich trete auf die Terrasse in den Garten und kann nicht glauben, dass es im Oktober immer noch Menschen gibt, die im Pool baden. Es ist extrem kalt in Lincoln und es wird nicht mehr lange dauern, bis der erste Schnee fällt.

»Hi«, ertönt eine tiefe Stimme hinter mir und ich zucke zusammen. »Sorry, ich wollte dich nicht erschrecken.«

Vor mir steht ein blonder Kerl. Ich würde ihn auf ca. 1.85m schätzen – breite Schultern, freundliches Lächeln und blaue Augen – genau mein Typ!

»Hi«, sage ich ein wenig verdattert und lächele ihn an. »Vielleicht bin ich auch ein wenig schreckhaft.«

Ich kann nicht anders, als sein herzliches Lächeln zu erwidern. »Ich bin Tyler«, stellt er sich vor. »Ich hoffe, es ist dir nicht unangenehm, dass ich dich so unvermittelt anquatsche.«

Unangenehm ist es mir nicht, aber seltsam finde ich es schon. Ehrlich gesagt *zu* seltsam, aber das ist absurd ...

Denver würde doch keinen Typen auf mich ansetzen, der genau mein Beuteschema ist und Ähnlichkeit mit ihm hat. Oder? Damit würde er sich ins eigene Fleisch schneiden, wenn ich seiner Meinung nach keinen anderen haben soll.

»Nein«, erwidere ich und lächle leicht. »Ich bin Sienna.«

Freundlich halte ich ihm die Hand hin, die er sogleich annimmt. Seine Hand ist warm, aber nicht verschwitzt. Er drückt sie leicht, was mich lächeln lässt. Okay, der Typ ist wirklich mehr als nur attraktiv. Außerdem hat er schon mehr als drei Sätze gesagt und es kamen nicht die üblichen Sprüche eines Kerls auf dem College aus seinem Mund. Keine Flirtoffensive, die mich in die Flucht schlägt.

»Hi Sienna«, sagt er und ich muss leise lachen.

»Hi Tyler.«

Ein wenig verlegen hebe ich meinen Blick, den er erwidert. Er ist wirklich verflucht süß. Tyler trägt eine Jeans, ein weißes T-Shirt mit einem roten Holzfällerhemd darüber und Sneaker. Seine Haare sind auf dem Oberkopf ein wenig länger als an den Seiten. Seine blauen Augen werden von dichten Wimpern umrahmt und ein akkurater Bart ziert seine Wangen und definiert seinen markanten Kiefer. Tyler wäre mir aufgefallen, definitiv.

»Bist du neu?«, will ich deshalb wissen und er nickt.

»Ja. Ich bin aus Ohio gewechselt.«

»Oh okay«, entgegne ich interessiert. »Warum?«

»Die Footballmannschaft hier ist besser.« Er grinst und ich stöhne auf. Oh, bitte nicht! Kein Footballer. Das kann doch nicht wahr sein. »Ich denke, dass ich mit ihnen meine Ziele besser umsetzen kann.«

»Möglich.« Ich nicke zur Untermalung meiner Worte und lächle Tyler an. »Welche Position spielst du?«

Ich kann nicht wirklich glauben, dass ich mit ihm über Football rede.

»Ich bin Running Back«, sagt er. »Magst du Football?«

»Ein wenig.« Ich halte meine Antwort wage. Aber es ist die Wahrheit. Durch Denver und die Jungs habe ich mich in den letzten Wochen mit Football auseinandergesetzt. Auf meiner Rangliste der coolsten Sportarten befindet er sich dennoch nicht auf den oberen Plätzen. Dort stehen weniger brutale Sportarten wie Fußball und Tanzen. »Ich beginne es mehr und mehr zu mögen.«

»Ach ja«, meint er und zwinkert mir zu. »Du würdest unter Umständen also auch mal ins Stadion kommen.«

Ich lache leise und nicke.

»Vielleicht!«

Tyler lächelt mich an und kommt einen Schritt auf mich zu. Er ist ein süßer Typ und schafft es, dass ich Denver für den Moment vergesse. »Ich würde mich auf jeden Fall sehr freuen.« Seine Stimme wird eine Nuance tiefer und ein Schauer läuft mir über den Rücken.

Ich hebe meinen Kopf und suche seinen Blick. Tyler erwidert ihn und macht den letzten Schritt auf mich zu. All meine Vorsätze, die ich vor wenigen Minuten noch hatte, sind wie in Luft aufgelöst. Tyler ist wahnsinnig nett und süß und scheiße, ja er ist heiß. Und wenn er neu ist, hat er von Denvers Flirtverbot noch nichts mitbekommen.

»Ich kann mal darüber nachdenken«, murmle ich und lege meine Hände auf seine Brust. Die Wärme seiner Haut ist deutlich zu spüren und ich rücke noch einen Schritt näher an ihn. Er grinst und beugt sich zu mir runter, dabei legen sich seine Hände auf meine Hüften und er zieht mich an sich heran. Seine blaugrauen Augen mustern mich eindringlich.

Fuck, was wird das hier? Das läuft aus dem Ruder.

Nervös lecke ich mir über die Lippen, was Tyler als Einladung deutet, sich noch weiter vorzubeugen. Sein Atem streift mein Ohr, aber der erwartete Schauer, der mir bei jeder von Denvers Berührungen über den Rücken läuft, bleibt aus.

Wieso passiert das nicht? Tyler ist super und ich denke immer noch an diesen Scheißkerl.

»Sienna«, raunt er mir zu. »Ich werde dich jetzt küssen.«

Mein Herz rast in meiner Brust und bevor ich etwas erwidern kann, presst er seine Lippen auf meine. Der Kuss ist sanfter, als ich erwartet habe. Tyler bewegt sich zunächst nicht und als ich meinen Mund ein wenig öffne, um etwas zu sagen, sieht er das als eine weitere Einladung und intensiviert den Kuss. Er zieht mich an der Hüfte fester an sich heran, sodass mein Körper an seinen gepresst wird. Der feste Griff seiner Hände gibt mir kaum Bewegungsfreiheit.

Tyler küsst gut und würde ich mich darauf einlassen, würde ich bestimmt mit ihm im Bett landen, aber ich kann nicht.

In meinem Kopf ist nur dieser eine Kerl, mit dem ich das hier tun will. Denn mein Herz schlägt aus den falschen Gründen schneller in Tylers Armen und auch die bekannten Schmetterlinge tanzen nicht in meinem Bauch. Da ist gähnende Leere.

Ich will Denver.

Ich muss mir mehr denn je eingestehen, dass er der Typ ist, den ich küssen will, den ich anfassen und mit in mein Bett nehmen will.

Verdammte Scheiße! Wieso muss ich erst mit einem anderen Typen rummachen, bis mir endgültig klar wird, was – oder vielmehr – wen ich will?

Ich reiße mich von Tyler los und schubse ihn von mir. Er stolpert einen Schritt zurück und öffnet den Mund, um etwas zu sagen, aber ich würge ihn sofort ab.

»Ich kann das nicht.« Das ist alles, was ich hervorbringe.

Ohne auf Tylers Antwort zu warten, stürme ich an ihm vorbei zurück ins Haus. Ich höre ihn noch nach mir rufen, aber ignoriere es. In diesem Moment ist mir alles zu viel – die Party, die Menschen, das Kleid, Tyler und der Kuss.

Ich muss hier weg.

Joy und Millie kommen mir entgegen und wollen etwas sagen, aber ich schüttle den Kopf. Ich will nicht mit ihnen sprechen und vor der gesamten Partygesellschaft in Tränen ausbrechen. Es ist schlimm genug, dass mein Gemütszustand so weit gesunken ist, dass ich weinen muss. Mühsam unterdrücke ich die Tränen, solange ich mich im Haus befinde. Noch während ich meine Wangen mit meinen Händen bedecke und mit gesenktem Kopf die Party verlassen will, stoße ich mit jemandem zusammen. Ich mache mich bereits darauf gefasst, dass ich mit dem Hintern auf dem Boden lande, als starke Hände meine Oberarme umfassen und mich vor einem Sturz bewahren.

»Ich habe dich.« Denvers Stimme ist besorgt und er drückt mich an sich. Ich spüre die Wärme seines Körpers und gleichzeitig taucht der Kuss mit Tyler vor meinem inneren Auge auf. »Es ist alles okay.«

»Nichts ist okay.« Ich stoße Denver von mir und wische meine Tränen weg. Ich kann sie nicht mehr zurückhalten. »Warum verstehst du das nicht?«

»Sienna ich–« Denver leckt sich über die Lippen und breitet die Arme aus, um mich wieder an sich zu ziehen. Ich schüttle den Kopf, mit der stummen Bitte, mich nicht zu berühren. Als er stehen bleibt und keine weiteren Unternehmungen startet auf mich zuzugehen, gehe ich an ihm vorbei.

»Sienna!« Ich ignoriere seine Rufe und bahne mir meinen Weg durch die Masse und raus aus dem Verbindungshaus. »Sienna, warte!«

Keuchend komme ich vor der Haustür zum Stehen und stemme die Hände in die Hüfte. Ich wusste nicht, dass ich *so* wahnsinnig unsportlich bin und jetzt schon nach Luft schnappe. Es könnte aber auch an meinen High Heels liegen.

»Sienna«, sagt Denver und ich weiß, dass er direkt hinter mir steht. »Was ist los mit dir?«

Als Denver meine Oberarme berührt, fahre ich herum und starre ihn wütend an.

»Du fragst mich, was los mit mir ist?«, schreie ich ihn an. »Kannst du dir das nicht denken?«

»Ich—«, stammelt er. Mein Ausbruch scheint ihn tatsächlich zu überraschen. Ihm fehlen zunächst sichtlich die Worte, aber dann spricht er weiter. »Ich habe dich gesucht und wollte mit dir reden.«

»Ich will aber nicht mit dir reden«, fauche ich und wische die neu aufkommenden Tränen weg. Der salzige Geschmack brennt sich in meine Lippen und ich lecke mir hastig darüber. »Das ... das ist alles deine Schuld.«

Er zieht die Augenbrauen zusammen, was mich noch wütender macht. Ihm muss doch aufgefallen sein, dass ich gerade nicht mit ihm reden möchte. Alles, was heute Abend passiert ist, muss ich erstmal verarbeiten. Für mich – alleine. Ohne ihn und seinen brennenden Blick.

Ich habe mich in Denver verliebt.

Irgendwann in den letzten Wochen.

Und jetzt liegt alles in Trümmern.

Denver und ich haben es vermasselt. Jeder auf seine Weise. Dass ich so wütend auf ihn bin, weil ich mich zu all dem Scheiß heute Abend habe hinreißen lassen, macht es noch schlimmer. Ich sehe scheußlich aus, stecke in einem Kleid, das diesen Namen nicht mal verdient und habe mit einem neuen Studenten rumgemacht, um Denver zu vergessen.

»Was ist meine Schuld?«, fragt er und tritt einen Schritt auf mich zu. Seine Miene ist gequält und ich kann den traurigen Ausdruck in seinen Augen sehen. Denver schiebt die Hände in die Taschen seiner Jeans.

»Lass mich in Ruhe, Denver«, wispere ich und habe kaum noch Kraft, mich mit ihm auseinanderzusetzen. Es war einfach alles zu viel die letzten Stunden. Joy und Millie tauchen hinter ihm auf und sehen zwischen uns hin und her.

»Ich soll dich—« Er stockt und sieht mich verwirrt an. »Ich verstehe dich nicht, Sienna.«

»Ist mir egal«, fauche ich. »Es ist mir alles egal ... du ... du ... du kannst mich mal.«

Joy geht energisch an Denver vorbei, während Millie deutlich vorsichtiger ist. Meine Freundinnen flankieren mich rechts und links, als müssten sie mich beschützen.

»Sienna«, sagt Joy leise und legt ihren Arm um mich. »Sollen wir dich nach Hause bringen?«

»Ich ... ich denke ja ... keine Ahnung.«

Denver kommt einen Schritt näher. »Ich bringe dich nach Hause.« Er sieht mich eindringlich an. »Bitte?«

Sein Blick ist flehend, aber ich schüttle den Kopf. Ich ertrage seine Nähe heute nicht mehr. Ich möchte nachdenken, ohne zu wissen, dass er zwei Zimmer weiter schläft. Der Abstand wird uns guttun, um uns klarzuwerden, was wir wollen. Wobei ich mir bereits sicher bin, was ich will – Denver! Und das nicht als lockere Affäre, sondern richtig. Als meinen Freund.

»Ich schlafe bei Millie«, entscheide ich und drehe mich von ihm weg, um zu gehen. Millie und Joy sind neben mir, sodass Denver keine Chance hat, erneut an mich ranzukommen.

»Du kannst doch jetzt nicht einfach gehen«, ruft er mir nach. »Bitte komm mit nach Hause.«

12. Kapitel

Senna

Zwei Tage später

Ich drücke mich nun schon ganze achtundvierzig Stunden davor, nach Hause zu gehen und bin bei Millie untergekommen. Ihr Wohnheimzimmer ist viel zu klein für uns beide und ihre nervige Mitbewohnerin Amanda findet es auch nicht gut, dass ich da bin. Zu zweit auf zwanzig Quadratmeter mit einem kleinen Badezimmer ist schon nicht einfach. Aber zu dritt wird es zur Tortur. Den genauen Grund, warum Amanda mich nicht sonderlich gut leiden kann, kenne ich nicht. Ich bin mir aber sehr sicher, dass es an meinem Verhältnis zu Denver liegt. Jedes Mal, wenn in einem Gespräch sein Name oder der Name einer der Jungs fiel, hat sie verächtlich geschnaubt, sodass Millie und ich unsere Gespräche irgendwann nur noch außerhalb des Zimmers geführt haben. Demnach ist es das Beste, dass ich dieses Zimmer nicht bekommen habe. Wenn es denn meins gewesen wäre. Amanda und ich hätten uns bestimmt nach wenigen Tagen die Augen ausgekratzt.

Millie und ich quetschen uns in ihr kleines 90x200cm Bett zum Schlafen, weil ich nicht zu Denver nach Hause möchte. Dabei wartet dort ein 140x200cm Bett auf mich. Das ist jedoch nicht das Einzige, was ich vermisse. Eventuell vermisse ich Denver auch.

Während der Party und in den Stunden davor ist alles

komplett aus dem Ruder gelaufen. Das fing schon damit an, dass ich mir von Joy dieses grässliche Kleid habe aufquatschen lassen. Es hat seine Wirkung bei Denver nicht verfehlt, aber rückblickend war das alles ein großer Fehler. Genauso wie der Kuss mit Tyler, der meinem Totalausfall an dem Abend die Krone aufgesetzt hat. Der Kuss war schön und unter anderen Umständen hätte ich Tyler auch nicht so schnell vom Haken gelassen – aber nicht so. Meine Gedanken waren unentwegt bei Denver.

Er versucht mich ständig zu erreichen. Anrufe und Nachrichten im Stundentakt, aber ich ignoriere sie allesamt. Seit heute Mittag ruft er auch Joy, Millie und Phoenix an.

Während Joy und Millie wissen, was passiert ist, habe ich Phoenix mit Halbwahrheiten abgespeist. Ich habe ihr gesagt, dass Denver und ich schlimm gestritten haben, wegen einem anderen Typen und seinen andauernden One-Night-Stands in unserer Wohnung. Sie hat es hingenommen und gemeint, dass er sich wieder einkriegt.

Denver ist ihr Bruder und ich weiß immer noch nicht, wie sie zu der Sache mit uns stehen würde. Ich möchte nicht, dass sie denkt, dass ich ihr im Nachhinein etwas verheimlicht habe. Aber ich möchte sie auch nicht unnötig zwischen die Stühle bringen, solange das zwischen uns nicht geklärt ist.

Die Erkenntnis, dass ich mich in ihn verliebt habe, hat mich doch auch getroffen wie ein Schlag! Das habe ich nicht geplant. Mich in Denver zu verlieben oder mich generell zu verlieben war nie der Plan.

Mein neues Leben in Lincoln habe ich mir so cool vorgestellt und jetzt ist alles total außer Kontrolle geraten. So wie ich es mir gewünscht habe, habe ich tolle neue Leute kennengelernt und auch Freunde gefunden. Warum muss ich mich darüber hinaus in meinen Mitbewohner verlieben? Es lief doch alles so gut. Meine beste Freundin lebt in dem Wohnheimzimmer, das ich hätte bekommen können und auch sonst gerät alles aus den Fugen. Mal abgesehen davon, dass meine beste Freundin aus Kindertagen mich blockiert hat, weil ich mich nicht oft genug bei ihr gemeldet habe. Claras Reaktion ist total überzogen, aber ich habe mir nicht die Mühe gemacht, mich auf anderem Weg bei ihr zu melden. Wenn sie unsere langjährige Freundschaft beendet, weil ich mich nicht mehr jeden Tag bei ihr melde und in Lincoln einen guten Start in mein neues Leben hatte, muss ich das akzeptieren. Sie hatte auch die Chance in einem anderen Bundesstaat zu studieren, aber das wollte sie nicht. Ich erinnere mich an Denvers Worte, dass sie neidisch ist, weil sie es nicht gewagt hat aus Helena wegzugehen. Vielleicht ist da etwas dran.

Die ganzen letzten Wochen habe ich meine Gefühle für Denver verdrängt und jetzt erschlagen sie mich.

Denvers Ansage an seine Freunde hat mich so wütend gemacht – und er ergreift selbst auch nicht die Initiative. Es macht mich immer noch wütend, weil ich verdammt nochmal nicht weiß, was ich von ihm halten soll.

Einerseits sucht er meine Nähe, bringt es aber dann nie zu Ende. Er sagt mir, dass ich mir einen Typen suchen soll, aber gleichzeitig stellt er für seine Freunde die Regel auf, dass ich tabu bin. Von seinen ganzen One-Night-Stands mal abgesehen. Als er mir am Abend der Party gefolgt ist und reden wollte, konnte ich das einfach nicht. In der Nacht hätte jegliches Gespräch zwischen uns die Situation nur noch verschlimmert. Ich war vollkommen durch den Wind.

Die Gründe, warum Denver seinen Kumpels oder gar der ganzen Footballmannschaft sowie jedem anderen Kerl in seiner Nähe gesagt hat, dass sie sich von mir fernhalten sollen, kann ich nur erahnen. Es wäre Wunschdenken zu glauben, dass er sich auch in mich verliebt hat. Vielmehr habe ich die Befürchtung, dass er in mir nicht mehr sieht, als in Phoenix und Madison. Eine kleine Schwester oder eine gute Freundin, die er beschützen muss.

Gott, allein bei dem Gedanken kommt mir die Magensäure hoch.

Die kommt mir aber auch hoch, weil ich gerade die letzten Stufen im Treppenhaus zurückgelegt habe und nun vor unserer Wohnung stehe. Von Phoenix weiß ich, dass Denver heute Morgen Training hatte und zu Hause ist.

Ich krame den Schlüssel aus meiner Tasche und schließe die Tür auf.

»Ja«, höre ich Denvers tiefe Stimme und mein Herz beginnt sofort schneller zu schlagen. Eine Aussprache ist unausweichlich. »Ich weiß es nicht, Mom!«

Ich betrete leise die Wohnung, schließe die Tür hinter mir und ziehe meine Jacke und Schuhe aus. Millie hat mich in den letzten achtundvierzig Stunden zum Glück mit Klamotten versorgt, sodass ich nicht mehr in dem Lederkleid und High Heels rumlaufen musste. Zwar sind mir ihre Sachen ein wenig eng, aber es ging nicht anders.

Ich betrete das Wohnzimmer und verkneife mir einen Schrei, als ich auf unserer Couch ein junges Mädchen entdecke. Sie sieht mich ebenso erschrocken an wie ich sie.

Wer zur Hölle ist dieser Gothic in meiner Wohnung? Sie hat lange schwarze Haare, komplett schwarz geschminkte Augen und blutrote Lippen. Sie sieht aus, als hätten wir bereits Halloween, obwohl das erst nächste Woche ansteht. Dazu trägt sie schwarze Springerstiefel, natürlich eine schwarze Strumpfhose mit einem dunkelroten Kleid passend zu ihrem Lippenstift und einen schwarzen Mantel.

»Hallo«, sage ich und trete an sie heran. Sie lässt mich genauso wenig aus den Augen wie ich sie. »Ich bin Sienna.«

Sie zögert einen Moment und sieht in Richtung Küche, aus der leise Denvers Stimme zu hören ist. Dann wendet sie sich wieder mir zu.

»Hi.« Ihre Stimme ist im Kontrast zu ihrem Outfit und Make-Up butterweich. Fast schon ängstlich. »Ich bin Madison.«

Ich reiße die Augen auf und sehe wieder zur Küche. Das ist Madison? Denver und Phoenix' jüngere Schwester? Ich kann es nicht glauben! Die beiden hatten mir mal Fotos von ihr gezeigt, aber auf diesen sah sie aus wie eine jüngere Version von Phoenix. Lange blonde Haare, helles Make-Up und ein weißes Blumenkleid. Das ist das genaue Gegenteil davon.

»Hey«, sage ich und lächele sie leicht an. Ich bin immer noch zu schockiert. »Besuchst du Denver?«

Nervös faltet sie ihre Hände ineinander und nickt. Dann fällt mein Blick auf die Reisetasche vor ihren Füßen und mir dämmert es langsam. Dass er in der Küche ist und mit ihrer Mutter telefoniert, kann nichts Gutes heißen. Wie alt ist sie nochmal? Fünfzehn oder Sechzehn? So wie es aussieht, ist sie von zu Hause ausgerissen.

Die Küchentür wird geöffnet und Denver kommt auf uns zu. Seine Miene ist hart, doch als er mich sieht, reißt er überrascht die Augen auf und hält inne. »Ich rufe dich zurück, Mom«, murmelt er in sein iPhone. »Bis dann.«

Denver beendet das Gespräch, steckt sein Handy in seine Jeans und sieht mich an. Sein Mund ist leicht geöffnet und seine Augen springen hektisch zwischen Madison und mir hin und her. Er hat nicht damit gerechnet, dass ich nach Hause kommen würde.

»Hey«, sagt er mit brüchiger Stimme und scheint seine Schwester völlig auszublenden. »Du bist wieder da.«

»Ja«, murmle ich und falte meine Finger nervös ineinander. Mein Herz schlägt schneller, als er mich so unverhohlen ansieht, und ich schiele zu Madison. Er wird das, was wir zu klären haben, wohl auf keinen Fall vor seiner kleinen Schwester tun wollen.

»Ihr habt euch bereits kennengelernt«, meint Denver und deutet auf Madison. Sie sitzt immer noch wie ein Häufchen Elend dort und sieht ihn gespannt an.

»Was hat Mom gesagt?«, fragt sie und er würgt sie direkt ab.

»Nicht jetzt«, knurrt er. »Was denkst du denn, was sie gesagt hat?«

Madison zuckt ratlos mit den Schultern. Sie tut mir wirklich leid. Er spricht in einem derart barschen Ton mit ihr, dass sie immer kleiner auf unserer Couch wird. Madisons Haltung ist geduckt, die Schultern hängen herunter und sie beißt nervös auf ihrer Unterlippe herum.

Andererseits interessiert mich auch, was sie hier macht und vor allem wie lange sie bleibt.

»Dass ich bleiben darf?« Sie grinst und Denver verdreht die Augen und schüttelt den Kopf. Danach wendet er sich an mich.

»Können wir kurz in die Küche gehen?«

Ich nicke und er dreht sich, ohne noch etwas zu sagen, um und geht vorweg. Ich werfe einen Blick auf Madison, die immer weiter in unserer Couch zusammensackt. Seufzend wende ich mich von ihr ab und gehe mit Denver in die Küche.

Er ist angespannt – das spüre ich in jeder Faser seines Körpers – und ich bin mir sicher, dass er sich unser

Wiedersehen und die folgende Aussprache anders vorgestellt hat. Denver schließt für einen Moment die Augen und stemmt die Hände in die Hüfte. Als er mich ansieht, trifft es mich, als würden tausend Blitze durch meinen Körper jagen. Sein Blick ist aufgewühlt und er wirkt hilflos. Ich bin mir sicher, dass es an Madison liegt und nicht an mir.

»Ich dachte, dass wir reden, wenn du zurückkommst«, sagt er. »Aber dann ist Madison aufgetaucht und—«

»Du musst dich dafür nicht rechtfertigen.« Ohne darüber nachzudenken, gehe ich auf ihn zu und greife nach seiner Hand. Er zuckt kurz zusammen und zieht mich dann an sich. Wir stehen so nah aneinander, dass unsere Oberkörper sich fast berühren. Mein Herz schlägt wieder schneller und als er mich ansieht, beginnen die Schmetterlinge in meinem Bauch zu fliegen.

Fuck, dieser Blick trifft mich völlig unvorbereitet!

»Doch«, sagt er mit rauer Stimme. »Ich muss mich für so vieles rechtfertigen, aber jetzt—«

»Es ist okay«, unterbreche ich ihn, auch wenn ich natürlich die Aussprache mit ihm möchte. Aber ich habe Verständnis dafür, dass er sich nun um Madison kümmern muss. Sie ist seine kleine Schwester und unsere Probleme müssen da hintenanstehen. »Wir reden später.«

»Okay«, meint Denver und lächelt mich an. »Danke.«

Ich erwidere seinen Blick und nicke. »Nicht dafür. Warum ist sie hier?«

Denver sieht an mir vorbei, in der Hoffnung, dass Madison uns nicht hört. »Keine Ahnung.« Er seufzt. »Ich dachte, du bist es, als sie vorhin vor der Tür stand mit ihrer Tasche. Sie meinte nur, dass sie keinen Bock mehr auf zu Hause hat und bleiben möchte.«

»Mehr nicht?«, hake ich nach und drehe langsam meinen

Kopf, um auch zur Tür zu sehen.

»Nein«, sagt er und massiert sich die Schläfen. »Sie hat sich im letzten Jahr so verändert. Sieh sie dir an … ich habe dir Fotos von ihr gezeigt, wie sie vorher aussah. Ich habe ihr erlaubt für zwei Nächte zu bleiben, aber dann muss sie wieder nach Hause.«

»Was hat sie gesagt?« Ich werfe ihm einen fragenden Blick zu. »Sie hat eine riesige Tasche dabei.«

»Sie hat es hingenommen«, meint er und zuckt mit den Schultern. »Aber begeistert war sie nicht.«

»Okay«, sage ich sanft. »Mich stört sie nicht.«

»Danke Sienna.« Denver zieht mich überraschend an sich. Lächelnd schlinge ich meine Arme um seinen Hals und schmiege mich an ihn. Es tut gut, ihm nah zu sein, auch wenn ich weiß, dass wir immer noch reden müssen. Ich atme seinen herben Duft ein und schmiege mich noch näher an ihn heran. Denver spürt das und seine Hände streichen über meinen Rücken.

»Ich bin froh, dass du wieder zu Hause bist«, flüstert er und ich sehe zu ihm auf. Ein Lächeln liegt auf seinen Lippen, das die Schmetterlinge in meinem Bauch völlig verrücktspielen lässt. Mein Herzschlag muss sich binnen Sekunden verdoppelt haben und meine Hormone spielen verrückt. So nah waren wir uns zwar schon öfter, aber jetzt fühlt es sich unwirklicher an.

Ich erwidere seinen Blick, als er die Hand von meinem Rücken nimmt, um meine Haare zurückzustreichen. Ich schlucke und lecke mir nervös über die Lippen. Denvers Augen wechseln zwischen meinem Mund und meinen Augen hin und her.

Mein Herz droht, zu explodieren und ich kralle mich fester in seinen Sweater. Der Stoff ist weich unter meiner Haut und obwohl er recht dick ist, kann ich die Wärme seines Körpers spüren.

»Denver«, wispere ich voller Sehnsucht. »Ich will—«

»Ich auch«, raunt er und beugt sich zu mir runter. »Es tut mir leid.«

Ich erwidere auf seine Entschuldigung nichts, sondern warte ab. Denver kommt mir näher und ich spüre bereits seinen Atem auf meiner Haut. Er riecht nach Minze und seinem unverwechselbaren Aftershave, das ich mir in den letzten Wochen so sehr eingeprägt habe. Ein Schauer läuft meine Wirbelsäule hinab. Jede Faser meines Körpers ist angespannt und ich will, dass es jetzt passiert. Völlig egal, ob wir geredet haben oder nicht. Er soll mich küssen.

Und tatsächlich! Seine Lippen landen sanft auf meinen. Augenblicklich erwidere ich den Kuss und schmiege mich an ihn. Seufzend geben wir uns dem Moment hin und als seine Zunge um Einlass in meinen Mund bittet, gewähre ich ihr diesen. Denver drückt mich fester an sich, während seine Finger sich in meine Hüften graben. Dieser Kuss ist noch viel besser, als ich ihn mir vorgestellt habe. Viel besser als—

»Denver!« Madisons Stimme lässt uns auseinanderfahren und beendet unseren ersten Kuss. »Kannst du Mom nochmal anrufen?«

Perplex sieht er mich an und blinzelt einmal, um sich wieder im Hier und Jetzt zu befinden.

»Ich, es—«, stottert er und deutet mit dem Kopf in Richtung Wohnzimmer. »Ich sollte nach ihr sehen.«

Ich bekomme nur ein Nicken zu Stande. Obwohl ich in diesem Moment nichts sehnlicher möchte, als ihn wieder an mich zu ziehen. Meine Finger wieder im Stoff seines Sweaters zu vergraben und ihn erneut zu küssen.

Ohne noch etwas zu sagen, stürmt er aus der Küche.

Während ich noch verwirrter bin als zuvor.

Vorsichtig wandert meine Hand an meine Lippen. Ich kann seinen Mund noch immer auf meinem spüren und das Kribbeln, das sich auf meiner Haut ausbreitet, ist unglaublich. Breit grinsend stehe ich da.

Wir haben uns geküsst!

•••

Denver, Madison und ich sitzen am Küchentisch und essen zu Abend. Ich habe versucht, mich normal zu verhalten, aber so einfach ist es nicht. Denver und ich schleichen umeinander herum wie zwei Löwen, die bereit für den Kampf sind, aber den Gegner immer noch nicht hundertprozentig einschätzen können. Seit unserem Kuss vor wenigen Stunden ist es sogar noch schlimmer geworden. Wir brauchen diese Aussprache so dringend, um endlich zu wissen, wo wir stehen. Keiner von uns beiden will etwas falsch machen, weil wir keinen neuen Streit provozieren wollen. Seine Entschuldigung hat mir viel bedeutet und ich fiebere dem Moment entgegen, in dem wir allein sind und reden können. Ich will wissen, was ihn umtreibt und was die Aktion mit seinen Kumpels sollte. Dass ich mit dem Gedanken, er könne in mir eine kleine Schwester sehen, falsch liege, weiß ich spätestens nach dem Kuss.

Umso länger ich Denver nun wieder um mich habe, desto mehr brauche ich dieses Gespräch. Ich muss wissen, woran ich bei ihm bin, um im schlimmsten Fall einen Plan zu haben, wie ich mit meinem gebrochenen Herzen umgehen soll.

Denver hat sein Zimmer für Madison geräumt, sodass sie nicht auf der Couch schlafen muss, was ich sehr vorbildlich von ihm finde. Sie hat sich bedankt und ist direkt für ein paar Stunden in diesem verschwunden.

Währenddessen haben Denver und ich versucht, unseren Alltag zu leben. Ich habe Millie, Joy und Phoenix Bescheid gegeben, dass ich wieder zu Hause bin und dann habe ich mich auch erstmal in mein Zimmer verdrückt. Von dem Kuss habe ich ihnen nicht erzählt. Ich will sie nicht unnötig verrückt machen.

Madison trägt mittlerweile eine schwarze Leggings und ein schwarzes Top. Abgeschminkt ist sie auch und sieht nicht mehr ganz so gruselig aus. Was geht in ihr vor, dass sie sich so sehr verändert hat?

»Wo kommst du her, Sienna?«, fragt sie mich und lächelt mich an.

»Ich komme aus der Nähe von Helena.«

»Montana«, erwidert sie stolz und ich nicke. »Warum studierst du hier?«

»Mir hat das Studienangebot in Lincoln am besten gefallen.«

Denver steht auf und räumt seinen Teller ab. Ich sehe ihm nach und beobachte das Spiel seiner Rückenmuskulatur unter dem dünnen weißen T-Shirt, das er trägt. Ich muss ein Seufzen vor Madison unterdrücken.

»Ich bin duschen«, sagt er knapp und verschwindet aus der Küche. Madison sieht ihrem großen Bruder nach und beißt sich auf die Lippe.

»Er ist sauer«, sagt sie leise und stochert in ihren Nudeln herum.

»Wundert dich das?«, frage ich und sehe sie mahnend an. »Du bist von zu Hause abgehauen und—«

»Du bist auch sauer!«

»Ich bin nicht sauer«, seufze ich. »Du bist fünfzehn,

Madison. Dir hätte sonst was passieren können auf dem Weg hierher.«

Schuldbewusst nickt sie und kratzt weiter auf ihrem Teller herum. Ich schließe für einen Moment die Augen, um zu überlegen, was ich am besten sage. Sie kann nicht ewig hier bleiben und ich denke, dass sie das weiß.

»Ja, ich weiß«, sagt Madison und presst wissend die Lippen zusammen. Ihre Gabel kratzt über den Teller und lässt dieses nervtötende Quietschen erstehen, das mir eine Gänsehaut beschert. »Nur ein paar Tage.«

»Das musst du mit Denver besprechen.«

»Wenn du ihm sagst, dass es für dich in Ordnung ist, wird er es besser aufnehmen.«, erwidert sie und lächelt. »Er mag dich.«

In Madisons Augen blitzt etwas auf, das mich lachen lässt.

»Es ist nicht so, wie du denkst«, sage ich und lächle. Dann stehe ich auf und stelle meinen Teller in die Küche.

»Wie ist es dann?«, ruft Madison mir hinterher und kichert. »Ich meine, ich bin kein kleines Kind mehr. Ich weiß, was ihr tut ...«

Ich fahre herum und sehe sie mit großen Augen an. Blut schießt mir in die Wangen und ich hoffe, dass sie mir nicht ansieht, wie unangenehm mir dieses Gespräch ist. Denn Denver und ich tun gar nichts in diese Richtung. Beim ersten Versuch etwas zu tun, hat sie ihr Bestes getan, um es zu verhindern. Wenn auch unabsichtlich. Madison erhebt sich und grinst mich an.

Ich habe keine Ahnung, was ich sagen soll. Sie ist Denvers kleine Schwester. Ja, das ist Phoenix auch, aber Madison ist *richtig* klein.

»Es ist nicht so wie du denkst«, sage ich. »Wirklich nicht.«

»Warum nicht?« Sie lächelt und stellt ihren leeren Teller zu meinem. »So wie er dich ansieht und du ihn ansiehst ... wie ihr umeinander herschleicht und die Finger nicht voneinander lassen könnt.«

Madison wackelt mit den Augenbrauen, als wüsste sie besser Bescheid, was zwischen Denver und mir abgeht als wir selbst. Vielleicht ist dem auch so, so wenig wie wir seit Wochen auf die Kette kriegen. Ich stöhne.

»Es ist kompliziert.« Zu dieser Aussage ringe ich mich noch durch, aber zu mehr nicht. »Was ist mit dir? Hast du einen Freund?« Es kann nicht schaden die Seite zu wechseln und nun sie auszufragen.

Madison Wangen färben sich leicht rot und sie beißt sich auf die Lippe.

»Du hast also einen.«

»Es ist nicht so, wie du denkst!« Das Rot ihrer Wangen wird einen Ton dunkler und sie tippelt nervös von einem Fuß auf den anderen. Meine Frage war ein Volltreffer!

»Das will ich auch hoffen!« Denver schlendert, nur in einer Boxershorts bekleidet, an uns vorbei und zwinkert mir zu. Muss das sein? Noch dazu vor seiner Schwester? Hat er denn überhaupt kein Gespür dafür, wie sensibel Madison bei dem Thema ist? Allem Anschein nach nicht. »Du bist zu jung!«

Ich starre Denver für einen Moment an und schlage mir imaginär mit der Hand vor die Stirn. Mit fünfzehn ist sie doch nicht zu jung, um einen Freund zu haben. Das ist absoluter Blödsinn und kann nur von einem großen Bruder kommen. Ich bin wirklich froh, dass ich nie ein inniges Verhältnis zu Lawrence hatte und er mich in nicht solch peinliche Situationen bringen konnte.

»Ich gehe ins Bett«, reißt Madison mich aus meinen Gedanken und ich sehe sie fragend an. »Ich wünsche euch – nein, eigentlich wünsche ich euch das nicht. Bitte seid leise dabei!«

»Madison«, knurrt Denver sie an. »Zieh Leine.«

Sie wackelt mit den Augenbrauen und provoziert ihren Bruder damit eindeutig. Ich schlage mir die Hand vor den Mund, um nicht zu kichern. Diese non-verbale Unterhaltung der Geschwister ist wirklich urkomisch. Schlussendlich gewinnt Denver das Blickduell und Madison verlässt die Küche.

»Ach und übrigens«, ruft sie über ihre Schulter. »Es gibt jemanden, Sienna. Wie gesagt – bitte seid leise! Ich will meinen Bruder nicht beim Sex hören!«

»Madison«, ruft Denver genervt. »Ich will dich heute nicht mehr sehen.«

Ich hätte niemals gedacht, dass ausgerechnet seine fünfzehn Jahre alte Schwester ihn so sehr aus der Fassung bringen kann. Grinsend verschränke ich die Arme vor der Brust.

»Was?«, fragt Denver und sieht mich aus großen Augen an. »Sie ist zu jung.«

»Sie ist fünfzehn!«

»Zu jung«, argumentiert er erneut, sodass ich die Augen verdrehen muss.

»Ach Denver.« Ich lache und klopfe ihm beim Vorbeigehen auf die Schulter. Dass meine Haut prickelt, als ich ihn berühre, ignoriere ich. Denvers Blick sucht den meinen und er leckt sich nervös über die Lippen. Bevor er etwas sagen kann, spreche ich weiter. »In ihrem Alter warst du doch längst auf der Pirsch.«

»Ja, eben«, knurrt er und wirft die Hände in die Luft. »Und genau deswegen ist sie zu jung.«

Lachend sehe ich ihn nochmal an und verlasse die Küche.

13. Kapitel

Denver

Von der Straße fällt Licht ins Wohnzimmer, sodass es nicht komplett dunkel ist. Was mich zunehmend nervt, da ich lieber ohne Lichteinfall schlafe. Ich lasse mich zum wiederholten Mal an diesem Abend auf die Couch fallen und hoffe, dass ich endlich ein wenig Schlaf finde. Natürlich habe ich meiner Schwester mein Zimmer und damit auch mein Bett überlassen. Sie auf der Couch schlafen zu lassen, habe ich nicht übers Herz gebracht. Auch wenn sie es verdient hätte. Immerhin ist sie von zu Hause ausgerissen und hat unsere Mutter in Angst und Schrecken versetzt. Die unbequeme Couch wäre das Mindestmaß an Strafe für sie gewesen.

Ich weiß immer noch nicht so richtig, was mit ihr los ist und warum sie von zu Hause abgehauen ist. Mom konnte es sich auch nicht erklären und die Meinung von John interessiert mich nicht. Ich kann den Typen nicht leiden und mir wäre es am liebsten, wenn er aus unserer Familie verschwinden würde.

Da Sienna einverstanden war, habe ich zugestimmt, dass Madison ein paar Tage bei uns bleiben kann, wenn sie mir morgen die Wahrheit sagt. Obwohl ich stark bezweifele, dass sie das wirklich tun wird. Soweit ich das Gespräch zwischen Sienna und ihr mitbekommen habe, hat sie einen Freund. Das wusste ich nicht und ich denke auch, dass Phoenix und unsere Mom es nicht wissen. Madison ist fünfzehn, für mich ist sie noch ein Kind. Das wird sie immer bleiben. Die sechs Jahre, die zwischen uns liegen, sind doch ein anderes Kaliber, als die zwei Jahre zwischen Phoenix und mir.

Madison ist normalerweise sehr aufgeschlossen, klug und wirklich hübsch mit ihren blonden Haaren und der hellen Haut. Natürlich würde ich meine Schwestern niemals als sexy bezeichnen, aber vor dieser Verwandlung hätte ich definitiv gesagt, dass Madison einige Jungenherzen brechen wird. Mit ihren blonden Haaren und dem dezenten Make-Up war sie ein Blickfang.

Seitdem sie den Gothic-Trip fährt, hat sie sich total verändert. Eines ihrer Argumente, warum sie sich dieser Bewegung angeschlossen hat, ist die Musik. Meine Angst, dass ihr Freund auch ein Gothic ist, kommt demnach nicht von ungefähr. Ich kann mich nicht damit anfreunden, dass dieser Kerl sie in seine dunkele Welt hinabzieht.

Seufzend schiebe ich meinen rechten Arm unter meinen Kopf und schließe die Augen. Ich bin froh, dass Sienna wieder zu Hause ist. Ich habe sie vermisst in den letzten beiden Tagen und will endlich eine Aussprache. Ich weiß, dass ich übers Ziel hinausgeschossen bin mit meinem Flirtverbot für die Jungs. Aber ich konnte es doch nicht riskieren, dass einer der Idioten sich an sie ranmacht und ihr Herz bricht.

Wobei ich sie dafür gar nicht brauchte, weil ich das selbst wohl am besten hinbekommen habe. Ihr verletzter Blick bei Joshs Party ging mir durch Mark und Bein. Sie war in diesem Moment nicht nur wütend auf mich, sondern es schien so, als würde alles in ihr hochkochen, was in den Wochen zuvor zwischen uns schiefgelaufen ist.

Umso überraschter war ich, als sie sich heute an mich geschmiegt hat und wir uns zum ersten Mal geküsst haben.

Scheiße, das war ein verdammt guter Kuss. Für nichts auf der Welt würde ich ihn rückgängig machen. Wenn Madison uns nicht gestört hätte, hätte ich sicherlich noch mehr von ihr bekommen.

Bisher habe ich meine Gefühle für Sienna ignoriert, weil ich mir nicht sicher war, ob sie echt sind, oder ich sie nur flachlegen will. Das Sienna unglaublich gut aussieht und ich seit Wochen scharf auf sie bin, ist nicht von der Hand zu weisen. Aber der Kuss hat meine Gefühle für Sienna bestätigt.

Ich habe mich in Sienna verliebt!

Es bringt nichts, dem Unausweichlichen weiterhin aus dem Weg zu gehen. Diese Gefühle, die sie in mir auslöst, kann ich nicht ignorieren. Als sie mich im Diner angefahren hat und mir deutlich gemacht hat, dass sie sich einen anderen Kerl suchen wird, bin ich vor Eifersucht fast durchgedreht. Damals hätte ich es kaum als Eifersucht bezeichnet. Ich wollte sie immer nur beschützen.

Aber wollte ich das wirklich? Wohl kaum.

Vom ersten Tag an wollte ich Sienna haben. Erst körperlich, dann auch immer mehr mit ihrem vollen Sein. Sie ist unglaublich. Ich liebe es, mit ihr zusammen zu sein, unseren Alltag zu leben und freue mich jeden Tag aufs Neue nach Hause zu kommen, weil sie da ist.

Mein Herz schlägt schneller in ihrer Gegenwart. Auch wenn es verdammt unmännlich klingen mag, sind da diese Schmetterlinge in meinem Bauch und das Kribbeln auf meiner Haut, wenn sie mich berührt und anlächelt. Nun scheint es aber so, als hätte ich es endgültig vermasselt mit uns. Ihr verletzter Blick auf der Party und die darauffolgende Funkstille haben mich schier um den Verstand gebracht.

Jetzt liege ich hier, starre die Decke an und unternehme

wieder nichts.

Ich richte mich auf und sehe auf ihre Zimmertür, die natürlich geschlossen ist. Auch wenn es wohl eine dumme Idee ist, zieht sie mich beinahe magisch an. Ich könnte behaupten, dass die Couch unbequem ist. Andererseits weiß ich auch, dass es eine absolut beschissene Idee ist, zu ihr zu gehen. Wir haben uns immer noch nicht ausgesprochen. Da kann ich mich nicht in ihr Bett legen und–

Ja, was habe ich vor? Sienna flachlegen?

Bei dem Gedanken zucke ich zusammen und mein Herz beginnt, schneller zu schlagen. Sex mit Sienna muss der Himmel sein. Mein Schwanz sieht das ähnlich und beginnt sich langsam in meiner Shorts aufzurichten.

»Fuck«, knurre ich und balle die Hand zu einer Faust. »Das kann doch nicht wahr sein.«

Denn plötzlich sehe ich mich aufstehen und Siennas Zimmertür ansteuern. Ich kann doch nicht so blöd sein, dass ich wirklich zu ihr gehe. Aber scheinbar bin ich es.

Innerlich lache ich mich bereits aus, weil Sienna das nicht hinnehmen wird. Sie ist nicht so wie die anderen Mädchen, die ich seit Jahren mit meinem Charme um den Finger wickeln kann. Sienna wird eine Aussprache fordern, bevor wir uns endlich wieder küssen können und nah sind. Es ist nicht nur die körperliche Anziehung, weswegen ich mich zu ihr hingezogen fühle, das ist mir lange klar. Bei Sienna fühle ich mich zu Hause. Sie sieht in mir nicht den Quarterback und Anwärter auf die NFL, sondern den Kerl, der ich bin. Kein Status, kein Sport und keine Sprüche können sie überzeugen. Ich mag das.

Vor ihrer Tür bleibe ich stehen, hebe die Hand und klopfe an. Wie zu erwarten ist aus dem Inneren nichts zu hören. Ich hole tief Luft und öffne die Tür. »Sienna«, sage ich leise. »Bist du noch wach?«

»Ja«, flüstert sie. »Was ist denn?«

»Darf ich reinkommen?« Ich höre etwas rascheln und dann wird das Licht auf ihrem Nachttisch angeknipst. Sie blinzelt ein paar Mal, bis sie mich ansieht.

»Was ist los?«

»Ich ... also ich«, stammle ich und trete ein. Wenn ich schon mal drin bin, wird sie mich hoffentlich nicht mehr rauswerfen. »Die Couch ist so unbequem.«

»Und jetzt?«, erwidert sie und mustert mich mit einem kritischen Blick.

Ja, es war eine gute Idee, nur in einer Shorts zu schlafen, weil mein Anblick Sienna in Verlegenheit bringt. Damit bekomme ich sie immer rum.

»Ich ... ich dachte–« Nun bin ich aber derjenige von uns, der verlegen ist und fühle mich wie ein absoluter Vollidiot. Sonst habe ich doch auch keine Probleme damit, bei einem Mädchen im Bett zu landen. »Ich dachte, dass ich vielleicht bei dir schlafen kann.«

Ich gehe weiter auf das Bett zu.

»Du willst bei mir schlafen?«, fragt sie. »In meinem Bett?«

»Ja.«

Ihr Mund formt sich deutlich zu einem »Oh« und ich muss grinsen. So wie es aussieht, hat sie nicht damit gerechnet. »Ich weiß nicht, ob das eine gute Idee ist.«

»Warum? Was soll denn schon passieren?«

Zugegebenermaßen ist das eine sehr dumme Frage. Wir wissen beide, was passieren wird, wenn ich mich zu ihr ins Bett lege. Sienna ist scharf auf mich und ich bin scharf auf sie. Sie legt den Kopf leicht schief und zieht die Augenbrauen hoch, was mich seufzen lässt.

»Ich kann auch wieder gehen«, rudere ich nun doch zurück,

weil ich das Gefühl habe, dass sie mich nicht hier haben möchte. Es war keine gute Idee an ihre Tür zu klopfen. »Tut mir leid. Schlaf gut.«

Ich sehe Sienna noch einen Moment an und warte darauf, dass sie mich zurückhält, aber zu meiner Enttäuschung sagt sie nichts.

Was habe ich auch erwartet?

Zwischen uns ist alles schiefgegangen, was hätte schiefgehen können. Das hat auch der Kuss in der Küche nicht geändert. Ein nächtlicher Besuch meinerseits ist die absolute falsche Idee, um Sienna von mir – von uns – zu überzeugen. Ich drehe mich schließlich um und gehe auf die Tür zu.

»Denver«, erklingt ihre leise Stimme. »Von mir aus kannst du bleiben.«

Ich bleibe ruckartig stehen und drehe mich zu ihr um. Lächelnd sieht Sienna mich an und klopft auf die freie Bettseite neben sich.

Das lasse ich mir nicht zweimal sagen und bin mit zwei schnellen Schritten bei ihr. Ich schlage die Bettdecke zurück und krieche darunter. Sienna legt sich wieder hin und zieht die Decke bis zum Kinn nach oben. Grinsend drehe ich mich zu ihr und ziehe die Augenbrauen hoch.

»So schüchtern?« Ich deute mit einem Nicken auf die Bettdecke. »Ist mir neu.«

»Halt die Klappe«, zischt sie. »Sei froh, dass du nicht doch auf der Couch schlafen musst.«

Ich lache leise und beuge mich zu ihr vor. Sienna weicht zurück, aber ich lehne mich noch nach vorne. Wir sind uns nun so nah, dass ich ihren unregelmäßigen Atem auf meinem Gesicht spüren kann.

»Ich bin dir außerordentlich dankbar«, erwidere ich und

besinne mich dann doch einer vernünftigen Aussprache, obwohl mein Körper und vor allem ein Körperteil etwas ganz anderes im Sinn hat. »Sienna wir ... wir sollten reden.«

Ihre zuvor noch fröhliche Miene erstarrt, als hätte ich ihr einen Kübel Wasser übergegossen.

Was habe ich jetzt schon wieder falsch gemacht? Ich versuche doch nur, ein Mindestmaß an Vernunft an den Tag zu legen.

»Jetzt?«, erwidert sie und ich zucke mit den Schultern.

»Wieso nicht? Es wäre ein Anfang, ich ... es tut mir leid, was ich gemacht habe. Ich ... ich dachte nur, dass ... dass es besser wäre, wenn ... wenn ich dich vor ihnen beschütze.«

Ich bin zufrieden mit meiner Antwort, ohne zu viel preiszugeben. Zunächst muss ich wissen, was Sienna denkt, bevor ich ihr weiter entgegenkomme. Es fällt mir schwer, ihr meine Gefühle zu offenbaren, auch wenn ich das irgendwann tun muss. Ich kann nicht ewig um den heißen Brei herumreden.

»Mich beschützen?«, fragt Sienna und schüttelt den Kopf. »Vor wem willst du mich beschützen? Ich bin alt genug, Denver.«

»Bist du nicht«, erwidere ich und sie reißt empört die Augen auf. »Ich meine ich ... ich will dich beschützen wie ... wie ich es auch für ... für Phoenix und Madison tun würde.«

Siennas Blick wird noch fassungsloser und mit einem Satz schlägt sie die Decke zurück und springt aus dem Bett. Ich setze mich auf uns sehe zu ihr herüber.

Fuck, sie trägt nur eine dieser kurzen Shorts und ein enges Top. Aber das sollte gerade mein geringstes Problem sein, auch wenn mein Schwanz das natürlich anders sieht.

»Das siehst du in mir?«, ruft sie und presst im nächsten Moment die Lippen zusammen, sodass sie nicht zu laut wird.

»Deine ... ich ... ich meine eine Schwester?«

»Was?«, rufe ich und haste über das Bett hinweg zu ihr. »Nein!«

Sienna weicht zurück und geht einige Schritte rückwärts. Ich folge ihr, bis sie gegen ihre Kommode stößt und mich mit großen Augen ansieht. Ich erwidere ihren Blick und balle meine Hände zu Fäusten.

Was in aller Welt habe ich schon wieder angerichtet?

»Was siehst du denn?«, fragt sie und sieht mich an. Unsicherheit schwingt in ihrem Blick. Die Arme nun vor der Brust verschränkt wird ihre Haltung immer defensiver und unnahbarer. »Du hast dich gerade wirklich unmissverständlich ausgedrückt und wenn das so ist, kannst du auch bei Madison in deinem eigenen Bett schlafen.«

»Sienna«, knurre ich und schiebe sie weiter zurück gegen die Kommode, sodass sie zwischen dieser und meinem Körper eingekeilt wird. Ihre Arme löse ich aus ihrer Verschränkung und nehme ihre Hände in meine. Ihre Haut ist warm und als ich mit meinen Daumen über ihre Handrücken streiche, sieht sie zu mir auf. Ihr Blick ist wütender und trotziger, als ich es erwartet habe. Seufzend lege ich die linke Hand neben ihr auf die Kommode und berühre mit der rechten Hand ihre Wange. Sie erschaudert augenblicklich, als ich meine Fingerkuppen darüber gleiten lasse. »Es tut mir leid.«

»Das sagtest du bereits.«

»Ich–«, murmle ich und umschließe ihre Wange komplett mit meiner Hand. »Was soll ich tun? Dich wieder küssen?«

»Wäre ein Anfang«, gibt sie zickig zurück. »Zumindest fühle ich mich dann nicht mehr–«

Den Rest des Satzes verschlucke ich mit meinen Lippen auf ihren. Sienna stöhnt sehnsüchtig in den Kuss hinein, als ich mit meiner Zunge um Einlass bitte. Ihre Arme schlingen sich um meinen Hals und ich hebe sie hoch. Gekonnt setze ich sie auf der Kommode ab und lege ihre schönen Beine um meine Hüfte. Der Kuss fühlt sich noch besser an als der erste in der Küche. Stöhnend lehne ich mich gegen sie, sodass ihre Mitte gegen meinen Schwanz gepresst wird. Siennas Zunge spielt mit meiner und ihre Brüste drücken sich aufreizend gegen meinen Oberkörper. Das Gefühl ihrer Lippen auf meinen ist viel zu gut. Mein Herzschlag findet nur sehr langsam zur Normalität zurück. Vorsichtig schiebe ich sie von mir und löse meine Lippen von ihren. Mit großen Augen sieht sie mich an, sodass ich mir ein Grinsen verkneifen muss.

»Und um das ein für alle Mal klarzustellen«, sage ich und lege meine Hand in ihren Nacken, um ihren Kopf leicht anzuwinkeln. Gefällt mir gut diese Position. »Schiss davor, was ich sage?«

»Strapaziere meine Geduld nicht, Jones!«

»Glaubst du nach diesem Kuss immer noch, dass ich dich wie ich Phoenix und Madison sehe?«, frage ich. »Das tue ich nicht und das ... das habe ich nie getan. Von dem Moment, in dem du in meine Wohnung gekommen bist, hast du mich umgehauen, Sienna.«

»Wirklich?«, erwidert sie und lächelt mich an.

Ich kann nicht glauben, dass sie immer noch zweifelt.

»Ja, verdammt«, sage ich und drücke meine Lippen erneut auf ihre. »Ich wollte nicht, dass die Jungs dich anflirten und dir ... dir schöne Augen machen, weil–«

Es kann doch nicht wahr sein, dass ich den Mund nun wieder nicht aufbekomme. Ich bin grottenschlecht in sowas. Bisher musste ich auch noch nie aussprechen, dass ich verliebt bin, weil mir nie jemand wichtig genug war. Aber bei

Sienna ist es anders.

»Weil?«, fragt sie und streicht mit den Fingerspitzen über meinen Nacken. Ein Schauer läuft über meinen Rücken und lehne mich wieder zu ihr vor. »Komm schon, du kannst es.«

Ich lasse den Kopf kurz hängen, als Sienna ihren Druck in meinem Nacken verstärkt, sodass ich wieder aufsehen muss. Ich würde sie lieber küssen, statt ihr zu sagen, was ich fühle.

»Kann ich es dir auch zeigen?«, versuche ich mich rauszureden, aber sie schüttelt den Kopf.

»Taten sagen mehr als tausend Worte.«

»Nicht wenn man Denver Jones heißt.«

Sie grinst. »Du ... du lässt diese Taten bei ... bei allen Mädchen folgen, aber—«

»Das stimmt nicht«, unterbreche ich sie. »Ich versuche dir gerade zu sagen, dass ich dich mag.«

Plötzlich grinst sie breit und zieht mich noch näher an sich.

»Du magst mich?« Sienna kichert und das Aufblitzen ihrer Augen sagt mir, dass sie weiß, dass sie gewonnen hat. Jetzt hat sie mich genau da, wo sie mich haben wollte. »Deine Schwestern magst du auch, oder?«

»Sienna!« Ich schließe für einige Sekunden die Augen, um mir meine nächsten Worte genau zu überlegen. »Ich mag dich mehr ... ich meine, ich ... ich habe mich ... in dich ... verliebt.«

So, jetzt ist es raus! Ich habe es ihr gesagt!

Ich halte die Luft an und warte auf ihre Reaktion. Wenn sie nicht das Gleiche für mich empfindet und mich nun lachend von sich schubst, weiß ich nicht, was ich tun soll. Ich habe noch nie so empfunden. Es noch nie gesagt. Dementsprechend wüsste ich auch nicht, wie ich mit einer Abfuhr umgehen soll. Mein Herz rast in meiner Brust und ich presse meine Lippen fest zusammen, als ich ihre Antwort abwarte.

»Gut«, wispert sie. »Ich habe mich auch in dich verliebt.«

Erleichterung durchflutet meinen Körper und ich spüre, wie ich in mir zusammensacke. Sehnsüchtig drücke ich meinen Mund auf ihren und bitte mit meiner Zunge um Einlass. Wir stöhnen beide auf, als sie mir diesen gewährt. Ich hebe Sienna hoch und drehe mich mit ihr auf dem Arm herum, um sie auf ihrem Bett abzulegen.

14. Kapitel

Sienna

Am Morgen nach unserer Versöhnung herrschte das absolute Chaos in unserer Wohnung. Jones gegen Jones. Denver brüllte Madison an und umgekehrt. Die Geschwister waren kaum zu beruhigen. Phoenix kam irgendwann auch dazu. Zunächst nahm sie Madison in Schutz, weil Denver mit seiner Art und seinen Vorwürfen wirklich über die Stränge schlug. Dann aber kippten die Machtverhältnisse drastisch und Phoenix schlug sich auf Denvers Seite, weil Madison sie genauso angelogen hatte, was ihren Verbleib bei uns anging.

Ich habe schließlich meine Sachen gepackt und bin gegangen. Da ich keine Geschwister habe, konnte ich zu ihrer Fehde nichts sagen und bevor einer von ihnen mich auf seine Seite ziehen konnte, bin ich lieber gegangen.

Das ist nun vier Tage her.

In diesen vier Tagen habe ich Denver kaum zu Gesicht bekommen. Er möchte das Verhalten seiner Schwester mit sich selbst ausmachen und das muss ich akzeptieren. Egal, wie schwer es mir fällt und wie wenig ich das verstehen kann. Denver ist sauer auf Madison und sauer auf sich selbst, weil er sie nicht zu einer Rückkehr zu ihrer Mutter bewegen konnte. Er ging zum Training und zu seinen Vorlesungen und Seminaren. Darüber hinaus hat er sich gestern noch mit seinen Jungs getroffen. Ich hatte das Gefühl, dass er alles getan hat, um nicht mit mir reden zu müssen. Über uns und ob wir nach unserem Geständnis zusammen sind oder über

Madison, bei der er mich vollkommen außen vor gelassen hat.

Ich schließe die Wohnungstür hinter mir und lasse meine Tasche auf den Boden fallen. Dann schlüpfe ich aus meinen Schuhen und meiner Jacke. Die Jacke hänge ich zu Denvers an die Garderobe. Es ist schon komisch, dass ich, als ich das erste Mal in dieser Wohnung stand, dachte, dass hier ein Mädchen wohnt. Ich wollte gar nicht wahrhaben, dass es auch ein Typ sein könnte. Noch dazu ein so heißer wie Denver.

Er ist attraktiv, keine Frage. In unserer gemeinsamen Nacht haben wir gekuschelt und geknutscht. Ansonsten sind wir uns nicht nähergekommen. Kein Sex, kein Petting – nichts. Das ist absolut nicht schlimm, weil ich unser erstes Mal nicht mit seiner kleinen Schwester in der Wohnung erleben wollte.

»Hey!« Ich zucke zusammen und sehe auf. »Wie war dein Tag?«

Denver steht völlig unbeeindruckt vor mir und lächelt mich an. Als hätte es die letzten Tage nicht gegeben. Immer wenn wir uns in den letzten Wochen uneinig waren, hat er nach ein paar Tagen so getan, als wäre nichts vorgefallen.

Bisher hat es mir nie etwas ausgemacht. Die Dinge zwischen uns lagen anders und bei unseren vorherigen Meinungsverschiedenheiten ging es um Banalitäten wie eine unausgeräumte Spülmaschine oder seine Boxershorts im Bad. Heute allerdings bin ich nicht gewillt ihm sofort zu verzeihen. Er muss lernen, dass er mit mir reden – und noch wichtiger – mir vertrauen kann.

»Hi«, sage ich und gehe auf ihn zu. »Ganz gut und deiner?«

»Meiner auch«, meint er und schiebt die Hände in die Taschen seiner Jeans. »Können … können wir reden?« Er klingt hoffnungsvoll und ich kann nicht anders, als zu lächeln.

»Redest du also wieder mit mir?«, frage ich dennoch gespielt amüsiert. »Wie gütig.«

Dann gehe ich an ihm vorbei ins Wohnzimmer, aber weit komme ich nicht, weil er nach meinem Handgelenk greift und mich zu sich zieht. Ich könnte mich wehren, aber tue es nicht.

»Es tut mir leid«, sagt Denver und seufzt. »Ich hätte dich nicht ignorieren dürfen die letzten Tage. Das war scheiße von mir.«

»Ja, das war es«, erwidere ich. »Wieso hast du mich ausgeschlossen?«

»Ich bin es nicht gewöhnt, familiäre Dinge mit außenstehenden Personen zu besprechen. Ich mache lieber Sport und lenke mich ab.«

»Aha.« Ich bin wütend auf ihn. Er stellt sich das immer alles so leicht vor. Hier ein Geständnis, da eine Entschuldigung und dann ist bei ihm alles wieder im Reinen. So schnell geht das aber nicht. Was soll das überhaupt bedeuten, dass er das mit einer außenstehenden Person nicht bereden möchte? Dass ich nach allem, was zwischen uns ist und war noch eine außenstehende Person für ihn bin, ist mehr als verletzend.

»Ich dachte, das zwischen uns wäre mehr als Freundschaft«, gebe ich ihm deutlich zu verstehen. »Du hast mir gesagt, dass du in mich verliebt bist, und ich habe dir dasselbe gesagt. Ist das alles nicht mehr so, Denver?«

»Natürlich ist das noch so«, ruft er fast schon panisch aus und ich muss breit grinsen. Denver holt tief Luft und kommt auf mich zu. Erneut greift er nach meiner Hand und zieht mich mit sich zur Couch. Wir nehmen gemeinsam Platz und er verschränkt unsere Finger miteinander. »Das, was ich zu dir gesagt habe ... in der Nacht, als ich in dein Zimmer gekommen bin. Das war keine hohle Phrase oder so ... ich meinte es wirklich ernst.«

Mein Herz überschlägt sich und die Schmetterlinge in meinem Bauch erwachen wieder zum Leben. Zumindest diese kleinen Biester hatte seine unterkühlte Art der letzten Tage in die Flucht geschlagen – na ja, für eine Weile. Denver zieht mich an sich und drückt mir einen schüchternen Kuss auf die Stirn. Ich muss lächeln und schmiege mich an ihn. Er hätte mich auch richtig küssen können, aber in diesem Moment bedeutet mir eine derartig intime Geste alles. Küssen kann er jede, aber einen Kuss auf die Stirn würde er nicht einfach so verteilen.

»Es hat mich verletzt«, gebe ich ehrlich zu und suche seinen Blick. »Du hättest mit mir sprechen können. Jederzeit.«

»Ich weiß«, meint er niedergeschlagen und senkt den Blick. Er starrt auf unsere Hände und malt kleine Kreise mit seinem Daumen auf meinem Handrücken. »Möchtest du noch mit mir reden oder habe ich es ... verkackt?«

Ich lächele ihn an. »Da musst du schon härtere Geschütze auffahren, um mich zu vergraulen und das weißt du auch. Was ist mit Madison?«

Er stöhnt auf, als könne er nicht glauben, dass ich das Thema anschneide. Aber ich lasse ihm nicht die Chance, mich nochmal zu vertrösten und im schlimmsten Fall wieder zu ignorieren. Ich will wissen, was los ist.

»Sie wollte zu einem Gothic Festival nach Tennessee«, seufzt Denver. »Mom und John haben es natürlich nicht erlaubt und sie ist abgehauen.«

»Typische Reaktion«, erwidere ich und er lacht und nickt.

»Vermutlich. Ich verstehe nicht, was mit ihr los ist. Ihr gesamter Style, ihre Kleidung und jetzt noch der Versuch abzuhauen und unsere Mom damit unter Druck zu setzen.«

»Sie ist fünfzehn«, sage ich und drücke seine Hand. »Mach dir keine Sorgen, das wird schon wieder.«

»Ich mache mir aber Sorgen«, braust er sofort wieder auf und ich rolle mit den Augen. »Du verstehst das nicht.«

»Und wieso nicht?«, will ich wissen. »Weil ich keine Geschwister habe?«

»Nein«, wispert er und beugt sich zu mir herüber. »Das hätte ich nicht sagen sollen, tut mir leid. Seitdem unser Dad nicht mehr da ist, hat Mom niemanden, mit dem sie Madison erziehen kann.«

»Was ist denn mit ihrem Freund?«, frage ich vorsichtig nach. Mittlerweile ist mir bewusst, dass er auf der Liste von Denvers Herzensmenschen nicht sonderlich weit oben steht. »Ich meine, wenn sie schon drei Jahre zusammen sind, war Madison zwölf.«

»Er ist nicht unser Dad und hat nichts zu melden«, fährt Denver mich barsch an. »Er erzieht Madison nicht.«

»Denver«, murmle ich und beuge mich leicht zu ihm vor. »Er ist der Partner deiner Mom und sie leben zusammen. Mit Madison. Natürlich erzieht er sie auch. Wie stellst du dir sonst ein Fam– Zusammenleben zwischen ihnen vor?«

»John ist nicht unser Dad«, stellt er erneut klar. »Mom kann das auch allein mit uns. Das konnte sie schon immer, immerhin war unser Dad auch nur selten zu Hause.«

»Okay«, flüstere ich, weil ich merke, dass ich hier auf verlorenen Posten kämpfe. Denver wird niemals zugeben, dass er vor allem seiner Mom einen großen Gefallen tun würde, wenn er auf John zugehen würde. Er wird niemals seinen Dad ersetzen, aber so ist es auch keine Lösung. Auch wenn ich weder John noch seine Mom persönlich kenne, weiß ich, dass das nicht gutgehen kann.

»Können wir über uns reden?«, wechselt er plötzlich das Thema und grinst mich an.

»Über uns?«, hake ich nach und erwidere sein Grinsen. Denver überbrückt die letzten Zentimeter zwischen uns und drückt seine Lippen sanft auf meine. »Okay, reden wir über uns, aber das nächste Mal sprichst du sofort mit mir.«

»Versprochen«, lenkt er ein und ich bin mir noch nicht hundertprozentig sicher, ob er es wirklich so sieht. In diesem Moment ist es mir auch egal, weil mir dieser Denver deutlich lieber ist.

»Anfangs fand ich dich nur heiß«, beginnt er zu erzählen und ich muss lachen. »Umso mehr Zeit verging, desto mehr hast du mir bedeutet. Zunächst, das gebe ich zu, waren es nur platonisch-freundschaftliche Gefühle. Ich wollte dich vor den Jungs beschützen, weil ich dachte, dass sie nicht gut genug für dich sind – so wie für meine Schwestern. Ich kenne sie – vor allem Jake, Darren, Julien und Dan – und ich kenne ihre Art mit den Mädchen umzugehen.« Denver holt tief Luft und ich schweife mit meinen Gedanken zu Phoenix und Jake. Er darf echt nicht erfahren, dass da was läuft. »Dann habe ich ihnen gesagt, dass du mir gehörst.«

»Wow«, erwidere ich sarkastisch. »Das klingt überhaupt nicht besitzergreifend.«

»Ich sage doch, dass das eventuell nicht so klug von mir war.« Er schmunzelt. »Jake hat sich einen riesigen Spaß daraus gemacht, wann immer er konnte mit dir zu flirten. Ich glaube, dass er lange vor mir wusste, dass ich mehr für dich empfinde. Im Diner ... ich weiß nicht, was genau da passiert ist, aber ich musste ihm endlich mal die Meinung sagen. Zu diesem Zeitpunkt sind wir uns schon näher gewesen, als es eine rein platonische Freundschaft zulässt. Aber keiner von uns hat den letzten Schritt gemacht.«

Ich nicke verständnisvoll und suche seinen Blick. Er will, dass ich ihm glaube und sein Verhalten verzeihe. Das tue ich auch.

»Ich war so sauer auf dich, dass ich auf der Party—« Ich stocke und denke an Tyler. Beschließe aber, das Denver auf keinen Fall zu sagen. Auch wenn ich befürchte, dass mir das nochmal um die Ohren fliegen wird. Andererseits ... wieso sollte es? Tyler und Denver haben nichts miteinander zu tun und wenn Tyler weiß, dass ich zu Denver gehöre, wird er kein weiteres Wort über den Kuss verlieren. Er ist doch nicht so blöd und verscherzt es sich mit Denver, Jake und Darren. Den Kapitänen des Footballteams. »Ich wollte dich provozieren mit dem Kleid und ... und mir selbst beweisen, dass ich ... ich dich nicht brauche und aus dem Kopf bekomme.«

»Hat nicht funktioniert?« Der Schalk in seinen Augen ist nicht zu übersehen und Denver kann kaum an sich halten, um nicht zu grinsen.

»Nein«, sage ich und lege meine Hand in seinen Nacken und massiere ihn. »Haben wir damit ein für alle Mal geklärt, dass wir uns beide nicht mit Ruhm bekleckert haben in den letzten Wochen und uns viel erspart hätten, wenn wir geredet hätten?«

»Haben wir«, erwidert er und küsst mich sanft.

Ich genieße das Gefühl, das es in mir auslöst. Viel besser als streiten oder diskutieren über seine Familienverhältnisse.

Denver zieht mich rittlings auf seinen Schoß und stöhnt leise in den Kuss hinein, als meine Mitte über seinen Schwanz reibt. Er schiebt seine Hände unter meinen Pullover und streicht mit seinen Fingern über meine Seiten bis zum

Bund meines BH. Eine Gänsehaut breitet sich auf meinem Körper aus und ich stöhne leise auf, als er seine Hände unter das Körbchen schiebt. Sanft lässt er sie über meine Haut gleiten und reizt meine Brustwarzen, indem er sie zwischen seine Zeigefinger und Daumen nimmt.

»Denver«, keuche ich in den Kuss hinein. »Mehr.«

Nach Atem ringend lösen wir uns voneinander. Er lächelt mich an und entfernt seine Hände von meinen Brüsten, um mir den Pullover über den Kopf zu ziehen. Denvers Blick gleitet über meinen Körper und bleibt an meinen Brüsten hängen. Zum Glück habe ich mich heute Morgen für ein Set aus schwarzer Spitze entschieden. Nicht auszudenken, dass ich einen Baumwoll-BH und einen nicht dazu passenden Slip anhätte. Denver zumindest scheint mit meiner Wahl mehr als zufrieden zu sein. Er beugt sich nach vorn und küsst meinen Hals. Ich seufze genießerisch auf und drücke mich enger an ihn. Meine Mitte streift erneut über seinen Schwanz und er stöhnt auf, als ich meine Hand zwischen unsere Körper schiebe und ihn anfassen will. Ich erinnere mich an Joys Worte, dass Typen es mögen, wenn man sie dort anfasst. Meine Ex-Freunde waren mehr auf den eigentlichen Akt bedacht, sodass sie für ein ausgedehntes Vorspiel keine Zeit hatten.

»Sienna«, stöhnt er und legt seine Hand auf meine. »Nicht.«

»Nicht?«, frage ich und weiß nicht, wie ich seine Reaktion deuten soll. Mag er es doch nicht? Ich sollte nicht auf Joy hören. Sofort ziehe ich meine Hand zurück. »Wieso denn?«

»Weil–« Er bricht den Satz ab und zieht mich stattdessen noch näher an sich. »Ich keinen Frühstart hinlegen will.«

Ich muss kichern und drücke meinen Mund wieder auf seinen. Denver erwidert meinen Kuss und umfasst meine Brüste mit seinen Händen. Sanft massiert er sie und ich lasse mein Becken weiterhin über seinem Kreisen, was ihn nur noch mehr antörnt.

»Denver«, wispere ich und löse mich von ihm. Er grinst mich an, als ich ihn von mir drücke und aufstehe. Er lässt mich nicht aus den Augen, als ich meine Jeans öffne und nach unten ziehe. Woher ich den Mut nehme, mich selbstständig vor ihm zu entkleiden, weiß ich nicht. Auch dafür war ich bisher nicht der Typ, aber Denver gibt mir Sicherheit. Sein Blick gleitet über meinen Körper und er zieht mich mit einem Ruck an sich, nachdem ich Jeans und Socken von mir geworfen habe.

»Du bist so sexy«, raunt er gegen meinen Bauch und haucht sanfte Küsse darauf. »So unfassbar sexy, Baby.«

Ein Schauer läuft mir über den Rücken und ich beiße mir auf die Lippe, als er seine Hände in meine Oberschenkel gräbt und sein Mund über meinen Bauch hinab zu meinem Venushügel wandert. Ich keuche auf, als er nach dem Bund meines Slips greift und ihn nach unten zieht.

»Du hast das doch schon mal gemacht, oder?«, will er wissen.

Nervosität macht sich in mir breit und ich weiß nicht, was ich ihm antworten soll. Ich hatte schon Sex, ja, aber darüber hinaus bin ich sehr unerfahren. Meine Ex-Freunde haben sich nie Zeit für ein Vorspiel genommen und waren von der schnellen Sorte, was die Vollendung unseres Aktes betraf. Noch dazu sitzt hier ein Typ vor mir, der den halben Campus flachgelegt hat und mit Sicherheit auch seine halbe Highschool. Vor ihm mit Erfahrung glänzen zu wollen kann nur in die Hose gehen. Egal wie oft ich es schon getan hätte, er wäre immer noch erfahrener als ich.

»Was meinst du denn?«, frage ich vorsichtig nach, um mir Zeit zu verschaffen. Die Schamesröte steht mir gewiss ins

Gesicht geschrieben, weil ich es nicht gewohnt bin, so offen über Sex zu reden. »Sex gehabt?«

Ich will, dass Denver es mir abnimmt, es auszusprechen. Denn irgendwie glaube ich nicht, dass es sonderlich sexy wirkt, wenn ich ihm sage, dass meine Erfahrungen, was Oralverkehr angeht, gleich null sind.

»Das weiß ich«, schmunzelt Denver und küsst meine Hüfte, was mir eine Gänsehaut beschert. »Ich meine, ob du *das* schon mal gemacht hast.«

Irritiert, was er meint, will ich nachfragen, als er meinen Slip nach unten zieht und seinen Mund auf meine rasierte Scham drückt.

»Oh Gott«, keuche ich auf und mein Körper sackt nach vorn, weil ich so überrascht werde. Meine Finger krallen sich in seine muskulösen Schultern. »Nein.«

»Nein?« Denver löst sich von mir und sieht zu mir auf. Wie zu erwarten, grinst er selbstgefällig, weil es ihn anmacht, dass er der Erste ist. »Dich hat noch nie ein Typ gefingert und geleckt?«

Erneut schießt mir Hitze in die Wangen. In den letzten Wochen habe ich nur zu oft gehört, wie talentiert er mit seinen Fingern und seiner Zunge sein muss. Die Mädchen, die er abgeschleppt hat, waren nicht zu überhören – so laut, wie sie gestöhnt haben und ihn angefleht haben, sie kommen zu lassen.

Plötzlich ist es, als hätte man mir einen Eimer Wasser über den Kopf geschüttelt, und ich schubse Denver von mir. Er sieht mich mit großen Augen an und will etwas sagen, aber schließlich tut er es nicht und greift stattdessen nach meinen Händen. Kommentarlos zieht er mich zurück in seine Arme.

»Was ist mit dir?«, will er wissen. »Habe ich etwas falsches gesagt?«

»Nein«, flüstere ich. Denn das hat er wirklich nicht. »Es ist nur, dass ich ... ich habe das noch nie gemacht.«

Denver sieht mich an und ich weiche seinem Blick aus.

Ich hätte einfach lügen und so tun sollen, als hätte ich alle Erfahrungen der Welt. Stattdessen gebe ich zu, dass ich keine Ahnung habe und mich am liebsten verkriechen würde. Ich schäme mich so unendlich vor ihm. Ich kann ihm doch gar nichts bieten. Wieder tauchen all diese Mädchen vor meinem inneren Auge auf.

»Sienna!« Denvers Stimme holt mich aus meinen Gedanken und bevor ich antworten kann, sacke ich erneut stöhnend nach vorn. Er hat seine rechte Hand zwischen meine Beine, unter den Steg meines Slips, geschoben und lässt seine Finger genüsslich durch meine Schamlippen gleiten. »Gefällt es dir?«

Ich antworte ihm mit einem vagen Nicken und genieße stattdessen das unglaubliche Gefühl, das er in mir auslöst. Ich habe so etwas noch nie zuvor gespürt. Mein bisheriges Sexleben scheint mir nun wie eine einzige Farce. Das, was er mit mir macht, fühlt sich viel zu gut an, um die letzten Jahre darauf verzichtet zu haben. Denver lässt seinen Daumen um meine Klitoris kreisen, sodass ich laut aufstöhne, um mir im nächsten Moment auf die Zunge zu beißen. »Denver bitte«, keuche ich, »Das ... das ist—«

»Gut?«, hilft er mir und schiebt zwei Finger in mich.

»Ja, gut«, wispere ich und schließe die Augen. »Fuck ... ja.«

Denver lässt seinen Daumen weiterhin über meine Klitoris kreisen und dringt mit seinen Fingern tiefer in mich ein. Ein Sturm an Empfindungen breitet sich in mir aus, sodass ich kurz davor bin, zu explodieren. Meine Finger krallen sich in seine Schultern, was ihn dazu veranlasst mit seinen nur noch schneller in mich zu stoßen. Geht das immer so schnell, dass man am Abgrund steht? Normalerweise braucht es doch seine Zeit, bis man den Höhepunkt erreicht. In diesem Moment hingegen habe ich das Gefühl, dass mich nur sein Finger ohne irgendeine Bewegung kommen lässt. Er verteilt sanfte Küsse auf meinen Hüftknochen und leckt mit der Zunge über meine erhitzte Haut.

»Du bist gleich so weit«, wispert er. »Komm für mich, Sienna.«

Der Höhepunkt baut sich weiter und weiter in mir auf und ich klammere mich an seinen Schultern fest. Als er seine Finger in mir leicht krümmt, explodiere ich. Er hält mich an der Hüfte fest, als der Orgasmus über mich hinwegfegt und verteilt Küsse auf meinem Bauch.

»Das ... das ... es war ... unglaublich.«

Denver zieht seine Finger aus mir zurück und mich an der Hüfte auf seinen Schoß. Ich sehe ihn an und erwidere sein Lächeln. »Freut mich, dass ich deinen sexuellen Horizont erweitern konnte.«

»Denver«, kreische ich beinahe und meine Wangen erhitzen sich. Er hingegen grinst lediglich und streicht mir eine Haarsträhne hinters Ohr. »Sag sowas nicht.«

»Was soll ich denn sagen?«, will er wissen. »Danke, dass ich dein erster Fingerfick war?«

»Das auch nicht«, gebe ich mich entrüstet und seufze. »Hör auf damit. Sag bitte gar nichts.«

Denver lächelt und drückt seine Lippen so sanft auf meine, dass ich mich seufzend in den Kuss fallen lasse.

»Du stehst nicht sonderlich auf Dirty Talk, was?« Er grinst und küsst mich erneut. »Schade, weil ich es relativ gern mache.«

»Hör auf, dich über mich lustig zu machen«, erwidere ich, »Ich bin nicht so wie die anderen Mädchen, die du—«

»Sienna«, unterbricht er mich und gräbt seine Finger fester in meine Hüfte. »Ich will auch kein anderes Mädchen haben, okay? Es ist doch gar nicht böse gemeint. Mach dich locker.«

Ich bin nicht sicher, ob ich mich so locker machen kann, wie er es erwartet. Ohne etwas zu erwidern, schmiege ich mich an ihn und drücke meine Lippen sanft auf seine.

Denver erhebt sich mit mir auf dem Arm, sodass ich meine Beine um seine Hüfte schlingen muss. Er trägt mich durch das Wohnzimmer hinüber zu meinem Zimmer und öffnet die Tür. Mit dem Fuß kickt er sie wieder zu und stellt mich vor meinem Bett ab. Unsicher werfe ich einen Blick hinter mich auf die Matratze und dann wieder auf ihn. Er lächelt mich an und zieht mich an sich. Denvers Lippen pressen sich auf meine, bis er über mein Kinn und meinen Hals zu meinem Dekolleté fährt. Ich lege den Kopf in den Nacken und schließe die Augen.

»Willst du das wirklich?«, murmelt er und sucht meinen Blick.

»Denver«, flüstere ich und nehme all meinen Mut zusammen, als er sich von mir löst und mir wieder in die Augen sieht. »Zieh ... zieh dich aus.«

Er hebt die Augenbrauen und sieht mich grinsend an. Dann nickt er und greift nach dem Saum seines Shirts, um es sich über den Kopf zu ziehen. Ich beiße mir auf die Lippen, als ich ihn mit nacktem Oberkörper vor mir stehen sehe und gehe auf ihn zu. Vorsichtig strecke ich meine Hände aus und fahre mit meinen Fingern über seine Brust und sein Sixpack.

»Soll ich noch mehr ausziehen?«, haucht er und ich sehe zu ihm auf. Seine blauen Augen treffen auf meine und in ihnen blitzt etwas auf, wie bei einem kleinen Jungen, der gerade sein schönstes Geschenk ausgepackt hat.

»Ich bitte darum«, erwidere ich grinsend.

Denver sucht meinen Blick und öffnet seine Jeans. Er zieht sie sich herunter und kickt sie mitsamt seiner Socken von sich, so wie ich es zuvor mit meiner im Wohnzimmer gemacht habe. »Und jetzt?«

Ich mustere seinen Körper, den ich schon einige Male so gesehen habe.

»Du stehst drauf, oder?« Er grinst und zieht mich an sich. »Vom ersten Tag an standest du drauf, mich in Boxershorts oder einem Handtuch zu beobachten.«

»Vielleicht«, gebe ich mich geheimnisvoll und fahre mit meinen Fingern über sein Sixpack. »Die Aussicht lohnt sich jedes Mal.«

»Du glaubst gar nicht, wie sehr sich meine Aussicht lohnt«, raunt er mir zu und drückt seine Lippen auf meine. Ich schlinge meine Arme um seinen Hals und wir stolpern zwei Schritte zurück, bevor wir gemeinsam auf meinem Bett landen.

15. Kapitel

Denver

Nachdem ich mich die letzten Tage Sienna gegenüber nicht mit Ruhm bekleckert habe, kann ich froh sein, dass sie mich nicht abserviert hat. Weil sie mir jedoch mein Verhalten wegen Madison verziehen hat und wir uns versöhnt haben, scheint alles möglich zu sein.

Sienna sieht wunderschön aus, wie sie nur in ihrer schwarzen Unterwäsche vor mir liegt und mich halb erregt, halb schüchtern ansieht. Ich beuge mich zu ihr herunter und drücke meine Lippen auf ihre. Sienna schlingt augenblicklich ihre Arme um meinen Hals und schmiegt sich an mich. Ihr Körper wird gegen meinen gepresst und wir stöhnen beide auf, als ihre Mitte meine streift. Der Kuss wird leidenschaftlicher und als sie ihre Lippen einen Spalt öffnet, nutze ich die Gelegenheit und lasse meine Zunge in ihren Mund gleiten. Zur Verdeutlichung meines Verlangens ihr gegenüber, lasse ich zusätzlich mein Becken gegen ihres kreisen. Sie ist so unglaublich heiß und weiß es nicht mal. Bereits vorhin im Wohnzimmer ist mir aufgefallen, dass sie absolut keine Ahnung hat, was für einen Körper sie hat und was sie mit diesem ausstrahlt. Sienna macht mich wahnsinnig, mit all ihrer Sexyness, gepaart mit der Unschuld, die sie immer noch in sich hat. Niemals hätte ich gedacht, dass sie noch nie gefingert oder geleckt wurde. Mit welchen Vollidioten war sie zusammen, dass sie dieses Paradies nicht erforschen wollten? Es war unglaublich, sie um meine Finger zu spüren und zu erleben, wie sie sich immer mehr und mehr gehen lässt.

Ich löse meine Lippen von ihren, was sie frustriert seufzen lässt. »Alles zu seiner Zeit«, erkläre ich grinsend und schiebe meine rechte Hand unter ihren Rücken, um nach dem Verschluss ihres BHs zu tasten. Sienna erwidert meinen Blick. Die kleinen Haken lösen sich, nachdem ich sie zusammenziehe, und der Verschluss sich öffnet.

»Darf ich?«, frage ich dennoch nach und suche ihren Blick.

Eigentlich frage ich an dem Punkt nicht mehr nach, ob meine Eroberungen es wirklich wollen. Sobald sie unter mir liegen, weiß ich, dass es so ist. Aber bei Sienna ist es anders. Sie ist mir wichtig und wenn sie noch nicht bereit ist, mit mir zu schlafen, ist das absolut okay für mich. Ich werde auf sie warten können. Gott, ich muss wie ein Weichei klingen.

»Ja«, wispert sie und schenkt mir ein unwiderstehliches Lächeln. Sienna schiebt die Träger ihres BHs so verflucht sinnlich über ihre Schultern, dass ich glaube, direkt in meiner Boxershorts zu kommen. Ich bin mir nicht sicher, ob sie weiß, wie heiß sie aussieht, als sie sich den BH vollends vom Körper streift und ich zum ersten Mal ihre Brüste sehe. Süße rosafarbene Nippel strecken sich mir entgegen, sodass ich gar nicht anders kann, als sie mit meinen Lippen zu umschließen. Sienna stöhnt augenblicklich auf, als ich ihre Brustwarze mit meiner Zunge umkreise, bis sie ganz hart ist. Dasselbe mache ich auch mit der anderen Seite. Wie gut, dass ich ihr im Wohnzimmer bereits ein ausgedehntes Vorspiel gegeben habe, sodass sie mehr als bereit für mich ist. Ich bin gerade nicht dazu in der Lage, sie weiter auf das Kommende vorzubereiten, ohne vorher selbst zu kommen.

Ihre Brustwarzen werden noch härter, als ich meine Hand in ihren Slip schiebe, um ihre Feuchtigkeit zu verteilen.

Sienna drückt mir ihr Becken entgegen, als ich meine Finger langsam in sie einführe. Es macht mich unglaublich an, dass sie noch nie derart von einem Typen verwöhnt wurde. Dass sie vor mir noch nie durch die Finger, Lippen und Zunge eines anderen gekommen ist. Sienna ist keine Jungfrau mehr, aber ihr Erfahrungsschatz ist so gering, dass es sich so anfühlt.

»Gott Denver«, stöhnt sie. »Das ist gut.«

»Natürlich ist es gut«, erwidere ich arrogant und sehe ihre Augen aufblitzen, als ich sie ansehe. Ich schiebe meine Finger tiefer in sie hinein und drücke meinen Handballen auf ihre Klitoris. Sienna presst die Lippen fest aufeinander, um nicht laut zu stöhnen. Ich wiederhole dieses Spielchen noch einige Male und lasse meine Lippen um ihre Nippel kreisen.

»Denver bitte«, wispert sie. »Ich ... ich bin gleich so weit.«

Ich beuge mich zu ihr hinauf und drücke meine Lippen auf ihre. Sienna erwidert den Kuss, drängt ihr Becken meinen Fingern entgegen und sehnt ihren Orgasmus herbei. Kurz bevor sie so weit ist, ziehe ich meine Finger zurück und grinse sie an. Ihre Augen verziehen sich zu Schlitzen, was mich lachen lässt. Ich küsse sie nochmal und ziehe mich von ihr zurück. Sie verfolgt jede meiner Bewegungen mit Argusaugen. Ihre Wangen sind gerötet und ihre Brust hebt und senkt sich aufgeregt.

»Warum hast du aufgehört?«, will sie wissen und ich erwidere ihren Blick.

»Weil ich in dir sein will, wenn du nochmal kommst«, sage ich und hauche ihr einen Kuss auf den Mundwinkel. Sienna wird noch röter und beißt sich auf die Lippe. Dann ziehe ich mich vom Bett zurück und streife meine Boxershorts ab.

Ich kicke sie, wie auch meine restlichen Klamotten, von mir und grinse sie an. Sienna wendet ihren Blick nicht von meinem Schwanz ab, was mich grinsen lässt. Ich klettere zurück zu ihr aufs Bett und greife nach dem Bund ihres Höschens. Ohne Gegenwehr lässt sie es sich abstreifen und ich stöhne auf, als sie mir ihre feuchte Scham präsentiert. Wie oft habe ich mir genau das vorgestellt und wie sehr übertrifft es all meine Erwartungen. Sienna ist wunderschön – innen wie außen.

Dann greife ich nach ihren Kniekehlen, um sie näher an mich heranzuziehen. »Oh Baby«, wispere ich und drücke ihr einen Kuss auf ihr rechtes Knie, was sie kichern lässt. »Ich habe mir das so oft vorgestellt.«

»Ich mir auch«, gesteht sie und hätte ich nicht gewusst, dass mein Schwanz bereits komplett erigiert ist, wäre er jetzt noch weiter angeschwollen. »In meinem Nachttisch sind Kondome. Erste Schublade.«

Ich nicke und beuge mich über sie, um darin zu wühlen. Es brennt mir auf der Zunge sie zu fragen, warum sie in ihrem Zimmer Kondome gebunkert hat, aber ich lasse es bleiben. Ich weiß, dass Sienna mit keinem anderen zusammen war oder zumindest rede ich es mir mehr als erfolgreich ein. Dennoch macht mich der Gedanke daran wahnsinnig. Auch wenn ich kein Recht dazu habe, so viele Mädchen wie ich in den letzten Wochen gefickt habe. Jegliche Fragen zu den Kondomen spare ich mir also. Das würde die Stimmung ruinieren.

»Joy hat sie mir gegeben«, sagt sie, als könne sie meine Gedanken lesen und küsst meine Brust. Ihre Finger streichen sanft über meinen Bauch bis zu meinem Schambereich und wieder nach oben. Ich presse die Lippen zusammen, um nicht frustriert aufzustöhnen, weil sie mir die Berührung versagt. »Ich weiß, was ich dir gesagt habe ... und ich ... ich dachte auch, dass ich ... ich es kann.« Sienna stockt und ich sehe sie an. Nun bin ich es, der weiß, was sie meint, obwohl sie es nicht ausspricht. Die Kondome lege ich neben ihrem Kopf auf der Decke ab.

»Hey«, sage ich sanft und lege meine Hand auf ihre Wange. »Das weiß ich und ... und selbst wenn – es ist mir egal.« Das ist es nicht, aber alles andere wäre jetzt unangebracht. Ich bin beinahe geplatzt vor Eifersucht, als sie mir gedroht hat, auf Joshs Party einen anderen aufzureißen. »Was vor mir– vor uns war ist egal. Ich will dich und nur dich.«

Sienna lächelt und beugt sich zu mir hinauf. Sie legt ihre Hand in meinen Nacken und verwickelt mich in einen sanften Kuss. Stöhnend gebe ich mich diesem hin und drücke meinen Schwanz ein paar Mal gegen ihre feuchte Scham. »Denver«, stöhnt sie und krallt ihre Finger in meine Oberarme. »Lass es uns tun.«

Ich schlucke, als ihr lustgetränkter Blick auf meinen trifft und greife nach einem Kondom. Ich öffne den Blister, nehme das Kondom heraus und werfe die leere Verpackung auf den Boden. Ohne Sienna aus den Augen zu lassen streife ich es mir über, vergewissere mich jedoch noch einmal, dass es sitzt. Ihre Augen huschen zwischen meinem Gesicht und meinem Schwanz hin und her. Ihre Nervosität ist ihr deutlich anzusehen. Sanft greife ich nach ihren Schenkeln und lege sie um mich. Sienna stöhnt, als ich mein Becken sinken lasse.

»Denver«, keucht sie, als ich meine Unterarme neben ihrem Kopf platziere, um ihr sanft ein paar Haarsträhnen zurückzustreichen. »Es ist schon eine Weile her ... ich meine ich–«

Sienna wendet ihren Blick ab, aber ich lege meine Hand auf ihre Wange, sodass sie mich wieder ansehen muss. Die Röte in ihrem Gesicht verrät wie unangenehm ihr die Situation ist, aber ich sage nichts. Stattdessen drücke ich meine Lippen auf ihre und verwickele sie in einen Kuss, als ich mich Zentimeter für Zentimeter in sie schiebe. Sienna biegt ihren Rücken durch und schließt die Augen. Sie ist noch enger, als ich es erwartet habe. Was meinte sie mit »Es ist schon eine Weile her«? Wie viele Typen hatte sie bereits im Bett? Es fühlt sich an, als wäre ich ihr Erster. Ich gebe ihr genug Zeit, sich an mich zu gewöhnen, und beginne erst mich zu bewegen, als ich mir hundertprozentig sicher bin, dass sie mich komplett aufgenommen hat.

»Denver«, haucht sie und schlägt ihre Augen mit einem Mal auf. »Du kannst dich bewegen.«

Ihr Blick trifft meinen und wirft mich völlig aus der Bahn. Wie sie mich ansieht – mit so viel Anmut, Erregung, Hingabe und ... und Liebe. Das ist zu viel für mich. So hat mich noch nie ein Mädchen angesehen oder ich habe es nie wahrgenommen. Ich weiß es nicht, aber mit Sienna ist es anders. Sie stellt mein bisheriges Sexleben völlig auf den Kopf. Und das, obwohl wir bisher noch nichts Aufregendes getan haben. Ich stöhne laut, als ich mich aus ihr zurückziehe, um mich danach kraftvoller in sie zu schieben. Ihre Enge umschließt mich. Ich greife nach ihren Händen, die nach wie vor in meine Oberarme gekrallt sind und verschränke unsere Finger über ihrem Kopf miteinander.

»Kann ich–«, presse ich hervor. »Kann ich mich schneller bewegen?«

Auch so eine Frage habe ich noch nie zuvor gestellt. Ich habe immer intuitiv gewusst, was ich tun muss. Im Grunde weiß ich es auch bei Sienna, aber ich will, dass es perfekt für sie ist. Ich will, dass sie sich bis an ihr Lebensende an diesen Sex erinnert.

»Ja«, erwidert sie. »Und küss mich – bitte!«

Lächelnd komme ich ihrer Bitte nach und lege meine

Lippen auf ihre. Mein Herz droht zu explodieren, als ich sie im selben hitzigen Rhythmus küsse, wie ich in sie stoße. Das ist nicht nur unendlich heiß, sondern hat eine Intimität, die ich von meinen One-Night-Stands nicht kenne. Der Sex mit Sienna übertrifft alles, was ich bisher erlebt habe.

Unsere Zungen verfallen sofort in ein leidenschaftliches Spiel, während ich meine Hüfte immer schneller vor und zurückbewege. Sienna unter mir fühlt sich perfekt an und die Art, wie sie meine Stöße entgegennimmt und mich gleichzeitig mit ihrem Kuss um den Verstand bringt, lässt mich kommen.

»Fuck«, stöhne ich und vergrabe mein Gesicht in ihrer Halsbeuge. Sauge mich an der dünnen Haut fest, um sie zu markieren, während ich meine Hände in ihre Hüften kralle.

Ich stoße fester in sie, nehme sie vollkommen in Besitz. Ihr Stöhnen beweist mir, dass ich es richtig mache und sie nichts gegen meine härteren Stöße hat. Da ich jeden Moment so weit bin und unbedingt mit Sienna zusammen kommen will, schiebe ich meine Hand zwischen unsere Körper und reibe ihre Klitoris. »Oh Gott«, keucht sie und biegt ihren Rücken durch, als ich meinen Handballen fester auf ihre Perle drücke. Um sie noch verrückter zu machen, erhöhe ich erneut das Tempo und merke, wie ihre Wände sich langsam, aber sicher um mich zusammenziehen.

»Ich bin gleich so weit«, lasse ich sie wissen und drücke meinen Mund auf ihren. »Komm mit mir, Baby.«

Sienna nickt und ich ziehe mich noch einmal komplett aus ihr heraus. Dabei sieht sie mir direkt in die Augen und als sie etwas sagen möchte, schiebe ich mich ein letztes Mal in sie und nehme ihre Klitoris zwischen meinen Zeigefinger und Daumen.

Das ist der Moment, in dem wir beide über die Klippe

springen. Stöhnend breche ich über ihr zusammen und die Kontraktionen ihrer Pussy nehmen mir auch das letzte Fünkchen Verstand. Zuckend entlade ich mich in ihr und zum ersten Mal in meinem Leben bedauere ich es, dass wir ein Kondom benutzt haben. Auch wenn es absolut richtig ist. Sie fühlt sich jedoch so unglaublich gut an, dass ich sie gern ohne jede Barriere zwischen uns gespürt hätte. Um ihren Orgasmus ein wenig in die Länge zu ziehen, reibe ich noch ein paar Mal über ihre Klitoris.

»Oh Gott«, murmle ich und küsse ihre Schulter, bevor ich meinen Kopf erneut in ihrer Halsbeuge vergrabe.

Sienna streicht über meinen Nacken und ich spüre, wie sie meinen Schwanz langsam freigibt, sodass ich mich aus ihr zurückziehen kann. Ich will sie nicht unter meinem Körper begraben. Doch als ich mich von ihr runterrollen will, hält sie mich fest.

»Nicht«, wispert sie, »Ich will dich noch einen Moment spüren.«

»Ich bin zu schwer«, flüstere ich und lasse mich zur Seite fallen. Bevor sie erneut protestieren kann, ziehe ich sie auf mich.

Ihre Augen sind geschlossen und sie legt ihren Kopf auf meine Schulter, während unsere Körper sich erst einmal beruhigen müssen. Die vergangenen Minuten waren der Wahnsinn. Der Sex mit Sienna hat alles übertroffen, was ich mir ausgemalt habe. Ich hoffe, dass es ihr genauso ging.

Wir schweigen für einige Minuten, in denen ich an die Zimmerdecke starre und sie im Arm halte. Bis langsam wieder Leben in mich kommt und ich das Kondom loswerden will.

»Sienna«, flüstere ich und küsse ihre Haare. Auch etwas, das ich noch nie nach dem Sex getan habe. Ich mutiere zum

Weichei wegen ihr. »Ich will kurz das Kondom entsorgen.«

Sie murrt etwas, das ich nicht verstehe und es kommt nur sehr langsam Bewegung in sie. Letztendlich stemmt sie sich jedoch hoch und lässt mich aufstehen. Lächelnd sehe ich sie an und lege meine Hand auf ihre Wange. Sienna schmiegt ihr Gesicht hinein und ich beuge mich vor und küsse sie sanft.

»Ich bin sofort wieder da«, sage ich. »Bestellen wir was zu essen? Ich habe Hunger.«

Ich sehe Sienna noch einen Moment an und will aufstehen, als sie nach meiner Hand greift und mich aufhält. »Macht man das so?«

»Was?«, frage ich und ziehe die Augenbrauen hoch. »Etwas zu essen bestellen?«

»Ich weiß nicht«, murmelt Sienna und wirkt plötzlich verlegen und sieht sich um, als müsste sie etwas finden, um sich zu bedecken. »Ich hatte noch nie Sex mitten am Tag.«

»Oh«, erwidere ich und grinse. »Und was auch immer du dir gerade zurechtspinnst – vergiss es. Der Sex war der Hammer und jetzt entledige ich mich des Kondoms, wir ziehen uns was an und essen, faulenzen und reden.«

»Okay«, meint sie zögerlich und grinst. Sienna beugt sich zu mir vor und küsst mich. »Dann beeil dich. Ich habe viel zu erzählen.«

»Und danach müssen wir das Essen abtrainieren.« Ich grinse und wackle mit den Augen. »Bist du gut im Reiten?«

Sienna wird augenblicklich knallrot und schlägt mir auf die Brust. »Geh jetzt«, kreischt sie. »Ich ziehe mich an.«

Lachend drücke ich ihr einen weiteren Kuss auf die Lippen, bevor ich verschwinde.

16. Kapitel

Sienna

Einige Tage später

Ich habe das Gefühl auf Wolke sieben zu schweben. Auch die Probleme mit Madison haben sich geklärt. Nach einem Gespräch mit ihrer Mom ist sie mit ihr zurück nach Hause gefahren. Mit Denver läuft es perfekt, fast schon zu gut, sodass ich es kaum glauben kann. Nachdem wir zum ersten Mal miteinander geschlafen haben, haben wir tatsächlich eine Pizza bestellt, geredet und hatten am Abend nochmal Sex, bis wir erschöpft eingeschlafen sind. Ungefähr so lief es die darauffolgenden zwei Tage auch, bis ich einen Schlussstrich ziehen musste, weil ich wund war. Ich bin es nicht gewohnt, ein so ausgelassenes und erfüllendes Sexleben zu haben. Denver hingegen scheint für jegliche Sportarten geschaffen worden zu sein. Allein bei dem Gedanken an seine festen Muskeln und die Bewegungen seiner Hüfte, wenn er in mich stößt, wird mir heiß. Es ist nicht nur der Sex, der ihn perfekt macht. Auch menschlich passen wir unglaublich gut zusammen und unsere zuvor bestehende Freundschaft scheint durch die Beziehung nochmal stärker geworden zu sein. Wir lachen viel miteinander, aber sprechen auch über ernste Themen wie die Zukunft oder unsere Eltern. Über seinen Dad redet Denver nach wie vor kaum und auch das Thema Madison meidet er. Er ist immer noch sauer auf seine kleine Schwester und ich merke ihm an, dass das Thema ihn sehr beschäftigt, aber zwingen kann ich ihn auch nicht, mit mir darüber zu reden. Dennoch hoffe ich, dass er sich mir bald öffnet.

Heute haben die Lincoln Tigers ein Spiel und wir sind auf dem Weg ins Stadion. Phoenix, Millie, Joy und ich. Meine Freundinnen wissen noch nichts von Denver und mir. Ich will es ihnen persönlich sagen und nicht in einer Textnachricht. Denver und ich haben nie darüber gesprochen, ob wir es bereits offiziell machen wollen. Immerhin sind erst wenige Tage und verdammt viel Sex vergangen. Für uns sind die Grenzen zwischen Freundschaft, Sex und Beziehung irgendwann verschwommen, sodass wir nicht an Tag X gesagt haben, dass wir ab heute zusammen sind. Wir sind es einfach.

Aufgrund der mittlerweile rapiden gesunkenen Temperaturen in Illinois tragen wir allesamt dicke Jacken. Phoenix als Einzige eine extra für sie angefertigte mit Denvers Nummer zehn und seinem Namen *Jones* auf dem Rücken. Ich würde sie gern fragen, was Jake dazu sagt, dass sie nicht seine trägt, aber lasse es bleiben. Joy würde die Situation nutzen, um mich auf Denver anzusprechen und zu fragen, warum ich keine Jacke mit seiner Nummer trage.

Ich habe keine Ahnung, wie ich Phoenix beibringen soll, dass ich mich in ihren Bruder verliebt habe und er sich in mich. Unsere Freundschaft ist mir wichtig, aber die Beziehung zu Denver auch.

»Erde an Sienna!« Joy schnipst mit ihren Fingern vor meinem Gesicht herum, was Millie und Phoenix lachen lässt. »Dein Ticket!«

»Oh, sorry«, sage ich und halte es dem Kontrolleur hin, sodass er es abscannen kann. »Danke.«

Ich folge den anderen durch die Kontrolle und treffe auf

grinsende Gesichter. Ich verdrehe die Augen und weiche ihren Blicken aus. Lange kann ich nicht mehr verheimlichen, dass sich etwas in meinem Leben grundlegend verändert hat.

»Was ist los mit dir?«, fragt Millie, als wir uns auf den Weg zu unseren Plätzen machen. »Du bist abwesend und du grinst die ganze Zeit so ... «

Ertappt bleibe ich stehen und sehe sie an. Sie haben es gemerkt, ganz sicher. Schnell schaue ich zu Phoenix, die mich genauso fragend ansieht. Ich bin erledigt, aber erstmal gebe ich mich unwissend. Millie ist vielleicht nur freundlich und ich mache mir völlig umsonst so einen Stress.

»Ich ... ich grinse?«, murmle ich. »Wie ... wie grinse ich denn?«

Joy lacht und legt ihren Arm um mich. »Wie wohl?«, meint sie. »Du grinst so, wie jemand grinst, der richtig guten Sex hatte!«

»Joy«, kreischt Millie augenblicklich und gibt mir damit Zeit. Dennoch spüre ich die Hitze in mir emporsteigen und meine Wangen erröten. »Musst du immer so mit der ... der Tür ins Haus fallen.«

»Ja?«, meint diese trocken. »Im Ernst Sienna ... wer hat dich da unten entstaubt, dass du so gut drauf bist?«

Kann diese Frau nicht einmal in ihrem Leben ihre vorlaute Klappe halten? Nur ein verdammtes Mal, sodass ich mich jetzt nicht erklären muss. Vor allem vor Phoenix. Immerhin ist es ihr Bruder, der mich *entstaubt* hat.

»Du bist unmöglich«, ruft Millie und macht auf dem Absatz kehrt. Ich sehe nochmal zu Phoenix, die nur nickt und Millie folgt. Entweder hat sie nichts gemerkt oder sie will nichts merken, weil sie den Gedanken an Denver und mich nicht erträgt. Erneut male ich mir die schlimmsten Szenarien aus. Phoenix wird die Freundschaft mit mir beenden und mich für ein hinterhältiges Miststück halten, weil ich mit ihrem Bruder ins Bett gehe.

»Es ist Denver, oder?«, fragt Joy leise, als wir uns in Bewegung setzen, um Millie und Phoenix zu folgen. Ich schaue zu ihr herüber und presse die Lippen aufeinander. Was soll ich auch sonst machen? Ja, es ist Denver und vor Joy kann man sowas nicht geheim halten. Sie hat einen sechsten Sinn dafür.

»Kein Wort zu Phoe!«, zische ich. »Ich muss ihr das schonend beibringen.«

»Ich freue mich so für dich«, kreischt sie und fällt mir um den Hals. »Hat der Idiot es endlich hinbekommen?«

Phoenix und Millie drehen sich zu uns herum und ziehen die Augenbrauen hoch. Ich winke ab und schiebe Joy von mir, die mich entschuldigend ansieht. »Sorry«, meint sie. »Ich freue mich wirklich für dich.«

»Danke.« Ich kichere und ein breites Grinsen schleicht sich auf meine Lippen. »Er entstaubt wirklich vorbildlich.«

Ich zwinkere Joy zu und bevor sie etwas erwidern kann, renne ich zu Millie und schlinge meine Arme um sie. »Freut Darren sich, dass sein Personal Coach am Start ist?«

Wie zu erwarten wird meine beste Freundin rot und wehrt meine Frage ab. Dass sie in Darren verliebt ist, tut mir fast schon leid für sie, weil er sie nicht wahrnimmt. Außer wenn sie mal wieder über Football fachsimpelt, dass uns Hören und Sehen vergeht. Dass Millie so viel Ahnung von Football hat und eine Strategin ist, wie sie im Buche steht, ist wirklich verblüffend. Coach Flanders kann noch einiges von unserer Freundin lernen. Manchmal fragen die Jungs sie sogar, wie sie die Spielzüge angesagt hätte. Sobald es um Football geht, vergisst sie ihre Schüchternheit und dreht richtig auf. Darren ist nur leider ein viel zu großer und vor allem oberflächlicher

Idiot, um Millie ernsthaft wahrzunehmen. Dass sie bis über beide Ohren in diesen Macho verliebt ist, ist eine totale Verschwendung. Sie verdient etwas so viel Besseres.

Ich seufze still. Vielleicht irren wir uns alle und Darren ist der Richtige für sie, aber sein Lebensstil ist so gegensätzlich zu Millies, dass das nicht funktionieren kann.

»So viel Ahnung habe ich nicht«, wehrt sie ab, was uns alle drei die Augen verdrehen lässt. »Und Darren interessiert sich nicht für mich.«

»Ach Millie-Maus.« Joy kichert. »Darren ist ein Idiot.«

»Definitiv«, stimmt Phoenix zu. »Er ist mit meinem Bruder befreundet, er muss ein Idiot sein.«

»Denver ist kein Idiot«, presche ich vor, um meinen Freund zu verteidigen, was seine kleine Schwester dazu veranlasst, die Augenbrauen hochzuziehen.

Oh wow, Sienna, tiefer ins Fettnäpfchen treten kannst du nicht.

»Denver ist also ein Idiot?«, rettet Joy mich. »Und was ist Jake?«

Diese Frage bringt Phoenix sofort zum Schweigen und ich forme ein stummes »Danke« in Joys Richtung. Dennoch weiß ich, dass ich Phoenix und Millie einweihen muss.

•••

Das Spiel ist hart umkämpft und wir liegen mit einem Field Goal vorn, was eine Katastrophe ist. Drei Punkte sind nichts. Florida State hat den Ball und die Uhr zeigt nur noch zwei Minuten an. Sie sind beim vierten Versuch und können nun diesen noch spielen oder ein Field Goal anstreben. Für dieses sind sie noch zu weit von der Endzone entfernt. Nervös reibe ich meine Hände ineinander und schaue immer wieder zur Bank, wo Denver mit Jake sitzt und sich berät. Tyler steht ein paar Meter von ihnen entfernt.

Seit dem Kuss auf Joshs Party habe ich Tyler nicht mehr allein angetroffen, sodass wir darüber hätten reden können. Ich weiß mittlerweile, dass Denver und er sich angefreundet haben, was absolut nicht gut ist. Wenn Tyler Denver darauf anspricht, dass er mir die Zunge in den Hals gesteckt hat, wird dieser ausrasten. Immerhin habe ich ihm erzählt, dass es keinen Typen gab. Was den Sex angeht, stimmt das auch. Tyler und ich haben uns geküsst und der Kuss war gut. Er wusste, was er tut und wie er seine Zunge einsetzen muss. Nichts im Vergleich zu Denvers Küssen, aber das liegt auch daran, was ich für Denver empfinde.

Die Offense von Florida formatiert sich und ich sehe gebannt auf das Spielfeld. Der Center gibt den Ball an den Quarterback weiter, der einige Schritte zurückläuft. Ich bin überrascht, dass sie den Versuch noch machen, aber ich habe auch keine Ahnung. »Warum haben sie nicht das Field Goal versucht?«, frage ich an Millie gewandt.

»Sie sind zu weit von der Endzone entfernt«, erwidert sie, als plötzlich Darren von links angerauscht kommt und den Quarterback von Florida auf den Boden befördert. »Sehr gut«, ruft meine Freundin. »Der Catch war der Wahnsinn.«

»Ja absolut«, erwidere ich und hoffe inständig, dass das Denver nicht passiert. Ich hasse es, wenn er zu Boden gerissen wird. Ich leide dann immer doppelt und dreifach mit ihm mit. Er macht sich darüber lustig und meint, dass das in den nächsten Jahren so bleiben wird. In der NFL noch mehr, als jetzt am College, weil er es dort mit einem ganz anderen Kaliber an Defense Spielern zu tun bekommt.

»Jetzt kommt Denver wieder aufs Feld«, meint Millie, als hätte ich nicht einmal die absoluten Basics verstanden. »Es muss klappen, obwohl der Ball auch nochmal an Florida zurückgehen könnte.«

Ich nicke und werfe einen Blick auf Joy, die ungewohnt unkonzentriert ist und unentwegt zur Seitenlinie starrt. »Wo schaust du hin?«, frage ich sie, aber sie winkt sofort ab und sieht aufs Spielfeld.

»Jetzt packen sie es.«

Ich habe das Gefühl, dass sie meiner Frage ausweicht. Irgendeiner der Spieler beschäftigt sie, aber wer weiß, mit wem sie nun wieder Sex hatte – und wir haben es nicht mal mitbekommen.

Ich konzentriere mich wieder auf das Geschehen auf dem Platz und jubele laut, als Denver mit Jake abklatscht und die Hände in die Luft wirft, um dem Publikum nochmal einzuheizen.

»Druck dir doch direkt auf die Stirn *Denver, fick mich*«, flüstert Joy mir zu und ich verdrehe die Augen.

Denver gibt den nächsten Spielzug durch und die Offense stellt sich in Position. Er zählt runter, als der Center ihm den Ball zuwirft und er einige Schritte zurückgeht, um ihn dann zu Jake zu passen. Leider schafft dieser aber nur wenige Yard. Zum nächsten First down ist es noch ein weiter Weg. Also alles wieder von vorne. Beim zweiten Versuch schaffen sie das First Down und machen einige Yards gut, aber danach gelingt ihnen zunächst wenig. Denver passt den Ball zu Tyler, aber auch er schafft kein First Down. Als sie beim dritten Versuch angelangt sind, wird es laut im Stadion, um die Mannschaft nochmal richtig anzufeuern. Wieder beginnt das Spiel von vorne, aber diesmal entscheidet Denver sich nicht dafür zu einem seiner Mitspieler zu passen, sondern läuft selbst.

»Spinnt der?«, kreischt Millie neben mir. »Das kann er niemals erlauben.«

Ich sehe zu Joy, die auch ausnahmsweise mal sprachlos ist und dann zu Phoenix, die sich die Augen zuhält. Aber Denver läuft und läuft, bis er zwei Meter vor der Endzone gestoppt wird. »Oh mein Gott«, ruft Phoenix und springt auf. »Das ist mein Bruder.«

Ich kann mir ein Lachen nicht verkneifen und sehe zu Millie, die völlig bleich ist. So wie es aussieht, hat sie einen solchen Lauf von einem Quarterback noch nicht gesehen. Denver ruft seine Offense erneut zusammen und gibt den Spielzug durch. Ich habe keine Ahnung, was er vorhat, aber mich beschleicht das dumpfe Gefühl, dass er es ein weiteres Mal versuchen wird.

»Er läuft nochmal«, sage ich und Millie sieht mich ungläubig an.

Sie schüttelt den Kopf. »Ich denke, sie machen einen Quarterback Sneak.«

»Einen ... Quarterback Sneak?«

»Ja«, meint Millie aufgeregt. »Sie stehen kurz vor der Endzone und werden versuchen, Denver mit dem Ball über die Linie zu schieben.«

»Funktionieren würde es«, mischt sich Joy ein. »Wenn Denver sich einmal lang macht. Kann er das gut?« Sie sieht mich an und ich schüttle den Kopf. Dieses Biest muss wirklich herausfordern, dass es jemand mitbekommt.

»Lang machen?«, wiederholt Millie und sieht zunächst Joy und dann mich an. »Oh mein Gott ... Denver und–«

Ich halte ihr den Mund zu, bevor Phoenix sich in unser Gespräch einmischen kann und nicke. »Ja«, flüstere ich, »Ich erzähle es dir später, aber Phoe–«

»Schon kapiert«, meint Millie grinsend. »Sie weiß und ahnt nichts.«

»Richtig.«

»Als ob sie das nicht ahnt«, meint Joy und verdreht die Augen. Wir können uns aber zum Glück nicht weiter unterhalten, weil die Jungs den Spielzug ausführen. Tatsächlich passiert genau das, was Millie vorhergesagt hat. Sie machen einen Quarterback Sneak und gewinnen das Spiel.

Wir jubeln und liegen uns danach natürlich in den Armen. Das ist der absolute Hammer. Florida ist eine starke Mannschaft und wir haben sie geschlagen. Die »Denver Jones« Sprechchöre reißen nicht ab und am liebsten würde ich ihm eine Kusshand zuwerfen. Vor allem würde ich vor den blöden Puten zwei Reihen hinter uns gern mal deutlich machen, dass er mir gehört. Denver Jones hat eine Freundin und diese Tussen können noch hundert Mal sagen, wie toll sie ihn finden. Er ist in festen Händen.

»Lasst uns runter gehen«, meint Phoenix und wir nicken.

Nach jedem Abpfiff werden die Angehörigen der Spieler aufs Feld gelassen, um mit ihnen die Siege zu feiern. So auch heute. Mein Herz schlägt mit jedem Schritt schneller, weil ich keine Ahnung habe, wie Denver mich vor unseren Freunden und dem gesamten College begrüßen wird. Das hier ist seine Bühne, der Ort, an dem alle Blicke auf ihn gerichtet sind. Er sieht entspannt aus und lacht mit Jake. Bestimmt macht er sich keinen Kopf. Immer bin ich es, die alles zerdenkt und nicht weiß, wie sie mit der Situation umgehen soll, obwohl das lächerlich ist. Irgendwann wird das mit uns öffentlich werden. Phoenix ist uns bereits ein paar Stufen voraus und springt ihrem Bruder lachend in die Arme. Denver drückt seine kleine Schwester an sich, bevor er sie loslässt und sie Jake umarmt.

Joy und Millie gehen zu Darren, die daraufhin von Tyler aufgesucht werden. Ich schaue einen Moment zu ihnen, weil

Joy so wirkt, als würde sie Tyler ignorieren. Hoffentlich war sie nicht mit ihm in der Kiste. Wenn dem so war, darf sie niemals erfahren, dass ich mit ihm geknutscht habe.

»Hey!« Ich zucke zusammen und fahre herum. Denver steht grinsend vor mir. Er ist verschwitzt und einzelne Grashalme kleben an seinen Schläfen. »Schenkst du mir ein paar Minuten deiner Zeit?«

»Natürlich doch«, erwidere ich lächelnd. »Du hast gut gespielt.«

Unsicher, was ich tun soll, nimmt Denver mir die Entscheidung ab, als er mich an sich zieht und küsst. Im ersten Moment weiß ich nicht, wie mir geschieht, weil ich mit einer solch öffentlichen Zurschaustellung unserer Beziehung nicht gerechnet habe. Wir sind nicht offiziell zusammen, haben es vor den anderen noch nicht publik gemacht. Dass Denver es nun nach dem Spiel in einem vollen Stadion tut, lässt all meine Pläne es meinen Freundinnen persönlich zu sagen, zerspringen. Aber schon nach einigen Sekunden ist es mir egal und auch Phoenix kann ich ausblenden, als ich meine Arme um seinen Hals schlinge und mich an ihn schmiege. Ein wohliger Schauer läuft mir über den Rücken, als er mich trotz seiner Protektoren so nah wie möglich an sich zieht.

»Du hast unglaublich gespielt«, sage ich, als wir uns wieder voneinander lösen. »Ich bin so stolz auf dich.«

»Danke Baby.« Denver küsst mich nochmal. Grinsend entferne ich die Grashalme von seiner Schläfe. »Und endlich befreit mich jemand davon.«

»Besser ist es.« Ich lache. »Sonst kommst du noch schlecht bei deinen Fans an.« Ich sehe hinter mich, wo die Mädels von der Tribüne empört stehen und uns beäugen wie eine Attraktion auf einem Jahrmarkt.

»Ich gehe mal zu meinen Fans«, meint Denver und stiehlt sich noch einen Kuss, bevor er mich stehenlässt und tatsächlich zu ihnen schlendert. Genervt wende ich meinen Blick ab und stattdessen meinen Freunden zu. Diese sehen mich allerdings so breit grinsend an, dass ich die Tussen vorziehe.

»Du und Denver?«, durchbricht Darren die Stille. »Musste irgendwann passieren.«

Er zuckt so lässig beiläufig mit den Schultern, als wäre das absolut nichts Überraschendes für ihn.

»Äh ja«, murmle ich und ignoriere ihn. Ich habe nichts gegen Darren, aber finde oft, dass sein Lebensstil und die Art, wie er mit Millie umgeht nicht okay sind. Vielleicht merkt er wirklich nicht, dass sie ihn anhimmelt, aber dennoch könnte er ein Mindestmaß an Höflichkeit für sie aufbringen. Außerdem hält er sich immer sehr bedeckt, wenn es um seine Familie geht und wird schnell gereizt, wenn man ihn etwas fragt, was er nicht hören möchte. Damit kann ich nicht gut umgehen. Da ist Denver ihm leider ähnlicher, als mir lieb ist. Er hat auch immer noch ein paar Themen, vor allem seinen Dad, über die er nur ungern spricht.

Was Darren über Denver und mich denkt, interessiert mich nicht. Auch die Meinungen von Jake, Millie und Joy sind mir egal. Die einzige Meinung, die mich interessiert, ist die von Phoenix.

»Phoenix?«, sage ich zögerlich und sehe meine Freundin an. »Bist du ... na ja ... ist das okay für dich?«

»Mich?«, will sie wissen und ich nicke.

»Er ... er ist dein Bruder und ich bin deine Freundin.«

Phoenix zieht die Augenbrauen hoch und scheint irritiert von meiner Aussage, bis sie plötzlich in Lachen ausbricht.

Was ist denn jetzt los?

Denver tritt wieder an meine Seite und legt seinen Arm um mich, um mich an sich zu ziehen. Sofort fühle ich mich sicherer, falls es zu einer Konfrontation mit Phoenix kommen sollte.

»Na ja«, meint sie und mir rutscht das Herz in die Hose. »Ich hatte mich schon darauf gefreut, mit dir über dein Sexleben zu tratschen, was jetzt leider wegfällt.« Sie verzieht den Mund, als hätte sie etwas Widerliches gegessen. Denver verdreht die Augen und die anderen lachen. »Aber natürlich ist das okay für mich. Wenn du dir das antun willst.«

»Ja, will ich«, erwidere ich grinsend, lege meine Hand auf Denvers Brust und sehe zu ihm auf. »Auf jeden Fall!«

Er erwidert meinen Blick und legt sanft seine Lippen auf meine.

17. Kapitel

Sienna

Ich verlasse grinsend den Seminarraum auf dem Weg zur Cafeteria, um mich mit Millie und Joy zum Mittagessen zu treffen. Denver ist noch beim Training und will danach dazu kommen. Was mit Phoenix, Jake und Darren ist, weiß ich nicht. Vielleicht treffen sich Phoenix und Jake heimlich, sodass Denver auch weiterhin nichts mitbekommt.

Seitdem Denver unsere Beziehung letztes Wochenende öffentlich gemacht hat und unsere Freunde nun Bescheid wissen, läuft es noch besser als zuvor. Zumindest habe ich das Gefühl. Vielleicht ist es auch Einbildung aufgrund meiner Verliebtheit für diesen Kerl.

Aus seinem Zimmer haben wir ein Schlafzimmer gemacht und meins soll als Gästezimmer und Büro fungieren. Ich finde immer noch, dass es eine seltsame Situation ist, immerhin haben wir so lange in getrennten Zimmern geschlafen. Dennoch gefällt es mir, dass wir abends zusammen einschlafen und morgens zusammen aufwachen. Tagsüber sehen wir uns nicht so oft, aber abends essen wir gemeinsam und sitzen danach auf der Couch. Dadurch, dass wir bereits zusammenwohnen, haben wir ein paar Schritte in der Anfangsphase unserer Beziehung übersprungen. So erleben wir aber auch nicht das böse Erwachen nach einem oder zwei Jahren, wenn wir zusammenziehen wollen.

»Sienna!« Ich zucke zusammen, als ich angesprochen werde und fahre herum. Tyler steht wenige Meter entfernt an die

Wand gelehnt und mustert mich. »Hast du eine Minute?«

Bisher bin ich dem Gespräch mit ihm aus dem Weg gegangen. Ich habe ein wenig Angst vor dem, was Tyler sagen könnte. Auch wenn ich es nicht für möglich halte, graut es mir davor, dass er Gefühle für mich hat. Mein Herz gehört Denver und das wird auch so bleiben.

Das mit Tyler war ein dummer Fehler auf einer Party. Noch dazu auf einer Party, auf der ich mir und Denver beweisen wollte, dass ich ihn nicht brauche. Weshalb ich mich zu dem – zugegebenermaßen guten – Kuss habe hinreißen lassen. Tyler ist ein guter Küsser, keine Frage. Darüber hinaus hätte ich ihn aber noch weiter kennenlernen müssen, um bewerten zu können, dass er eine gute Partie ist. Noch dazu sieht er verdammt gut aus. Die oberflächlichen Pluspunkte werden definitiv nicht weniger.

Dennoch habe ich kein Interesse an ihm und alles, was er für mich empfinden könnte, würde nicht nur für uns persönlich, sondern auch in unserer Clique für große Schwierigkeiten sorgen. Denn, sind wir mal ehrlich …

Denver wird Tyler nicht mehr auf ein Bier einladen, wenn er weiß, dass dieser auf seine Freundin steht. Ich sehe mich nochmal um, um sicherzugehen, dass uns keiner beobachtet. Dann wende ich mich endgültig an Tyler.

»Hey«, sage ich. »Sicher habe ich die.«

Er nickt und kommt einen Schritt auf mich zu. Als ich meinen Blick hebe, ist er mir so nah wie damals im Garten auf Joshs Party. Der Kuss und die Art, wie er an dem Abend mit mir gesprochen hat, taten gut. Sie schmeichelten meinem Ego und der Seitenhieb in Richtung Denver war in dem Moment einfach perfekt. Doch jetzt würde ich lieber zurücktreten und nicht mit ihm gesehen werden.

»Okay«, meint er. »Wir sollten über das reden, was

zwischen uns passiert ist.«

Ich nicke langsam und schließe für einen Moment die Augen. Aus seinem Mund klingt das, als hätten wir sonst etwas veranstaltet. Viel mehr als einen unbedeutenden Kuss.

»Da war nichts«, stelle ich meinen Standpunkt direkt klar und sehe ihm fest in die Augen. Tyler erwidert meinen Blick und seine Mundwinkel ziehen sich leicht nach oben. »Mir ging es nicht gut, Tyler. Ich ... ich hatte Stress mit ... mit–« Verdammt, es kann doch nicht so schwer sein, ihm das zu erzählen. Er müsste doch auch lange mitbekommen haben, dass wir unsere Schwierigkeiten hatten.

»Denver?«, hilft er mir auf die Sprünge und ich nicke.

»Ja, mit Denver«, gebe ich zähneknirschend zu. »Es lief nicht so, wie es laufen sollte.«

»Okay«, sagt er und strafft seine Schultern, als würden die kommenden Worte eine bestimmende Haltung erfordern. »Ich würde mich gern erklären, wenn du mir die Möglichkeit dazu gibst. Ich mag dich, Sienna.«

Und da ist er – der Satz, den ich auf keinen Fall aus seinem Mund hören wollte.

Fuck!

Ich bin in Denver verliebt. Wenn Tyler mich nun mag, würde das alles nur unnötig kompliziert machen. Wir sind Freunde.

»Tyler, das ist nett, aber ich–«, stammle ich herum. Ich muss ihm eine Abfuhr erteilen. Er war auch im Stadion und hat gesehen, was zwischen Denver und mir passiert ist. »Denver ist mein Freund und–«

Er betrachtet mich einen Moment und bricht plötzlich in Lachen aus.

Was soll das denn bitte bedeuten? Auch wenn ich nicht will, dass er Gefühle für mich hat, ist das doch sehr entwürdigend.

»Ich will nichts von dir«, beruhigt er mich und hebt beschwichtigend die Hände. »Zumindest nicht so, keine Sorge. Ich stehe nicht mal auf Blondinen.«

»Na, danke auch«, murre ich und komme dennoch nicht umher sein Lächeln zu erwidern.

»Es war meine erste Party in Lincoln, die Jungs hatten mich gefragt, ob ich auch vorbeikommen möchte«, erzählt er und lächelt mich an. »Ich kannte noch niemand so richtig und hatte kaum Kontakte geknüpft. Als ich dich im Garten gesehen habe, musste ich dich einfach ansprechen.«

»Und mir die Zunge in den Hals stecken?«, frage ich kichernd, weil ich bei genauerer Überlegung doch über diese Situation lachen kann. Es sollte mich beruhigen, dass ich nicht sein Typ bin und von ihm nichts zu befürchten habe.

Tyler erwidert nichts. Im Gegenteil. Ihm ist jegliche Farbe aus dem Gesicht gewichen. Er ist kreidebleich und bevor ich etwas sagen kann, werde ich zur Seite gestoßen und Denver drückt Tyler gegen die Wand hinter uns.

Sein rechter Unterarm presst sich gegen Tylers Kehle und ich schreie fast auf, weil das Bild so surreal ist.

»Ist das wahr, du Penner?«, brüllt er. »Du hast meiner Freundin die Zunge in den Hals gesteckt?«

Oh Gott! Das kann doch nicht wahr sein. Denver dreht völlig durch. Ohne mit der Wimper zu zucken, verpasst er Tyler einen Faustschlag, der sich dies nicht einfach gefallen lässt. Er schubst ihn von sich, lässt seine Sporttasche auf den Boden fallen und holt aus, um Denver an der Schläfe zu treffen. Der Treffer sitzt, das wird ein ordentliches Veilchen geben. Hilflos stehe ich da und muss dabei zusehen, wie mein Freund seinen Kumpel vermöbelt wegen eines dummen Kusses. Mittlerweile prügeln sie sich ziemlich heftig. Als Opfer lässt Tyler sich nicht degradieren.

»Hört auf«, rufe ich und will dazwischen gehen, als ich zurückgerissen werde.

»Bist du verrückt geworden?«, herrscht Phoenix mich an, die wie aus dem Nichts mit Jake auftaucht. »Die verpassen dir noch eine.«

»Aber es muss doch jemand etwas tun!«

Panisch sehe ich mich um und wieder zu Denver und Tyler, deren Gesichter mittlerweile ziemlich zugerichtet sind. Nicht nur, dass sie eigentlich Freunde sind und das nicht wie zwei erwachsene Menschen klären könnten. Es geht um einen beschissenen Kuss, der stattgefunden hat, als wir nicht einmal zusammen waren. Denver reagiert völlig über.

»Darren«, erklingt plötzlich Jakes Stimme und er sieht zu seinem Kumpel, der gerade mit Millie und Joy zu der Menschentraube hinzustößt.

Mittlerweile stehen so viele Leute hier, auch einige der Footballer, die Denver und Tyler locker trennen könnten und keiner hat die Eier einzugreifen. »Hilf mir, bevor sie sich noch wirklich verletzen.«

Darren lässt seine Sporttasche fallen und schnappt sich Denver, während Jake nach Tyler greift. Wie zu erwarten, wehren sich die beiden nach Kräften. Sie denken gar nicht daran, aufzuhören.

»Denver«, ruft Darren. »Hör auf damit!«

»Lass mich los«, erwidert dieser und versucht, sich loszureißen. »Er hat sich hinter meinem Rücken an Sienna rangemacht.«

Ich verdrehe die Augen, weil er einfach nie zuhört und sich lieber irgendwas zusammenreimt.

»Hat er nicht«, sage ich und Denver sieht mich mit geweiteten Augen an. »Er hat sich nicht an mich …

rangemacht.« Ich will das jetzt nicht hier mit ihm klären. »Hör doch bitte mal zu!«

»Wieso?«, fragt er und könnten Blicke töten, würden Tyler und ich tot umfallen. Denver ist stinksauer. »Du hast gesagt, dass—«

Als er bemerkt, wie viele Menschen um uns herumstehen, schweigt er. Das ist vielleicht auch besser so, weil wir das nicht vor dem gesamten College besprechen müssen. Ich vermute, mittlerweile steht so ziemlich jeder hier, der aus irgendeinem Grund heute auf dem Campus ist. Jeden einzelnen von ihnen interessieren die Beziehungsprobleme des Quarterbacks enorm. Sie werden sich noch Wochen oder Monate das Maul über uns – mich – zerreißen. Am Ende bin ich noch die Schlampe, die das Footballteam gespalten hat.

»Was ist denn hier los?« Die wütende Stimme von Coach Flanders lässt uns alle zusammenzucken. Er bahnt sich den Weg durch die Massen und sieht zwischen Denver und Tyler hin und her. »Was hat das zu bedeuten?«

Seine Anwesenheit scheint zumindest Darren und Jake die Sicherheit zu geben, dass Denver und Tyler sich nicht sofort wieder an die Kehle springen. Vorsichtig lassen sie die beiden los. Dies halten sich aber bereit, falls es zu einem erneut Angriff – wohl von Denver – kommen könnte.

»Nichts«, erwidert Tyler und greift nach seiner Sporttasche. »Denver urteilt vorschnell.«

Dieser schnaubt, greift ebenfalls nach seiner Sporttasche und schultert sie. Sein Blick fällt auf den Coach und dann nochmal auf mich. Bittend sehe ich ihn an und strecke meine Hand nach ihm aus, in der Hoffnung, dass er sie annimmt und wir das zu Hause klären können. Aber Denver lässt sie an seinem Oberarm abprallen und verschwindet in die entgegengesetzte Richtung. Jake folgt ihm kopfschüttelnd.

Darren scheint noch einen Moment zu überlegen, aber folgt ihm dann ebenfalls.

»Hier gibt es nichts zu sehen«, ruft der Coach mit donnernder Stimme und die Menschentraube löst sich langsam auf. Er schnaubt noch einmal und sieht mich mit einem dermaßen appellierenden Blick an, dass ich am liebsten vor Scham im Erdboden versinken würde. Wie gern er mir wohl eine Moralpredigt darüber gehalten hätte, dass ich sein Team gespalten habe und was mir einfallen würde, mich an zwei seiner Spieler ranzumachen. Dann dreht er sich ebenfalls um und verschwindet.

Immer noch fassungslos darüber, was in den letzten Minuten passiert ist, bleibe ich stehen. Das wäre alles nicht geschehen, wenn ich Tyler abgewürgt hätte oder Denver nicht angelogen hätte, als er mich gefragt hat, ob es einen anderen gab. Das ist alles meine Schuld.

»Was ist passiert?«, fragt Millie, die mit Joy auf uns zukommt. »Wieso haben sie sich geprügelt?«

»Ich habe Mist gebaut«, flüstere ich. »Ich ... ich weiß auch nicht, aber ... aber ich konnte es Denver nicht sagen.«

»Denver was nicht sagen?«, hakt Phoenix nach. »So wie er ausgerastet ist, muss es echt krass gewesen sein. Hast du ihn betrogen?«

Ich fahre herum und starre Phoenix an. »Tickst du noch ganz richtig?«, fauche ich. »Das würde ich niemals tun.«

»Tut mir leid«, wispert sie entschuldigend und weicht meinem Blick sogleich aus. »Was ist denn passiert?«

»Komm, wir setzen uns«, meint Joy und deutet auf eine Bank in der Nähe. Phoenix legt ihren Arm um mich und zieht mich hinter sich her, während Millie meine Tasche trägt.

Wie ein nasser Sack lasse ich mich auf die Bank fallen.

Phoenix setzt sich rechts, Millie links neben mich. Joy geht vor der Bank in die Hocke. Sanft legt sie ihre Hände auf meine Knie.

»Als Denver mich gefragt hat, ob es einen anderen gab, habe ich nein gesagt«, gestehe ich meinen Freundinnen und sehe sie an. »Wir ... wir waren kurz davor zum ersten Mal miteinander zu schlafen und jede andere Aussage hätte den Moment zerstört. Ihr wisst doch, wie eifersüchtig Denver ist ...«

Sie nicken sofort. Immerhin haben sie mitbekommen, wie er jedem Typ am College verboten hat, mich um ein Date zu bitten.

»Kurz bevor ich die Party bei Josh verlassen habe, habe ich Tyler im Garten getroffen«, erzähle ich weiter. »Er war neu und hat mich angesprochen. Wir haben ein paar Worte gewechselt und dann ... dann haben wir uns geküsst.«

Phoenix, Millie und Joy reißen die Augen auf.

»Du hast Tyler geküsst?«, fragt Joy ungläubig und findet als Erste ihre Stimme wieder. Ich nicke und sehe sie schuldbewusst an. Ich warte auf einen flapsigen Kommentar ihrerseits, aber dieser bleibt aus. Stattdessen starrt sie mich nur an. »Okay ... wow. Wer hat angefangen?«

»Tyler«, erwidere ich. »Er hat mich zuerst geküsst, aber ich habe es erwidert.«

»Oh wow«, meint Phoenix. »Das wusste ich gar nicht.«

Natürlich wusste sie es nicht, weil ich es niemandem erzählt habe. Das hätte nur zu Problemen geführt. Ich habe es auch nicht für nötig gehalten, weil sich danach alles zum Guten entwickelt hat, zwischen Denver und mir. Meine Prioritäten lagen woanders. Dieser Kuss hat mich überhaupt nicht mehr interessiert.

»Es war nur ein dummer Kuss«, rede ich weiter. »Es hatte

nichts zu bedeuten ... uns ... uns beiden nicht. Aber Denver ist völlig ausgerastet.«

»Ich muss los«, ruft Joy plötzlich und springt auf. Ich reiße die Augen auf und sehe sie an. Was ist denn jetzt los? So kenne ich sie gar nicht. Normalerweise hat sie in solchen Situationen immer einen Rat. Wobei dieser vermutlich so aussieht, dass ich Denver einen blasen soll und die Sache sich von selbst erledigt. Der schlechteste Rat ist es nicht. Aber dieses Verhalten ist absolut untypisch für meine Freundin.

»Joy, warte«, ruft Phoenix und rennt ihr hinterher.

Ich schaue zu Millie, die nur mit den Achseln zuckt.

Seufzend lehne ich meinen Kopf an ihre Schulter und schließe die Augen. »Was ist denn nur in alle gefahren?«, seufze ich, »Denver verprügelt Tyler, Joy hat keinen unsinnigen Rat für mich. Ich verstehe das nicht.«

Seufzend legt Millie den Arm um mich und zieht mich an sich. »Ich weiß es nicht«, seufzt sie. »Vielleicht drehen alle allmählich durch, weil es auf die Feiertage zugeht. Thanksgiving steht vor der Tür.«

Ich denke nicht, dass es das ist, aber ich widerspreche ihr nicht.

18. Kapitel

Denver

Jake, Darren und ich sind in unsere Lieblingsbar am Campus gegangen, weil ich nicht nach Hause zu Sienna möchte. Ich weiß, dass sie dort sitzt und auf mich wartet. Gerade bin ich aber nicht dazu in der Lage, mit ihr zu reden.

Darum habe ich meine Kumpels gebeten mir Gesellschaft zu leisten. Hätte ich gewusst, dass das alles in einer Moralpredigt für mich endet, hätte ich es gelassen.

»Jetzt komm mal runter!« Jake starrt mich wütend an und lässt keinen Zweifel daran, dass er von meinem Verhalten alles andere als begeistert ist. Darren stellt drei Bier auf unserem Tisch ab und setzt sich zu uns. Wortlos schiebt er ein zu mir rüber.

»Es war doch nur ein Kuss.«

Wütend starre ich meinen besten Freund an und nippe an dem Bier. Nur ein Kuss. Dass ich nicht lache. Mir spielt Tyler den guten Freund vor und hintenrum versucht er, meine Freundin klarzumachen. Das kann Jake doch nicht so abtun, als wäre es nur ein Kuss. Er hat doch auch gehört, wie dieser Penner mit Sienna gesprochen hat. Ich bin kein Idiot. Ich habe gesehen, wie er sie angesehen hat. Das tut niemand, wirklich niemand und noch weniger jemand, der sich mein Freund nennt. Er kann viel erzählen, aber Fakt ist, dass er sich in mein Team, in meine Clique drängt und hintenrum versucht, meine Freundin um den Finger zu wickeln.

Genau das hat Tyler getan, aber vielleicht war das auch sein

Plan. Er spielt mir den guten Freund vor, findet meine Schwachstellen raus und verwendet sie dann gegen mich, um Sienna abzuschleppen. Sowas Perfides hätte ich ihm überhaupt nicht zugetraut. Vom ersten Tag an, als Coach Flanders ihn uns vorgestellt hat, mochte ich ihn. Wir alle haben uns direkt gut verstanden und ihn in unsere Clique aufgenommen. Ich kann nicht fassen, dass ich mich so in ihm getäuscht habe.

»Nur ein Kuss?«, frage ich und sehe Jake an. »Wie würdest du es denn finden, wenn jemand seine Zunge in deine Freundin steckt?«

»Ich habe keine Freundin und ich würde ihr oder ihm, vor allem wenn er mein Freund ist, zuhören. Bevor ich ihm auf dem Campus eine aufs Maul haue.«

Genervt weiche ich Jakes Blick aus, weil er im Grunde genommen Recht hat. Ich habe komplett überreagiert und hätte Tyler nicht so zurichten dürfen. Noch dazu, weil ich dabei selbst einiges abbekommen habe und meine Schläfe brennt wie Feuer. Der Kerl hat eine ziemliche gute Rechte.

»Was hast du dir dabei gedacht, Denver?«, hakt Jake weiter nach.

»Mir sind die Sicherungen durchgebrannt, als ich sie zusammen gesehen habe«, erwidere ich kleinlaut. »Das müsst ihr doch verstehen … oder nicht?«

Ehrlich gesagt glaube ich nicht, dass Darren und Jake mich verstehen. Jake macht sich immer rar, sobald es um sein Liebesleben geht, von einer Beziehung will ich schon gar nicht anfangen. Früher haben wir immer darüber geredet, wie viele Mädels wir abgeschleppt haben und wie sie im Bett waren. Seit einigen Monaten finden diese Gespräche nicht mehr statt. Aus meiner Sicht kann ich sagen, dass es meinen besten Freund nichts angeht, wie ich Sienna ficke, welche

Geräusche sie dabei macht und wie gut ihre Brüste in meine Hände passen. Sie ist meine Freundin, das ist widerlich. Am Ende geilt er sich noch an ihr auf. Nicht, dass ich Jake das zutrauen würde, aber ich kann nicht über Sienna reden, als wäre sie eines der unzähligen Mädchen, mit denen ich im Bett war.

Jake hingegen legt diese immer noch flach. Warum sagt er also nie etwas dazu?

Und Darren? Darren vögelt alles, wirklich alles, was ihm vor die Flinte kommt. Manchmal sogar mehrere Mädchen an einem Abend oder gleichzeitig. Er ist ein Casanova und lebt das auch voll und ganz aus. Manchmal bin ich nicht sicher, ob er überhaupt merkt, wie viel er durch die Gegend vögelt. Und vor allem, ob er merkt, dass es jemanden gibt, der leider Gottes sein Herz an ihn verloren hat. Millie ist in Darren verknallt, das sieht jeder. Jeder, außer Darren selbst. Sie himmelt ihn förmlich an, aber er hält sie für eine frigide Jungfrau und würde sich niemals für sie interessieren. Da sie Siennas beste Freundin ist, habe ich sie in den letzten Wochen gut kennengelernt und mag sie sehr gerne. Darren weiß gar nicht, was für ein Glück er haben könnte, wenn er Millie endlich wahrnehmen würde.

»Wir haben weder mitbekommen, wo sie sich geküsst haben, noch wann«, sagt Jake und auch er hat Recht. Ich habe nur noch gehört, dass Sienna zu Tyler gesagt hat, dass er ihr die Zunge in den Hals geschoben hat und bin ausgerastet. Wie entsetzt sie mich angesehen hat, als die Jungs uns endlich getrennt haben. Gott, sie wird nie wieder ein Wort mit mir reden. Ich musste ihr doch hoch und heilig versprechen, dass ich mit ihr rede, wenn mich etwas bedrückt. Wieder habe ich genau das nicht getan.

»Denver«, mahnt Darren mich und ich werfe ihm einen

genervten Blick zu. »Du hast ein mega Fass aufgemacht und wusstest nicht mal, was passiert ist.«

»Die haben sich geküsst, mehr muss ich nicht wissen«, erwidere ich angepisst und schließe für einen Moment die Augen, bevor ich weiterspreche. Ich habe keine Ahnung, wieso die folgenden Worte meinen Mund verlassen, weil ich so eigentlich nicht bin. »Kurz bevor wir zum ersten Mal Sex hatten ... da ... da habe ich sie gefragt, ob es einen anderen gab. Ich musste es wissen und sie hat nein gesagt.«

Darren stöhnt auf und trinkt von seinem Bier. Er wechselt einen Blick mit Jake, als müssten sie gemeinsam entscheiden, wer weiterredet. Schließlich ergreift Jake das Wort.

»Du bist hinter Sienna her, seitdem sie deine Wohnung zum ersten Mal betreten hat. Anfangs wolltest du sie nur in die Kiste bekommen, aber spätestens als keiner von uns sie auch nur angucken, geschweige denn umarmen oder freundschaftlich necken durfte, wussten wir, dass du mehr willst.«

»Das hat doch nichts damit zu tun.«

»Natürlich hat es das«, wirft Darren ein. »Sie wusste, dass du eifersüchtig bist und ... und so reagieren wirst, solltest du von dem Kuss erfahren. Sienna ist doch nicht dumm. Sie kennt dich besser, als du denkst. Sorry Alter, aber du hast unserem Kumpel auf die Fresse gehauen, weil du Wortfetzen mitbekommen hast. Ja, sie haben sich geküsst, aber du weißt nicht, wann und wo. Sienna ist schlau genug dir das nicht auf die Nase zu binden. Vor allem in der Situation, in der du sie danach gefragt hast.«

»Also hat sie mich angelogen!«

»Denver«, knurrt Jake. »Du hast so ziemlich alles gevögelt, was willig war und wären Joy und Millie nicht abgeneigt und ihre Freundinnen, hättest du auch sie bestiegen. Sienna hat das alles mitbekommen und keinen Ton dazu gesagt, zumindest nicht so, dass ich es mitbekommen habe. Und du drehst völlig am Rad wegen eines Kusses.«

»Ich habe ihr nie etwas verheimlicht und sie hat mir–«

»Das ging wohl auch nicht, wenn sie euch immer hören musste.«

»Auf welcher Seite bist du eigentlich?« Ich gehe in den Verteidigungsmodus, weil mir die Argumente ausgehen. »Seid ihr beide?« Ich sehe zu Darren, der nur mit den Achseln zuckt. Er sagt nichts und trinkt stattdessen von seinem Bier.

»Wir sind auf eurer Seite«, meint Jake diplomatisch. »Siennas und deiner. Du liebst sie doch und sie liebt dich. Sei mir nicht böse, aber zu denken, dass sie dich mit Tyler betrogen hat, ist der größte Schwachsinn, den ich jemals gehört habe. So ist Sienna nicht. Ich meine, mit wie vielen Kerlen vor dir hatte sie Sex? Einem oder zwei?«

Ich schweige, weil ich mich, je länger unser Gespräch dauert, immer mehr zum Idioten mache. Aber es frisst mich auf, dass Tyler und Sienna sich geküsst haben. Das geht nicht in meinen Kopf. *Ich liebe sie.*

Es ist das erste Mal, dass ich mir das so klar eingestehe. Natürlich wusste ich schon lange, dass ich stärkere Gefühle für Sienna habe. Gefühle, die ich noch nie für ein Mädchen hatte, aber der heutige Tag hat mir gezeigt, dass ich sie tatsächlich liebe und wahnsinnige Angst habe, sie zu verlieren. Zu wissen, dass es einen anderen Mann in ihrem Leben geben könnte, bringt mich schier zur Verzweiflung. Ich will sie nicht verlieren – nicht noch einen Menschen, den ich liebe und dabei absolut machtlos bin. Bei Verlust ist man immer machtlos, das weiß ich nur zu gut.

»Hallo!« Mein Kopf ruckt nach oben und als ich Tyler

erblicke, will ich am liebsten aufstehen und ihm direkt noch eine reinhauen. Wie kann er es wagen, mich anzusprechen? Darren drückt mich zurück auf meinen Stuhl und sieht mich genervt an.

»Wag es nicht, dich zu bewegen«, knurrt er. »Du weißt, dass ich dich locker plattmache.«

Daran besteht kein Zweifel. Ich bin jedes Mal heilfroh, dass er in meinem Team ist, wenn er den gegnerischen Quarterback zu Boden reißt. Beim Training wird er oft in ein anderes Team gesteckt, damit er mich nicht verletzt. Er lässt es dann an unserem Rookie Quarterback aus, der immer wieder mit einigen Blessuren – trotz Protektoren – zu den Physiotherapeuten geschickt wird. Diese Saison sollte ich allerdings mehr mit Darren zusammen spielen. Ich muss in der NFL mit noch viel massigeren Defense Spielern klarkommen. Plus: Darren ist mein Freund – er würde mich in einem Tackle niemals verletzen. Natürlich ist das nie gewollt, aber bei einem richtigen Spiel, mit einem Gegner, der ausgeschaltet werden muss, passiert das schneller, als im Training mit dem eigenen Quarterback.

Ich fokussiere mich wieder auf Darren und sehe ihn genervt an. Haben sich denn alle gegen mich verschworen? Tyler hat ein Bier in der Hand und sein Gesicht sieht genauso lädiert aus wie meins. Wir haben uns nichts geschenkt.

»Können wir reden?« Hoffnungsvoll sieht er mich an, aber ich schmettere ihn sofort ab.

»Nein«, sage ich mit harter Stimme. »Verpiss dich.«

Tyler seufzt und stellt sein Bier auf dem Tisch ab. Er zieht sich den Stuhl rechts neben mir zurück und setzt sich.

»Du sollst dich verpissen!«

»Und du solltest zuhören«, erwidert er und deutet auf

unsere Gesichter. »Dann könnten wir uns das Gespräch beim Coach morgen sparen.«

Natürlich habe ich die Nachricht von Coach Flanders, dass er das noch einmal mit uns klären möchte, auch bekommen. Es ist verständlich, dass er sauer ist, weil zwei seiner Stammspieler sich mitten am Tag prügeln. Hätten wir uns dabei ernsthaft verletzt, vor allem ich meine rechte Hand, wäre das eine Katastrophe für die kommenden Spiele.

»Hör ihm zu, Denver«, ergreift Jake das Wort. »Für das Team und deine Beziehung.«

Ich schnaube verächtlich.

»Danke«, sagt Tyler. »Das meine ich wirklich so.«

»Fang an zu reden«, fordere ich und lege meine Hände um mein Bier, um ihm nicht sofort wieder eine zu langen. Tyler sieht gut aus und ist sicherlich ein Mädchenschwarm. Ich kann es Sienna nicht mal verdenken, dass sie schwach geworden ist. Auch wenn es mich innerlich zerreißt, dass sie ihn geküsst hat.

»Zuerst einmal will ich nichts von Sienna.«

»Wie beruhigend«, erwidere ich sarkastisch. »Aber um ihr die Zunge in den Hals zu stecken, hat es gereicht. Das höre ich mir nicht an.«

Ich setze an, aufzustehen und wieder drückt Darren mich zurück auf meinen Stuhl. Diesmal bedarf es keiner weiteren Worte meines Freundes, dass ich sitzenbleibe.

»Und ob du das wirst«, faucht Tyler und sieht mich wütend an. »Du hast eine verdammt tolle Frau an deiner Seite. Ich kenne euch noch nicht lange, aber soviel ich mitbekommen habe, bist du vor Sienna oder sollte ich lieber sagen *bis vor wenigen Wochen* von Bett zu Bett gehüpft und es war dir dabei völlig egal, wie es ihr geht. Aber sie liebt dich, das ist nicht zu übersehen. Selbst wenn ich sie wollen würde, würde ich niemals eine Chance haben. Für Sienna gibt es nur dich.«

Tatsächlich muss ich lächeln, als er das sagt. Tyler scheint meine Regung mitzubekommen und spricht weiter. »Kann ich jetzt weiterreden und es dir erklären oder hörst du weiterhin nicht zu?«

»Red weiter«, murre ich und trinke von meinem Bier.

»Wie ihr wisst, war ich gerade erst aus Ohio gewechselt und kannte niemanden in Lincoln«, erzählt Tyler. Hoffentlich betet er uns nicht seine Lebensgeschichte runter. »Es ist nicht einfach in ein neues Team zu kommen und eventuell andere Spieler von ihren Plätzen zu verdrängen.« Dabei sieht er Jake an, der ebenfalls Running Back ist. Mein bester Freund hatte jedoch nie etwas von Tyler zu befürchten. Sie sind beide unsere stärksten Spieler auf dieser Position und haben ihren Stammplatz sicher. »Umso mehr habe ich mich gefreut, dass ihr mich zur Party eingeladen habt. Dort habe ich mich aber ziemlich schnell doch als der Neue gefühlt. Das ist kein Vorwurf, sondern eine Tatsache. Ihr kennt euch seit Jahren und habt eure Gruppen bereits gefunden. Heute weiß ich, dass ich mir diesbezüglich nie Sorgen machen musste, aber ich bin schon mal in eine neue Mannschaft gekommen. Damals noch in der Highschool und habe keine neuen Freunde gefunden, weil sie in mir einen Feind sahen, der ihren Startplatz wollte.«

Wir hören ihm schweigend zu. Auch wenn es mir lieber wäre, wenn er endlich zu dem Teil kommen würde, der mit Sienna zu tun hat. Aber umso mehr ich Tyler zuhöre, desto mehr muss ich mir eingestehen, dass ich völlig zu Unrecht so ausgeflippt bin.

»Ich bin in den Garten gegangen und jetzt kommen wir zu dem Teil, der euch interessiert«, meint er und sieht mich an. »Dort habe ich Sienna getroffen und sie angesprochen. Sie wirkte irgendwie ... na ja, verloren ... allein und ich wollte sie aufheitern.«

»Und da fällt dir nichts Besseres ein, als sie zu küssen?«, falle ich ihm ins Wort. Bestimmt hat er sie beobachtet und dann zugeschlagen, als Sienna allein war. Widerliches Arschloch!

»Denver«, zischt Tyler. »Hör doch endlich mal zu und halt dein Maul. Es nervt.«

Ich nicke und trinke stattdessen von meinem Bier. Ist vielleicht besser, wenn ich den Mund voll habe.

»Sienna hat mit keinem Ton erwähnt, dass sie vergeben ist und soweit ich weiß, wart ihr damals noch nicht zusammen.« Fragend sieht er in die Runde und wir alle drei nicken.

»Waren sie nicht«, stimmt Jake ihm zu. »Erzähl bitte weiter.«

»Sienna und ich sind ins Gespräch gekommen und dann habe ich sie geküsst, das stimmt.«

»Also doch«, rufe ich und will erneut aufspringen, aber ich kann gar nicht so schnell reagieren, da liegt Darrens Hand schon auf meiner Schulter. Der Kerl hat Reflexe, das ist der Wahnsinn. »Du hast sie geküsst!«

»Ich habe sie geküsst«, gibt er zu und fixiert mich mit seinem Blick. »Und weißt du, was dann passiert ist?«

»Was?«, knurre ich und bin schon wieder auf hundertachtzig, weil er mich mit einer so unnötigen Frage aufhält. Er soll die Geschichte zu Ende erzählen.

»Sie hat mich weggeschoben«, sagt Tyler. »Etwas gemurmelt, dass sie das nicht kann und ist gegangen. Ich war irritiert und bin ihr gefolgt. Alles, was ich noch mitbekommen habe ist, dass sie aus dem Haus gestürmt ist und du, Joy und Millie hinterher. Ich habe mich ebenfalls verdrückt, bevor die Sache riesige Wellen schlagen konnte.

Mehr ist und wird niemals zwischen Sienna und mir laufen.«

Für einen Moment schweigen wir und trinken von unserem Bier. Ein Seufzen entkommt mir. Ich weiß, dass es nun an mir ist, mich ebenfalls zu erklären. Ob ich mich bei Tyler entschuldige, weiß ich noch nicht. Er hatte es verdient, dass ich ihm eine reinhaue. Immerhin hätte er viel früher zu mir kommen und es mir sagen können. Auch wenn ich zugeben muss, dass ich das umgekehrt wohl auch niemals getan hätte.

»Sienna und ich hatten am Tag zuvor einen Streit«, erzähle ich nun meine Version der Geschichte. »Ich bin ein wenig übers Ziel hinausgeschossen. Ich habe den Jungs bereits Wochen – vor allem denen aus dem Team – verboten sie zu daten. Es tut mir leid, Tyler. Normalerweise bin ich nicht so, aber Sienna ... ich ... ich– sie bedeutet mir sehr viel.« Ich kann nicht vor meinen Freunden aussprechen, dass ich sie liebe, bevor ich es ihr sage. Das wäre nicht richtig. »Darum habe ich völlig die Fassung verloren und bin auf dich losgegangen.«

»Schwamm drüber«, meint er und ich sehe ihn überrascht an. »Vielleicht hätte ich das auch nicht mit ihr auf dem Campus-Flur klären sollen.«

»Hm«, mache ich, weil ich nicht wirklich weiß, was ich dazu sagen soll. »Vielleicht.«

»Ich wollte ihr nur sagen, dass der Kuss mir nichts bedeutet hat und sie mich nicht interessiert«, sagt er und zuckt mit den Schultern. »Und dir sage ich es auch nochmal: Sienna interessiert mich nicht.«

»Ist angekommen.« Ich reiche Tyler die Hand zur Versöhnung. »Freunde? Denn ich kann dich immer noch verdammt gut leiden.«

»Freunde«, stimmt Tyler ein und greift meine Hand. »Und ich hoffe wirklich, dass du Idiot weißt, wie viel Glück du mit ihr hast.«

»Eigentlich weiß er das«, grinst Darren und massiert meine linke Schulter. »Manchmal setzt sein Gehirn oben aus und es arbeitet nur das in seiner Hose.«

Ich verdrehe die Augen, was die Jungs laut lachen lässt.

19. Kapitel

Sienna

Ein paar Tage später

Denver ist mit seiner Eifersuchtsszene gegenüber Tyler völlig übers Ziel hinausgeschossen und als er am selben Abend auch noch betrunken nach Hause kam und wie eine Schnapsleiche neben mich ins Bett gefallen ist, ist mir der Kragen geplatzt. Glaubt er denn wirklich, dass sich betrinken mit seinen Kumpels der richtige Weg ist? Wir hatten erst kurz zuvor ein langes Gespräch darüber, dass er mit mir sprechen muss. Dass es zu einer Beziehung dazugehört und er tut genau das Gegenteil. Mal wieder schließt Denver mich aus, um es mit sich selbst auszumachen. Zwar ist die Situation nicht so wie mit Madison, aber damals hat es mich auch verletzt, dass er nicht mit mir gesprochen hat. Noch dazu, weil ich zwischen Tür und Angel von Jake erfahren habe, dass Denver noch am selben Abend mit Tyler gesprochen hat, als dieser ihn zum Training abholen wollte. Ich kann verstehen, dass es auch eine Entschuldigung meinerseits bedarf. Ich habe ihn belogen, was die Frage nach einem anderen Kerl anging. Aber dass er so ausgeflippt ist und mich danach wieder ignoriert hat, statt mit mir nach Hause zu kommen und es zu klären, kann ich ihm auch nicht einfach verzeihen.

Es tut verdammt nochmal extrem weh, dass er mit jedem lieber redet als mit mir.

Natürlich bin ich andererseits auch froh, dass er mit Jake und Darren in die Bar gegangen ist und die beiden ihm den Kopf gewaschen haben. Ebenso freut es mich, dass er sich mit Tyler versöhnen konnte.

Denn außer diesem einen Kuss, diesem kurzen Moment, war nichts zwischen Tyler und mir. Wenn ich ehrlich zu mir selbst bin, war ich seit dem ersten Tag an in Denver verliebt. Ich glaube sogar, dass ich ihn ... liebe. Umso mehr will ich eine Entschuldigung und eine Aussprache mit ihm. Sogar sein Coach hat diese laut Phoenix bekommen.

Phoenix hat versucht, ihren Bruder in Schutz zu nehmen. Ich habe auch nichts anderes erwartet. Millie versuchte, zu vermitteln, was mich milder gestimmt hat, aber auch ihre Worte ließen mich nicht verzeihen. Sie meinte, dass Denver stur ist und Problemen lieber aus dem Weg geht – ich ihm aber dennoch wichtig bin. Damit gebe ich ihr auch recht – ich weiß, dass ich ihm wichtig bin. Immerhin hat er mir das in jener Nacht gesagt. Genauso wie die Tatsache, dass er mir verziehen hat. Das hat er noch halbwegs über die Lippen bekommen. Wie sagt man so schön? Betrunkene und kleine Kinder sagen immer die Wahrheit. Und als wäre das nicht genug, haben meine Eltern sich angekündigt, um Thanksgiving bei mir zu verbringen. Eigentlich wollte ich nach Montana fliegen und das Gespräch mit Clara suchen. Ich kann immer noch nicht verstehen, dass sie mich blockiert hat. Es war doch zu erwarten, dass wir am College ein neues Leben beginnen.

Mrs. Jones, Denvers Mom, möchte uns ebenfalls an Thanksgiving zum Essen einladen. Darum habe ich meine Eltern auf Weihnachten vertröstet. Das schien sie jedoch nicht davon abzuhalten, ihr kleines Mädchen und deren nette Mitbewohnerin Denver zu besuchen. Vor Denver habe ich nur kurz erwähnt, dass sie kommen wollen, aber kein genaues Datum genannt. Damit habe ich vermutlich die nächste Auseinandersetzung mit ihm heraufbeschworen. Diesmal auch zu Recht. Ich hätte es meinen Eltern vor Wochen sagen sollen.

Ich könnte durchdrehen.

Als es klingelt, zucke ich zusammen und lasse die Milch sinken, die ich zuvor geöffnet habe, um die Verpflegung meiner Eltern vorzubereiten. Ich gehe zur Wohnungstür und öffne sie. Joy steht mir gegenüber und lächelt leicht. Ihre schwarzen Haare hat sie zu einem hohen Zopf zusammengebunden, sodass lediglich ihre blaugefärbten Spitzen ihre Schultern berühren. Sie trägt eine dicke Daunenjacke, dazu eine schwarze Leggings und UGG-Boots. Ihr Blick ist ungewohnt schüchtern, als hätte sie tatsächlich Angst, dass ich sie wegschicke.

Sie hat sich die letzten Tage nicht in unserer Mädelsgruppe im Chat gemeldet und auch meine privaten Nachrichten ignoriert. Umso überraschter bin ich, dass sie nun hier ist.

»Hi«, begrüßt sie mich. »Darf ich reinkommen?«

Seitdem Denver auf Tyler losgegangen ist und publik geworden ist, dass wir uns geküsst haben, hat Joy sich von mir distanziert. Ich nehme also an, dass ihr Verhalten mit Tyler und dem Kuss zusammenhängt. Wirklich erschließen tut sich mir das Ganze jedoch nicht, weil Tyler erst seit wenigen Wochen in Lincoln ist.

Selbstverständlich lasse ich sie eintreten. Joy ist immer noch meine Freundin.

»Hi«, sage ich und bin zuversichtlich, dass wir das, was zwischen uns steht mit einem Gespräch aus dem Weg räumen können. »Sicher, komm rein. Denver ist nicht da.«

Ich gehe zur Seite und lasse sie eintreten. Joy zieht ihre

Winterjacke sowie ihre Boots aus und platziert sie am dafür vorgesehen Platz im Flur. Sie trägt einen weiten Sweater, der über ihre rechte Schulter hängt und einen Blick auf ihre auch im Winter gebräunte Haut freigibt.

»Meine Eltern kommen zu Thanksgiving«, falle ich mit der Tür ins Haus. »Ich backe gerade Kuchen. Kommst du mit in die Küche?«

»Klar«, erwidert sie und folgt mir. Joy setzt sich an den Küchentisch, während ich ihn abräume und sie ansehe. »Möchtest du was trinken?«

»Nein«, sagt sie und schüttelt mit dem Kopf. Dann faltet sie ihre Hände ineinander – auch das geschieht für ihre Verhältnisse unsicher. »Nur reden.«

»Okay.« Ich setze mich zu ihr an den Küchentisch. Joy mustert mich einen Moment. Sie sieht traurig aus. Trauriger, als ich es bei ihr jemals gesehen habe.

»Worüber möchtest du reden?«, frage ich schließlich, als sie nichts sagt.

»Tyler.«

»Tyler?«, frage ich und ziehe die Augenbrauen hoch. Auch wenn ich es insgeheim wusste. Sonst ist nichts vorgefallen, das uns derart entzweit hat. »Was ist mit ihm?«

»Habt ihr euch wirklich nur ... geküsst?«

Überrascht sehe ich sie an und öffne den Mund, um ihn im nächsten Moment wieder zu schließen. Mit dieser Frage habe ich nicht gerechnet. Was hat Joy mit Tyler zu tun? Meines Wissens nach, kennen sie sich genauso lange, wie ich ihn kenne. Außer sie hatten bereits vor meiner Begegnung auf der Party Sex miteinander. Joy führt ein sehr offenes und lockeres Sexleben, das weiß ich. Es würde mich demnach nicht wundern.

»Natürlich«, sage ich entrüstet. »Wenn dem nicht so wäre,

hätte ich es euch gesagt.«

»Okay«, meint sie und nickt knapp. »Cool.«

Ich sehe sie an und ziehe die Augenbrauen zusammen. Da ist doch noch mehr, oder? Joy würde mich niemals tagelang ignorieren, wenn sie unverbindlichen Sex mit Tyler hatte. Dafür steht sie bei sowas viel zu sehr über den Dingen.

»Joy«, sage ich mit fester Stimme. »Das ist doch nicht alles, oder? Du bist wortlos aufgestanden, nachdem du von dem Kuss erfahren hast. Normalerweise gibst du mir doch irgendeinen unsinnigen Rat, den ich im Endeffekt doch jedes Mal befolge.«

Tatsächlich muss sie grinsen, nickt aber sofort wieder.

»Tyler und ich ... wir ... wir haben eine gemeinsame Vergangenheit.«

Mir klappt fast die Kinnlade runter. Ich habe mit vielem gerechnet, aber nicht damit, dass sie und Tyler sich kennen.

»Wir waren zusammen auf der Highschool, bis er mit seinen Eltern nach Ohio gezogen ist.«

»Oh, wow«, stoße ich aus. »Das ... das überrascht mich. Warst du in ihn ... verliebt?«

Niemals hätte ich gedacht, dass ich dieses Wort gegenüber Joy mal in den Mund nehme. Ich bin verliebt, Phoenix ist verliebt, Millie ist verliebt aber Joy doch nicht. Sie kennt das Wort nicht mal, auch wenn das hart klingt.

»Vielleicht«, meint sie und ich ziehe die Augenbrauen hoch. »Ja, okay, ich war in ihn verliebt. Sehr sogar, aber er wollte mich nicht ... nicht so ... ich weiß doch auch nicht.«. Joy wirft die Hände in die Luft und geht in der Küche auf und ab. »Er war mein ... mein Erster.«

»Oh!« Erstaunt sehe ich sie an. »Was ... was ist denn damals passiert?«

»Ich ... war fünfzehn und ... und es war unser letzter

gemeinsamer Sommer. Tyler ging auf meine Highschool und wir kannten uns auch durch unsere Eltern. Sein Dad war damals Arzt auf dem Stützpunkt der Army und mein Dad im Krankenhaus. Die schwerverletzten Soldaten, die nicht in der Kaserne behandelt werden konnten, wurden ins Krankenhaus zu meinem Dad gebracht. Tyler und ich kannten uns demnach Jahre. In diesem Sommer hat er mich das erste Mal wirklich beachtet. Du weißt doch, wie das mit den Typen ist, die zwei Jahre älter sind und die ... « Ich ziehe die Augenbrauen hoch. »Dann eben nicht. Wie auch immer. Ich war in Tyler verliebt und in diesem Sommer haben wir fast jede Minute miteinander verbracht. Kurz bevor das neue Schuljahr anbrach, haben wir miteinander geschlafen.«

Joy presst die Lippen zusammen und sieht für einen Moment an die Decke, als dürfte sie keine Schwäche zeigen. Ehrlich gesagt kenne ich kaum einen so abgeklärten Menschen wie sie. Wie sehr muss Tyler ihr zugesetzt haben? Vorsichtig gehe ich auf sie zu und greife nach ihren Händen, um die Fäuste zu lösen.

»Joy«, wispere ich. »Ich bin es ... du kannst ruhig weinen.«

»Wir haben miteinander geschlafen«, flüstert sie. »Und am nächsten Morgen war er weg. Ich dachte ... ich dachte er holt Frühstück, wir ... wir waren im Bootshaus meiner Eltern, aber Tyler kam nicht zurück. Ich bin nach Hause gegangen und meine Mom hat mir gesagt, dass seine Familie nach Ohio gezogen ist. Für mich ist eine Welt zusammengebrochen. Tyler hat mich ... er hat mich nur ausgenutzt, um ... um mich zu ficken.«

»Oh Joy!« Ich ziehe sie in meine Arme und streichle über ihren Rücken. »Das tut mir so leid.«

Noch dazu bin ich ehrlich entsetzt von Tyler. Das hätte ich ihm niemals zugetraut. Mir gegenüber wirkte er nie wie das

Arschloch, das er allem Anschein nach ist.

»Und dann steht er hier«, schnieft sie. »Fünf Jahre später und tut so als wäre alles in Ordnung. Zunächst hat er mich nicht mal erkannt ... und ... und knutscht mit einer meiner besten Freundinnen. Du und ich ... wir ... wir sind das genaue Gegenteil.« Ich nicke langsam. »Scheinbar bist du sein Typ. Ich habe mir völlig umsonst Hoffnungen gemacht.«

»Nein«, sage ich bestimmt und löse mich von ihr. »Er hat zu mir gesagt, dass er nicht auf Blondinen steht.«

»Was?«, fragt sie und sieht mich entgeistert an. »Er steht nicht auf ... auf Blondinen?«

»Nein«, wiederhole ich. »Das tut er nicht. Ich weiß nicht, auf wen er steht oder welchen Typ er bevorzugt. Wann hat er dich denn erkannt?«

Joy seufzt und lehnt sich an den Küchentisch.

»Ein paar Tage nach der Party hat er mich angesprochen und gefragt, ob ich es wirklich bin«, meint sie und grinst zu meiner Überraschung. »Als wir uns das letzte Mal gesehen haben, waren meine Haare noch schwarz und nicht blau, außerdem war ich nicht so stark geschminkt und habe mich anders gekleidet. Tyler hat mich nicht erkannt.«

»Habt ihr darüber geredet?«, hake ich vorsichtig nach.

»Nein«, sagt Joy. »Und das werden wir auch nicht. Es ist passiert und wir können es nicht rückgängig machen. Tyler wird auch nicht darüber reden wollen, dass er mir meine Jungfräulichkeit gestohlen hat.«

»Gestohlen?«, frage ich. »Ach Joy ... glaubst du wirklich, dass er das getan hat, oder bist du nur sauer auf ihn?«

»Natürlich bin ich sauer auf ihn«, zischt sie und ich muss lachen. Ich muss einfach lachen, weil sie jetzt wieder die Joy ist, die ich kenne und mit der ich ehrlich gesagt auch besser umgehen kann als mit diesem verlorenen Wesen, das sie in den letzten Minuten war. Sie so verletzt zu sehen, war und ist immer noch verdammt ungewohnt. Andererseits ist es auch schön, dass selbst eine so selbstbewusste Person wie Joy Schwächen hat. Dass diese allerdings Tyler Connor heißt hätte ich niemals gedacht.

»Du bist so selbstbewusst und so erfahren mit Jungs … bist du doch?«, frage ich und habe in dieser Sekunde die Befürchtung, dass sie uns immer nur den Männern verschlingenden Vamp vorgespielt hat.

»Natürlich bin ich das«, sagt sie und erneut kommt die Joy, die wir alle kennen zum Vorschein. Selbstbewusst, erfahren und immer für einen lockeren Spruch gut. »Ein paar Wochen nach Tyler habe ich Anthony, meinen ersten Freund, kennengelernt. Mit ihm war ich drei Jahre zusammen. Wir verstehen uns immer noch gut, aber wollten beide ungebunden ans College gehen. Danach habe ich mich ausprobiert. Glaub mir, alle Tipps, die ich euch gebe, habe ich vorher getestet, geprüft und für gut befunden.«

»Das beruhigt mich«, kichere ich. »Aber im Ernst, Joy. Bist du noch in Tyler verliebt?«

»Nein«, sagt sie klar und deutlich. Das glaube ich ihr auch. »Du … du weißt nicht, wie das ist, zumindest hoffe ich das. Es war mein erstes Mal, ich hatte Angst und es tat weh. Tyler war vorsichtig, aber trotzdem war es unangenehm.« Ich nicke verständnisvoll. »Wir sind zusammen eingeschlafen und am nächsten Morgen war er weg. Bis auf das benutzte Kondom erinnerte nichts mehr daran, dass er da war und dann zieht er nach Ohio. Er hätte es mir sagen müssen.«

»Das verstehe ich«, stimme ich ihr zu. »Sprich ihn an und klär es mit ihm. Tyler wird dir Antworten geben.«

»Mal sehen«, meint sie und weicht meinem Blick aus. In diesem Moment ist mir bereits klar, dass sie ihn nicht darauf ansprechen wird. Aber das muss sie selbst wissen. Wenn sie keine Aussprache möchte, ist das ihre Entscheidung. »Ich wollte dir das nur erzählen, weil ich nicht möchte, dass das zwischen uns steht. Ich bin dir nicht böse, Sienna. Im Grunde ist es mir sogar egal … ich meine nein, das ist es nicht. Aber ich wäre genauso sauer, wenn er mit Phoenix oder Millie rumgemacht hätte.«

»Schon gut«, sage ich und umarme sie. Joy drückt mich und ich spüre die Erleichterung, die uns beide durchflutet, als wir uns im Arm halten. Sowas sollte nicht zwischen uns stehen. Noch dazu, weil es vor allem für Tyler und mich absolut unbedeutend war. »Danke, dass du es mir erzählt hast und in dir doch eine kleine Romantikerin steckt.«

»Oh bitte!« Sie lacht. »Erzähl das bloß keinem! Mein Ruf …«

»Schon klar«, kichere ich und tue so, als würde ich meinen Mund verschließen und den Schlüssel wegwerfen. Ein alberner Kinderschwur, aber er hat seine Gültigkeit. »Von mir erfährt niemand was.«

»Danke.« Sie grinst. »Wie läuft es mit Denver?«

Ich seufze und löse mich von ihr.

»Statt nach Hause zu kommen, vor ein paar Tagen, um mit mir zu reden, ist er mit Darren, Jake und Tyler in einer Bar versackt und hat sich betrunken.«

»Mit Tyler?«, fragt Joy fassungslos und ich nicke.

»Ja, mit Tyler.« Ich kann mir ein Lachen nicht verkneifen. »Ihm hat er zugehört, er durfte sich erklären, aber nach Hause ist er nicht gekommen. Er sagt zwar, dass er mir auch nicht mehr böse ist, aber das ist es nicht, was mich umtreibt. Denver hasst die Konfrontation mit mir. Das war auch schon so, als Madison bei uns war. Er hat mich ausgeschlossen und überhaupt nicht verstanden, dass er seine

Sorgen mit mir teilen kann. Ich bin seine Freundin.«

Ich schüttle den Kopf und blinzele die Tränen weg. Ich wollte doch nicht mehr deswegen weinen, aber jetzt übermannen mich meine Gefühle doch.

»Ich weiß, dass ich auch scheiße gebaut habe«, rede ich weiter und sehe Joy an. »Ich hätte ihm sagen müssen, dass ich Tyler geküsst habe. Doch als die beiden sich immer mehr angefreundet haben und … und wir endlich zusammen waren, hatte ich Angst ihn deswegen zu verlieren. Er war bevor wir ein Paar wurden schon so eifersüchtig. Wie hätte er reagiert, wenn ich ihm gesagt hätte, dass ich seinen Freund geküsst habe?«

»Ich verstehe das, Sienna«, sagt und Joy drückt mich. »Aber ich verstehe auch Denver. Du hast ihn nicht betrogen, aber für ihn fühlt sich das so an.«

»Natürlich tut es das«, seufze ich, »Warum redet er mit jedem – sogar mit Coach Flanders – nur nicht mit mir?«

»Mit dem Coach musste er reden, um nicht suspendiert zu werden und das weißt du auch.« Missmutig presse ich die Lippen zusammen und nicke. Natürlich weiß ich das. Und eine Suspendierung deswegen ist das Letzte, was wir jetzt gebrauchen können. »Denver ist ein Sturkopf und nach allem, was Phoenix mir mal erzählt hat, vor allem, was den Tod ihres Dads angeht, auch ziemlich schnell auf hundertachtzig, wenn es um Menschen geht, die ihm etwas bedeuten.«

»Ich weiß«, sage ich leise. »Ich wünschte nur, dass er mich mehr einbezieht und mit mir redet.«

»Er kam doch an dem Abend nach Hause, oder?«

»Ja natürlich«, erwidere ich und fahre mir durch die Haare. »Er kam ganz spät abends, nachdem ich stundenlang gewartet und versucht habe, ihn zu erreichen. Sein Akku war leer. Auch Jake und Darren haben mir nicht geantwortet. Er hat an dem Abend kaum noch reden können. Total betrunken war er und ist neben mir ins Bett gefallen. Kurz vorm Einschlafen hat er noch genuschelt, dass er mir den Kuss verzeiht. Am nächsten Morgen haben wir uns furchtbar gestritten, ich habe mich in mein früheres Zimmer verkrümelt und seitdem herrscht Funkstille. Ich werde nicht bei ihm ankommen. Er hat mich verletzt und nicht ich ihn.«

»Meinst du, du machst es dir damit nicht etwas einfach?« Joy zieht die Augenbrauen hoch und ich verziehe keine Miene. Die Lippen fest aufeinandergepresst, die Arme mittlerweile vor der Brust verschränkt sehe ich sie an. »Ihr habt beide Fehler gemacht, ganz klar, aber wenn du doch weißt, wie er ist ... wieso gehst du nicht auf ihn zu?«

»Ist das dein Ernst?« Entsetzt sehe ich Joy an. »Er hat–«

»Denver hat dich, was seine Absichten anging, nicht belogen, Sienna!« Ich zucke zurück bei ihrem beißenden Tonfall. »Hat er all diese Mädchen gefi– mit ihnen Sex gehabt? Ja. Hat er das alles offen vor dir ausgelegt? Ja. Ich verstehe, dass du sauer auf ihn bist, weil er das Gespräch mit dir nicht sucht und stattdessen saufen geht. Das geht nicht, klar, aber du hast ihn wissentlich belogen.«

»Ich wollte doch nur nichts kaputt machen«, schniefe ich, »Es lief endlich gut zwischen uns. Der Kuss hätte–«

»Das hat er so auch und vielleicht noch schlimmer«, fällt sie mir ins Wort. »Was hast du dir an dem Abend von einer Aussprache erhofft? Meinst du nicht, dass Denver die – wenn auch falsche – Reisleine gezogen hat, als er nicht nach Hause gekommen ist? Er hat sich von Jake und Darren beruhigen lassen, statt nach Hause zu kommen und euren Streit immer weiter und weiter hochkochen lassen.«

»Tyler hat er verziehen und–«

»Sienna, bitte!« Joy reibt sich mit den Fingern angestrengt über die Stirn und sieht mich mahnend an. »Er hat an dem Abend nicht die richtige Entscheidung getroffen, aber am nächsten Morgen war er da. Er wollte reden und du hast ihn wieder angegangen. Hast du doch, oder?«

»Vielleicht«, nuschle ich und meine Freundin verdreht die Augen. »Ja okay, er kam in die Küche und wollte reden. Dann bin ich ausgeflippt und habe ihm Vorwürfe gemacht. Denver hat schließlich nur abgewunken und ist gegangen.«

»Und du wunderst dich, dass er das Gespräch nicht sucht?« Joy zieht die Augenbrauen hoch und schüttelt mit dem Kopf. »Er hat doch gar keine Chance, wenn du ihn ständig abkanzelst wie einen dummen Schuljungen. Dabei wäre es an dir gewesen, dich zu erklären und zu entschuldigen. Mehr als an Denver.«

Ich muss Joys Ansage erstmal sacken lassen und setze mich auf den Küchenstuhl hinter mir. Unrecht hat sie nicht damit, dass Denver an dem Abend einer noch viel schlimmeren Konfrontation zwischen uns aus dem Weg gegangen ist. Jake und Darren scheinen ihn wirklich runtergebracht zu haben. Ich bin am nächsten Morgen ausgeflippt, ohne ihm die Chance zu geben, überhaupt zu einer Erklärung anzusetzen. Und das, obwohl ich diejenige war, die richtig Mist gebaut hat.

»O Mann.« Mehr bringe ich nicht über die Lippen. »Das wollte ich nicht.«

»Das weiß ich.« Joy lächelt mich an und drückt meine Hand. »Ihr bekommt das wieder hin.«

»Ich hoffe es«, seufze ich und sehe Joy mit großen Augen an. »Und zu allem Überfluss kommen morgen meine Eltern.«

Gerade weiß ich nicht, was mir mehr zusetzt. Der Streit mit meinem Freund oder der Besuch meiner Eltern, die immer noch nicht wissen, dass Denver Denver ist und nicht Phoenix. Ich bin so eine Chaotin.

»Sie denken Phoenix ist Denver und Denver ist Phoenix«, schiebe ich kleinlaut hinterher.

»Das meinst du nicht ernst?« Joy beginnt laut zu lachen. »Und sie wissen auch nicht, dass du mit einem von beiden vögelst.«

»Du bist wieder da«, rufe ich ausgelassen, springe auf und schlinge meine Arme um sie. Grinsend drücke ihr einen Kuss auf die Wange. »Das habe ich vermisst.«

Joy erwidert die Umarmung. »Das wird wieder mit euch«, flüstert sie an meinem Ohr. »Er liebt dich. Und deine Eltern werden das auch verkraften.«

Ich sage nichts und grinse in mich hinein.

Ich hoffe es.

20. Kapitel

Sienna

Joy ist wieder nach Hause gegangen und ich habe das Gespräch immer noch nicht hundertprozentig verdaut. Dass sie in Tyler verliebt war, hat mich wirklich überrascht. Dieser Zustand passt nicht zu Joy. Sie ist immer so tough und selbstbewusst, dass ich niemals glauben würde, dass ein Kerl sie auch noch Jahre später derart beschäftigt. Es tut mir leid, dass das erste Mal und ihr erstes Verliebtsein für sie so ein Reinfall war. Vielleicht erklärt das ihre aktuelle Einstellung zum Leben. Warum sie so ist, wie sie ist und warum sie sich so sehr dagegen wehrt, sich zu verlieben und eine richtige Beziehung einzugehen.

Ich mag Tyler nach wie vor gerne und umso länger ich darüber nachdenke, desto mehr finde ich, dass sie zusammenpassen würden. Sie scheint viel zu verbinden, auch wenn sie es aktuell noch nicht wissen.

Ich schüttle meine Gedanken an Tyler und Joy ab und widme mich stattdessen meinen eigenen Problemen. Davon habe ich genug. Denver hat sich heute Morgen kurz und knapp von mir verabschiedet. Es herrscht Funkstille zwischen uns. Stumm nebeneinanderher leben ist fast noch unerträglicher als Streit. Das Gespräch mit Joy hat mir gutgetan, auch wenn sie sehr hart mit mir ins Gericht gegangen ist. Vermutlich wollte Millie mir das auch sagen, aber ihre höfliche Art hat sie daran gehindert. Ich habe auch Fehler gemacht und Denver hätte am nächsten Morgen die

Chance bekommen müssen, sich zu erklären. Dass er gegangen ist, nachdem ich ihn wieder mit Vorwürfen überschüttet habe, war zu erwarten. Heute hat er spät Training und ich hoffe, dass wir nach seiner Rückkehr endlich reden können.

Ich räume die letzten Backutensilien zurück in die Schublade, stelle den Timer am Ofen und gehe ins Wohnzimmer, als die Wohnungstür geöffnet wird. Denver tritt ein, mit einem riesigen Blumenstrauß in der Hand und lächelt mich an.

»Hi«, sagt er vorsichtig. Sein Lächeln erwidere ich sogleich. Es ist die erste Annäherung seit Tagen und tut meinem geschundenen Herzen unheimlich gut. Es macht einen Hüpfer, als ich begreife, dass die Blumen für mich sein müssen und zu seiner Entschuldigung gehören. Denver kickt die Haustür mit dem Fuß zu und wirft seine Sporttasche auf den Boden. Er legt die Blumen darauf ab und ich lasse ihn keine Sekunde aus den Augen. Nachdem er seine Schuhe und Jacke ausgezogen hat und beides an der Garderobe und im Schuhschrank verstaut hat, greift er wieder nach den Blumen und kommt auf mich zu.

»Hey«, begrüßt er mich erneut und wirkt verunsichert, als er direkt vor mir stehen bleibt. »Können wir reden?«

Ich schaue ihn einen Moment an und schiele erneut auf die wunderschönen Blumen in seiner Hand. Dann nicke ich, sage jedoch nichts.

»Danke«, sagt er und holt tief Luft. »Ich bin ein Idiot, nein das trifft es nicht richtig ... ich ... ich bin ein Vollidiot.«

Schmunzelnd sehe ich ihn an und beiße mir auf die Lippe.

»Das würde ich so unterschreiben.«

»Sienna«, flüstert er und will nach meiner Hand greifen, aber ich entziehe sie ihm. »Okay, das war nicht richtig. Was ich vor ein paar Tagen getan habe, mein Ausraster gegenüber Tyler das ... das hätte ich nicht tun sollen.«

»Es geht überhaupt nicht mehr darum«, sage ich und mache auf dem Absatz kehrt. Glaubt er denn wirklich, dass es mir immer noch um diese Schlägerei geht? Es geht um alles, was danach zwischen uns passiert ist – oder eben nicht passiert ist.

»Sienna«, ruft er mir nach und das Rascheln des Papiers, das um den Blumen liegt, dringt an mein Ohr. Er muss sie abgelegt haben. »Jetzt warte, bitte! Kannst du mir endlich mal die Chance geben und zuhören? Was soll ich denn deiner Meinung nach noch tun, um deine Aufmerksamkeit zu bekommen?«

Er greift nach meinem Handgelenk und dreht mich herum. Ich starre ihn an und hebe den Kopf, um ihm in die Augen zu sehen. Denver sieht traurig aus und seine Augen strahlen nicht die übliche leichte Arroganz und Überheblichkeit aus, die ich von ihm kenne und irgendwie auch liebe. Vielmehr ist er verletzt und ratlos.

»Ich will mich entschuldigen und ganz von vorne anfangen«, sagt er und lockert den Griff um mein Handgelenk. »Bitte hör mir zu.«

»Okay«, sage ich leise und lasse mich von ihm zum Sofa ziehen. Gemeinsam setzen wir uns und Denver schließt die Augen, bevor er weiterspricht. Er wirkt müde und immer noch ratlos, wie es dazu kommen konnte, dass zwischen uns wieder alles komplett schiefgegangen ist. Am liebsten würde ich mich an ihn schmiegen, aber etwas in meinem Inneren sträubt sich, ihm entgegenzukommen.

»Ich kam mir vor den Kopf gestoßen vor, als ich gehört habe, dass ihr euch geküsst habt. Mir sind die Sicherungen durchgebrannt. Ich hatte Angst, dich zu verlieren und ... und bin durchgedreht. Noch dazu, weil Tyler mein Freund ist.«

Er lässt mein Handgelenk los, um seine Unterarme auf seinen Oberschenkeln abzustützen und seine Finger miteinander zu verflechten. Sofort fehlt mir der Körperkontakt und es ist als würde er eine Wand zwischen uns errichten. Es unangenehmer Schauer läuft meinen Rücken herunter. Ich ermahne mich, das nicht zu kommentieren, sondern ihm seinen Freiraum zu geben.

»Ich weiß, was ich alles gemacht habe … mit anderen Mädchen, aber–« Er holt tief Luft. »Es war nie eine deiner Freundinnen, Sienna.«

»Tyler und ich haben uns geküsst–«

»Es geht nicht um den Kuss«, fährt er mich an und formt seine Lippen sofort zu einem stummen »Sorry«.

»Es geht um das, was drumherum passiert ist. Er ist mein Freund und ich habe dich gefragt, ob es einen anderen gab. Du hast Nein gesagt.«

»Ich weiß.« Schuldbewusst beiße ich mir auf die Lippe. »Und es tut mir leid. Aber ich habe ihn weggedrückt, weil ich an dich gedacht habe. Dieser Kuss hat nichts bedeutet.« Vorsichtig strecke ich meine linke Hand aus und lege sie auf seine. Ich warte ab, ob er sie mir entzieht, aber das tut er nicht. Erleichterung und Hoffnung durchströmen meinen Körper. »Denver ich … ich habe dir gesagt, dass ich nichts mit einem anderen hatte, weil es in dem Moment nicht ging. Wir wollten zum ersten Mal miteinander schlafen … wie hättest du in diesem Moment auf so ein Geständnis reagiert? Dass ich es dir danach nicht gesagt habe, tut mir unendlich leid. Ich habe Scheiße gebaut und ich … ich wünschte, ich könnte es rückgängig machen. Aber das kann ich nicht.«

Eine Träne löst sich aus meinem Augenwinkel und läuft über meine Wange bis zu meinen Lippen hinab. Der salzige

Geschmack lässt mich den Mund verziehen. Denver sieht mich an.

»Schon gut«, meint er und drückt meine Hand. Eine kleine Geste, die mir dennoch sehr viel bedeutet. »Ich hätte mich zusammenreißen müssen ... und ... und Tyler keine reinhauen sollen. Es tut mir so leid, Baby.«

»Du hättest Tyler niemals so zurichten dürfen«, verbessere ich ihn.

Denver beugt sich zu mir vor und ich spüre seinen Atem auf meinem Gesicht. »Es tut mir leid, Sienna«, wispert er. »Wie ich mich verhalten habe. Dass ich mich mit den Jungs betrunken habe, statt nach Hause zu kommen, denn im Grunde genommen habe ich nur an dich gedacht.«

Meine Lippen verziehen sich zu einem Lächeln.

»Warum bist du dann nicht zurückgekommen?«, erwidere ich. »Ich kann verstehen, dass du mit ihnen geredet hast, und ich finde es gut, dass du Tyler zugehört hast. Aber danach hättest du zur mir kommen sollen.«

»Ich weiß doch«, meint er. »Und ich kann nicht mehr sagen, als dass es mir leidtut. So wahnsinnig leid, aber ich ... ich bin nicht gut darin. Ich hatte Angst vor einer Konfrontation mit dir. Hier.« Nun greift er nach den Blumen und hält sie mir hin. »Die sind für dich. Es ist nicht viel, aber mein Dad hat meiner Mom auch immer Blumen mitgebracht, wenn er Mist gebaut hat. Und wenn er nach Hause kam, nach vielen Monaten im Einsatz.«

Er versucht, mich aufrichtig anzulächeln, aber es will ihm nicht so recht gelingen. Ich nehme ihm die Blumen ab und rieche daran. Sie duften himmlisch. Lächelnd lege ich sie zurück auf den Tisch und sehe ihn an.

»Denver«, flüstere ich und lehne mich zu ihm vor. Ich kann mir nur zu gut vorstellen, wie viel Hoffnung er in diese Geste gelegt hat, weil er zu seinem Dad aufsieht. Er vermisst ihn, mehr, als er jemals zugeben würde. Ich denke, er wünscht sich eine ähnliche Beziehung wie die seiner Eltern und hofft, mit Gesten seines Dads bei mir den gleichen Effekt erzielen zu können, wie dieser es damals bei seiner Mom geschafft hat. Ich lege meine Hand an seine Wange und streiche darüber. »Sie sind wunderschön.«

»Sie gefallen dir wirklich?« Ehrfürchtig sieht er mich an.

»Natürlich gefallen sie mir – selbst wenn es Unkraut wäre«, flüstere ich. »Die Geste zählt, Denver. Du hast dir Gedanken gemacht.«

»Ich … ich–« Er stockt. »Ich liebe dich.«

Mein Herz setzt für einen Moment aus, um im nächsten in meiner Brust zu explodieren. Diese drei Worte lassen meine Welt auf dem Kopf stehen. *Ich liebe dich.* Denver sieht mich unentwegt an, die Lippen nun fest aufeinandergepresst, als würde er sich zusammenreißen nichts zu sagen und mir genug Zeit zu geben, um sein Geständnis zu verarbeiten. Und das muss ich tatsächlich. Ich hätte niemals damit gerechnet, dass seine Gefühle für mich auch so stark sind. Noch dazu, nachdem wir uns wieder so heftig gestritten haben.

Neue Tränen bahnen sich ihren Weg über meine Wangen, weil die Gesamtsituation mich dermaßen aus der Bahn wirft. Ich habe es mir immer total romantisch vorgestellt. Nach einem Kinobesuch oder einem guten Spiel von ihm. Wenn wir voller Adrenalin sind und uns gut fühlen, aber doch nicht während eines Versöhnungsgesprächs. Nach dem Versöhnungssex hätte ich es Denver auch eher zugetraut. In dieser Situation überrascht es mich tatsächlich enorm. Dennoch verfehlen diese Worte ihre Wirkung nicht. Ich liebe ihn auch.

»Du sagst nichts«, erklingt Denvers brüchige Stimme und ich sehe auf. Mir ist gar nicht aufgefallen, dass ich so lange still geblieben bin. »Du ... du empfindest nicht das Gleiche für mich, oder?«

Panik macht sich in seinen Augen breit und seine Atmung geht automisch schneller. Heftig hebt und senkt sich sein Brustkorb.

»Was?«, keuche ich auf. »Nein ... ich, natürlich empfinde ich es für dich.«

Ich schüttle den Kopf und schließe für eine Sekunde die Augen. Ich habe diese Liebeserklärung wohl ordentlich gesprengt. Natürlich ist er irritiert von meiner Reaktion. Das muss man auch erstmal verarbeiten in einer Situation, in der man niemals damit gerechnet hat.

Ich liebe Denver.

Ich spüre seine Hand an meiner Wange und sehe zu ihm auf. Sanft streicht er meine Tränen weg und lächelt – wenn auch gequält.

»Ich liebe dich auch«, hauche ich und kann ein Schluchzen nicht unterdrücken. »Natürlich liebe ich dich auch.«

Denver atmet hörbar aus und seine Schultern sacken hinab. Die Erleichterung, die seinen Körper durchflutet, ist sichtbar. Ich lege meine linke Hand an seine Wange. Seine Bartstoppeln kratzen unter meiner Handfläche.

»Hm«, wispert er und kommt noch näher. »Darf ich dich jetzt endlich wieder küssen?« Ich kichere und lehne mich zu ihm vor. Die Schmetterlinge in meinem Bauch werden erneut zum Leben erweckt und alles, was ich zustande bringe, ist ein Nicken.

Denver verliert keine Zeit und drückt seinen Mund auf meinen. Seufzend lehne ich mich dem Kuss entgegen. Ich bin so froh, dass ich ihn wieder habe. Überglücklich schmiege ich mich an ihn. Meine Zunge streicht über seine Lippen und Denver öffnet sie. Mit einer schnellen Bewegung hebt er mich hoch und zieht mich rittlings auf seinen Schoß.

Unsere Zungen beginnen ein erotisches Spiel miteinander – necken, umspielen, reizen einander. Wir wollen beide die Oberhand über den Kuss, bis ich mich von ihm löse. Denver sieht mich mit großen Augen an, als ich aufstehe und einen Schritt zurückgehe. Was in Anbetracht dessen, dass der Couchtisch direkt an meine Waden stößt, gar nicht so einfach ist.

Denver lässt mich nicht aus den Augen, als ich nach dem Saum meines Pullovers greife und ihn mir über den Kopf ziehe. Ich weiß nicht, woher ich diesen Mut plötzlich nehme, aber der tagelange Sexentzug scheint auch bei mir seine Spuren zu hinterlassen.

Der Pullover fällt zu Boden und Denver mustert mich aufmerksam. Sofort leckt er sich über die Lippen und lässt seinen Blick über meinen Körper gleiten. Er begehrt mich, das sehe ich ihm an. Und ich begehre ihn genauso, weil ich nicht nur wahnsinnig verliebt, sondern auch verdammt scharf auf diesen Kerl bin.

»Gefällt dir, was du siehst?« Ich wiege meine Hüften hin und her, während ich meine Daumen in den Bund meiner Leggings einhake und sie langsam nach unten schiebe. Umso mehr Haut frei gelegt wird, desto gieriger wird sein Blick. Ohne Denver, aber auch ohne Joy und Phoenix wäre ich niemals so geworden. Mein Montana-Ich würde sich nie hier hinstellen und sich vor ihm ausziehen. Ich war ein kleines, unerfahrenes Mädchen, das ein wenig schlechten Sex – im Vergleich zu jetzt – gehabt hatte. Mein Lincoln-Ich hingegen ist selbstbewusst. Allerdings gibt es noch eine Sache, die ich bisher nicht getan habe. Ich blicke auf Denvers Schritt. Die

Beule ist trotz Jogginghose und Boxershorts sichtbar. Ich habe seinen Penis schon oft genug gesehen, dass mich das, was mich gleich erwartet vor Ehrfurcht nicht mehr einschüchtern sollte. Tut es aber, weil ich ihn noch nie im Mund hatte. Meine Erfahrungen mit Blowjobs sind mies. Ich habe es nur einmal gemacht und damals ist es total schief gegangen. Mein Ex-Freund hat keine Rücksicht auf mich genommen und ihn mir viel zu schnell in den Mund geschoben. So weit, dass er problemlos mein Zäpfchen berührt hat. Dabei hatte er zu allem Überfluss meinen Pferdeschwanz um seine Hand gewickelt, sodass ich mich nicht zurückziehen konnte. Logischerweise habe ich mir danach die Seele aus dem Leib gehustet und ihm mit viel Müh und Not nicht vor die Füße gekotzt. Seitdem habe ich es nie wieder versucht. Die Panik, die mich jedes Mal erfasst hat, wenn ich nur daran dachte, dass mein Partner seinen Schwanz wieder rücksichtslos in meinen Rachen rammen würde, war zu groß.

Ich streife mir die Leggings von den Beinen und werfe sie zu meinem Pullover neben mich. Meine Socken folgen. Dann knie ich mich zwischen seine Beine und sehe zu ihm hinauf.

Denver beobachtet mich nach wie vor mit lustgetränkten Augen, als ich über meine Oberschenkel streiche und zu ihm aufsehe. »Du musst das nicht tun«, flüstert er und legt seine Hand an meine Wange. Sanft streicht er mit dem Daumen darüber. »Das weißt du, oder?«

»Ich will aber«, erwidere ich. »Ich ... ich will es versuchen.«

»Okay«, wispert Denver und schenkt mir ein unwiderstehliches Lächeln. Dies gibt mir einen weiteren Schub an Selbstbewusstsein und lässt die Erinnerungen an meine vergangenen Erfahrungen verschwinden. Meine Hände streichen über seine Oberschenkel bis zum Bund seiner Hose. Denver erhebt sich und streift sie samt seiner Socken und Boxershorts herunter. Als er sie zu meinen Sachen gekickt hat, setzt er sich wieder und sieht mich liebevoll an. Ich erwidere seinen Blick und schaue dann auf seinen Schwanz. Er ist noch nicht zu seiner vollen Größe angeschwollen, das sehe ich. Ich hole einmal tief Luft und schließe meine Hand vorsichtig um ihn. Denver stöhnt auf und schließt die Augen. Lächelnd betrachte ich ihn, während ich meine Hand auf und ab gleiten lasse. Seine Haut ist warm und weich. Ich spüre wie er weiter anschwillt und sich zu seiner ganzen Größe aufstellt.

Nach einigen Minuten, in denen ich ihn mit meiner Hand verwöhnt habe, beuge ich mich vor und lecke mit meiner Zungenspitze über die kleine Kerbe in seiner Eichel. Denver stöhnt rau auf und ich wiederhole mein Tun. »Nimm ihn in den Mund«, weist er mich ungeduldig an. »Bitte.«

Ich sehe zu ihm auf und mein Herz beginnt schneller zu schlagen. Jetzt ist der Moment gekommen, den ich so lange vor mir hergeschoben habe. Unsicherheit macht sich in mir breit und ich zögere. Denver entgeht mein Sinneswandel nicht und er streicht mit seinen Fingern zärtlich über meine Wange. »Vertrau mir, Sienna. Du kannst nichts falsch machen.«

»Ich weiß«, erwidere ich. »Es ist nur … ich … ich habe das erst einmal gemacht und … und das war eine Katastrophe.«

Meine Wangen glühen vor Scham, aber er lächelt mich liebevoll an. Denver beugt sich zu mir vor und drückt mir einen Kuss auf die Lippen, sodass er sich vermutlich selbst dabei schmeckt. So wie ich es schon einige Male getan habe, nachdem er mich verwöhnt hat.

»Du kannst nichts falsch machen«, wiederholt er seine Worte und sieht mich liebevoll an. »Wenn du es nicht möchtest und es dir nicht gefällt–«

Ihm einen zu blasen kann nicht so schwer sein – Phoenix und Joy bekommen das auch hin. Ich nehme meinen Mut zusammen und stülpe meinen Mund über seine Eichel. Denver stöhnt erneut auf. Doch bevor ich ihn tiefer gleiten lasse, sehe ich nochmal zu ihm auf. »Bitte lass deine Hände, wo sie sind«, sage ich mit klopfenden Herzen. Ich kann mir nur zu gut vorstellen, wie gern er seine Hand in meine Haare schieben würde, um die Kontrolle zu haben. Dass er der aktivere, dominantere Part in unserem Sexleben ist, stört mich nicht. Bei diesem Blowjob brauche ich jedoch die volle Kontrolle. »Und drück meinen Kopf nicht runter.«

»Versprochen.« Denver sieht mit einem Lächeln auf den Lippen auf mich hinab.

Ich wende mich wieder seiner Erektion zu, die mittlerweile zu ihrer vollen Größe angeschwollen ist. Dann senke ich meinen Mund erneut auf seine Eichel und bewege ihn vor. Zentimeter für Zentimeter nehme ich seine Härte tiefer in meiner Mundhöhle auf. Er ist dicker und länger als der Penis meines Ex-Freundes.

»Oh Baby«, stöhnt Denver, als ich ihn freigebe und mit der Zunge an ihm entlang lecke, bevor ich ihn wieder in den Mund nehme. »Saug an meiner Eichel, Sienna, als ob du–«

Ich komme seiner Bitte nach und lege meine Lippen um seine Eichel, so wie er es sich wünscht. Denver stöhnt lauter und rauer. Aus dem Augenwinkel sehe ich, wie schwer es ihm fällt, seine Hand nicht in meinen Haaren zu vergraben und den Blowjob nach seinen Regeln durchzuziehen. Ich gebe mir Mühe, mehr als ich es jemals für möglich gehalten habe und bin dankbar, dass er so geduldig mit mir ist. Das ist nicht selbstverständlich, vor allem bei einem Typen, der so viele sexuelle Erfahrungen hat. Er wird einige Blowjobs in seinem Leben bekommen haben. Sicherlich auch bessere als meinen.

Ich lasse Denvers Schwanz tiefer in meinen Mund gleiten und dann spüre ich den Würgereiz. Meine Finger krallen sich fester in seine Oberschenkel und ich bemerke die ersten Tränen in meinen Augenwinkeln, aber ich will es tun. Für ihn und für uns. Denver stöhnt und als ich mich erneut von ihm zurückziehe und meinen Kopf nach vorne bewege, macht sein Becken einen Ruck. Ich reiße die Augen auf, Tränen rinnen mir über die Wange und alles, was ich spüre ist, dass sein Schaft so tief in meine Mundhöhle eingedrungen ist, dass ich würgen muss. Hinzu kommt, dass seine Hand nun doch auf meinem Hinterkopf liegt. Allerdings schiebt er nicht wie er erwartet seine Finger in meine Haare, um meinen Mund nach seinen Vorstellungen zu nehmen, sondern streicht sanft darüber. Als wolle er mich beruhigen und es hilft.

»Atme durch die Nase«, presst er hervor und ich tue es. »Genau so und ignoriere deinen Würgereiz. Ich ziehe mich jetzt leicht zurück und stoße nochmal zu, okay?«

Ein umständliches »Hm« kommt mir über die Lippen und ich konzentriere mich auf meine Atmung. Denver zieht sein Becken zurück und ich atme weiter durch die Nase. Ein und aus. Dann schiebt er sich wieder vor. Dies wiederholt er einige Male.

»Du machst das super, Baby. Willst du mein Sperma schlucken?«

Ekel breitet sich in mir aus und ich muss mich zusammenreißen, um nicht abzubrechen. Zwar habe ich das Sperma meines Ex-Freundes damals nicht geschluckt, aber er hat, kurz nachdem ich meinen Kopf zurückgezogen habe, abgespritzt und mein Gesicht sowie meine Brüste getroffen.

Es hat meine Erfahrung mit einem Blowjob noch schlimmer gemacht, weil ich mich danach nicht nur hundeelend aufgrund des Würgereizes gefühlt habe, sondern auch beschmutzt von seinem Sperma.

Ich schüttle den Kopf und Denver zieht seinen Schaft aus meinem Mund zurück. Ich atme einmal tief durch und sehe zu ihm auf. Denver greift nach meinen Händen und zieht mich auf seinen Schoß. Ich stöhne auf, als seine Härte über meine Scham reibt. »Du warst unglaublich«, flüstert er und drückt mir einen Kuss auf die Lippen. »Hat es dir gefallen?«

Denvers Fingerspitzen streichen zärtlich über meine Oberarme und er sieht mir in die Augen.

»Ja«, flüstere ich. »Danke, dass du mir Zeit gegeben hast und ... und am Ende einen kleinen Denkanstoß.«

Ich zwinkere ihm wegen der Doppeldeutigkeit meiner Aussage zu, was ihn lachen lässt. »Sienna Miller, wer hat aus dir nur eine verdorbene heiße Lady gemacht?«

Kichernd werfe ich den Kopf in den Nacken, bevor ich meine Arme um seinen Hals schlinge und meinen Mund auf seinen drücke. »Ich liebe dich, Denver. Und entweder tun wir es jetzt und hier oder du bringst mich ins Schlafzimmer.«

Ich gebe meiner Stimme einen verruchten Klang und es funktioniert. Sein Penis wird wieder härter, natürlich auch, weil ich mein Becken kreisen lasse. Meine Hände wandern über seine Brust und ich schiebe sie unter seinen Sweater, um seine nackte Haut unter meinen Fingerspitzen zu spüren. Von seinen Lippen ziehe ich eine Spur Küsse zu seinem Ohr, lehne mich weiter nach vorne und fahre mit meiner Zungenspitze über seine Ohrmuschel. Er stöhnt erneut.

»Sag mir, wie du es willst!«

Überrascht von mir selbst, dränge ich mich noch näher an ihn. Meine Fingernägel fahren über sein Sixpack und ich küsse seinen Hals.

»Wie willst du es, Baby?« Denver schiebt seine Hand zwischen meine Beine und drückt seinen Handballen auf meine Mitte.

»Oh«, keuche ich und ein Stöhnen entkommt mir, als er den Steg meines Slips beiseiteschiebt und seinen Finger durch meine Spalte fahren lässt.

»Ich bin dafür, dass wir es direkt hier tun.«

»Direkt hier«, bestätige ich.

Denver schubst mich von sich runter, um mich von meinem Slip zu befreien, und zieht sich selbst seinen Sweater aus. Ich entledige mich noch meines BHs. Dann klettere ich zurück auf seinen Schoß.

Seine Hände fahren über meine Hüften bis zu meinen Brüsten. Er drückt sie nach oben und beugt sich vor. Sein Mund streicht über meine blasse Haut und nimmt meine Brustwarzen, eine nach der anderen, in den Mund.

»Ohne Kondom?«, will er wissen, weil wir das noch nie getan haben. Bisher war immer die Latexschicht zwischen uns, aber ich nehme seit über einem Monat die Pille. Verhütung ist damit gesichert. Als ich die Pille verschrieben bekommen habe, hat meine Frauenärztin mich durchgecheckt und ich bin – wie ich erwartet habe – gesund. Denver unterzieht sich ebenfalls ständigen Tests durch den Football.

»Ja«, bestätige ich. »Ohne Kondom.«

Erleichtert, dass keiner von uns ins Schlafzimmer gehen muss, um ein Kondom zu holen, grinst er mich an. Er positioniert seine Spitze an meinem Eingang und drückt mein Becken nach unten.

In den folgenden Minuten fühle ich mich wie im Rausch. Denver ist mehr als bereit mir alles zu geben. Mein Vorspiel hat gute Arbeit geleistet, denn es dauert nicht lange, bis er unter mir zu zucken beginnt. »Fuck«, stöhnt er auf und lehnt sich zurück. »Ich ... ich komme bereits.«

»Warte noch«, keuche ich und greife zwischen uns, um mich selbst auch zum Höhepunkt zu bringen. Ich will unbedingt mit ihm zusammenkommen.

»Scheiße, Sienna.« Denvers Penis beginnt in mir zu zucken. »Wie kannst du es dir selbst machen, wenn ich sowieso schon am Ende bin?«

Ich muss lachen und drücke meine Lippen wieder auf seine. Meine linke Hand kralle ich in seinen Nacken, während ich mich mit der rechten stimuliere. Mein Becken wippt auf und ab. Das ist definitiv der beste Sex meines Lebens. Ich liebe es, wenn er mir ein langes Vorspiel bereitet und mich danach ausdauernd liebt, aber diese Situation ist genauso gut.

»Ich bin so weit«, keuche ich wenige Minuten später und mein Körper bäumt sich über ihm auf. »Denver!«

Er stöhnt ebenfalls, schiebt seinen Schwanz mit einer letzten heftigen Bewegung in mich und kommt laut stöhnend zum Orgasmus. Das gibt mir endgültig den Rest. Mein Körper sackt nach vorne und ich lehne meine Stirn an seine. Denvers Hände fahren über meinen verschwitzten Rücken und ich spüre, wie er in mir abspritzt.

»Wow«, keuche ich. »Das machen wir jetzt immer so.«

»Alles, was du willst«, erwidert Denver und zieht sich aus mir zurück. Sein Sperma läuft aus mir heraus und an meinen Beinen hinab. Ich sehe ihn leicht erschrocken an, was ihn grinsen lässt. Er drückt seine Lippen auf meine und zieht mich an sich. »Gib mir ein paar Minuten und wir machen weiter.«

Ich schüttle vergnügt den Kopf und schmiege mich an ihn.

21. Kapitel

Denver

Am nächsten Morgen wecken mich Sonnenstrahlen, die durch das Fenster in Siennas Zimmer scheinen. Wir haben gestern Abend vergessen, die Vorhänge zuzuziehen und das rächt sich nun. Ich blinzele und muss mich zunächst an die Helligkeit gewöhnen. Grinsend drehe ich mich zu meiner immer noch schlafenden Freundin.

Sie liegt auf der Seite, das Gesicht mir zugewandt. Vorsichtig strecke ich die Hand aus, um sie nicht zu wecken und ihr eine einzelne Haarsträhne hinters Ohr zu streichen. Ihre Haut ist samtig weich. Sienna verzieht den Mund und kräuselt die Nase, was unheimlich süß aussieht. Allerdings schläft sie weiter, als wäre nichts gewesen. Was ich durchaus nachvollziehen kann – immerhin haben wir es bis in die frühen Morgenstunden miteinander getrieben. Nach dem Versöhnungssex im Wohnzimmer haben wir geduscht und sind in ihr Zimmer gegangen. Dort habe ich mich ausführlich für den wundervollen Blowjob bei ihr bedankt. Sienna war unsicher und ich habe gemerkt, wie schwer es ihr gefallen ist meinen Schwanz in den Mund zu nehmen. Für mich war es unglaublich sie auf diese Weise zu spüren und ich bin froh, dass sie sich überwunden hat. Ich hätte es auch verstanden, wenn sie abgebrochen hätte. Aber das hätte nicht zu Sienna gepasst. Wenn sie sich etwas in den Kopf setzt, will sie es auch durchziehen. Auch das eine Mal ohne Kondom war eine völlig neue Erfahrung für uns beide. Ich habe es noch nie ohne Gummi getan. Diese Erfahrung mit Sienna zu teilen hat uns noch ein Stück weiter zusammengebracht. Dennoch haben wir die Male danach auf den doppelten Schutz nicht verzichtet. Ein Baby möchten wir beide nicht. Zwar ist die Pille schon sehr sicher, aber in der momentanen Situation – Sienna am Beginn ihres Studiums und ich in der vorletzten und entscheidenden Saison über meine Zukunft – sollten wir uns nicht nur auf ein Verhütungsmittel verlassen.

Ohne sie zu wecken, schiebe ich die Bettdecke von meinem Körper und erhebe mich aus dem Bett. Sienna murmelt etwas, doch verweilt weiter im Land der Träume. Sie dreht sich seelenruhig auf die Seite und schmatzt im Schlaf.

Mit einem Lächeln auf den Lippen verlasse ich nackt ihr Zimmer und gehe ins Badezimmer, um mich zu duschen und frischzumachen. Ich bin unendlich erleichtert, dass ich mit den Blumen und meiner Entschuldigung das Eis der letzten Tage brechen konnte. Nach dieser Funkstille hatte ich Angst, es vergeigt zu haben. Nachdem sie mich am Morgen nach meinem Besäufnis mit den Jungs wieder angegangen ist und mir Vorwürfe gemacht hat, dass ich mich ihr nicht öffnen würde und sie mir nicht wichtig genug ist, um mit ihr zu sprechen, habe ich dicht gemacht. Anders kann man es nicht ausdrücken. Irgendwas in mir hat blockiert und Sienna nicht mehr an mich herangelassen. Ich wollte mir nicht noch mehr Vorhaltungen machen lassen. Bis ich zu der Erkenntnis gekommen bin, dass wir noch Tage, Wochen oder vielleicht Monate aneinander vorbei leben würden, wenn ich nicht auf sie zugehe. Und sie hat mir verdammt nochmal gefehlt. Es war furchtbar nicht mit ihr zu reden, sie in den Arm zu nehmen und zu küssen. Abends ins Bett zu gehen, ohne sie an mich zu ziehen und sie morgens beim Frühstück nicht über meinen Tag aufzuklären und mich im nächsten Atemzug über ihren zu erkundigen. Also habe ich mir einen Ruck gegeben und Blumen besorgt.

Darren und Jake meinten sogar, dass ich selbst mit Blumen nicht mehr bei Sienna landen kann. Aber darauf wollte ich nicht hören. Außerdem hat das bei Dad auch immer funktioniert. Mom hat ihm mit Blumen zwar nicht sofort verziehen – was ich bei Sienna auch nicht erwartet habe –, aber sie war versöhnlicher gestimmt. Dann haben sie meist geredet und sich wieder vertragen. Bei Sienna und mir lief es ähnlich ab.

Bisher habe ich sie meiner Mom und John noch nicht vorgestellt. Ich komme nicht sonderlich gut mit ihm zurecht und auch, wenn Mom sich bemüht, leidet unser Verhältnis mehr und mehr darunter. Als Mom ihn uns vorgestellt hat, hatten sie, Phoenix und Madison die Familientherapie beendet, zu der ich mich geweigert hatte mitzukommen. Plötzlich einen neuen Mann an ihrer Seite zu sehen und dann auch noch nachdem sie regelmäßig zu dieser *Seelenklempnerin* gegangen ist, hat mich völlig vor den Kopf gestoßen. Für mich war klar, dass John die Trauer meiner Mutter ausgenutzt hat und sich hinterhältig über meine Schwestern an sie rangeschmissen hat. Mittlerweile weiß ich, dass das totaler Blödsinn ist.

Ich tue mich immer noch wahnsinnig schwer damit, ihm eine Chance zu geben, obwohl er schon oft bewiesen hat, dass er Mom und uns liebt. Er behandelt Madison wie seine eigene Tochter. Er ist immer für sie da, fährt sie überall hin und verbringt Zeit mit ihr, wann immer er es einrichten kann. John ist von Beruf Makler und oft unterwegs. Auch zu Phoenix ist er immer nett und sie haben ein sehr gutes Verhältnis zueinander. Ich würde sogar behaupten, dass er

Madison zum Altar führen wird, sollte sie eines Tages heiraten. Er hat die Rolle des Vaters übernommen. Bei Phoenix zögere ich noch mit dieser Aussage, aber bei Madison bin ich mir sicher. John hat keine eigenen Kinder, umso mehr merkt man wie gut ihm das Familienleben mit uns gefällt. Er ist geschieden und stammt ebenfalls aus Chicago. Bis er vor einem halben Jahr bei mir resigniert hat, hat er meine Mom immer ins Stadion begleitet, obwohl ich ihm mehr als einmal zu verstehen gegeben habe, dass ich ihn dort nicht haben will. Dass er mich nicht anfeuern soll neben meiner Mutter, als wäre er jemand Wichtiges – als wäre er mein Vater. Darüber hinaus hat er sich immer nach mir erkundigt – tut es sicher immer noch – und wann immer er gebraucht wurde, war er da. Er hat mir nie den Eindruck vermittelt, dass ich für ihn kein Teil der Familie bin.

Da meine Mom Sienna und mich an Thanksgiving zum Essen eingeladen hat, wird sie meine Freundin auch bald kennenlernen. Ich freue mich sehr darüber und denke, dass sie gut miteinander auskommen werden. Sienna ist das erste Mädchen, das ich offiziell zu Hause vorstelle. Ich muss gestehen, dass mich das nervöser macht, als ich zugeben mag. Da meine Freunde auch nicht mit festen Beziehungen glänzen, kann ich sie nicht mal fragen, ob sie mir Tipps geben können.

Außerdem möchte ich einen Termin auf dem Friedhof der Army in Chicago machen, um mit Sienna Dads Grab zu besuchen. Das ist mir wichtig. Gern hätte ich sie ihm auch vorgestellt – so richtig – und ihm gesagt, dass ich denke, dass sie die Eine für mich ist. Ich liebe Sienna so, wie er Mom geliebt hat und bin mir sicher, dass sie meinen Weg mit mir zusammen gehen wird. So wie Mom es bei Dad getan hat. Ich hoffe sehr, dass sie mich in eineinhalb Jahren begleiten wird, wenn ich meinen NFL Club finde.

Ich bin gut gelaunt heute Morgen und will mir diese Laune nicht mit Gedanken an meinen Vater kaputt machen. Er wird nicht mehr wiederkommen – nie wieder – und damit muss ich mich nach fünf Jahren endlich abfinden. Das haben Mom, Madison und Phoenix schließlich auch getan.

John wird niemals seinen Platz einnehmen und das weiß er auch. Er macht Mom glücklich und das sollte das Wichtigste sein. Keiner von uns möchte, dass sie ihr Leben lang allein ist.

Seufzend steige ich aus der Dusche, trockne mich ab und ziehe mir eine frische Boxershorts aus dem Regal im Bad. Sienna fand es sinnvoll, dort Unterwäsche für mich zu deponieren, weil ich ihrer Meinung nach sonst ständig nackt durch die Wohnung laufen würde. Nachdem ich mir in meinem Zimmer noch eine Trainingshose und ein Shirt übergezogen habe, gehe ich in die Küche, um Frühstück für uns vorzubereiten.

Bevor ich die Küche erreiche, klingelt es an der Haustür und ich ziehe die Augenbrauen zusammen. Es ist nicht mal zehn Uhr am Morgen und wir bekommen schon Besuch? Wenn das Darren und Jake sind, reiße ich ihnen die Eier ab.

Ich öffne die Tür und hätte sie im nächsten Moment am liebsten wieder zugeschlagen. Vor mir stehen Siennas Eltern und grinsen mich an. Ganz, ganz weit hinten in meinem Kopf erinnere ich mich daran, dass meine Freundin erwähnt hat, dass sie uns besuchen kommen. Und noch viel weiter hinten in meinem Kopf lauert auch die Info, dass sie noch nichts von uns wissen und mich nach wie vor für meine Schwester halten. Was mich auch schon wieder echt sauer macht, aber Sienna wusste nicht, wie sie es ihnen sagen soll. Frei heraus wäre eine Maßnahme gewesen und würde uns jetzt einiges ersparen. Vor allem mir, denn ich würde mich gern ganz offiziell bei meinen Schwiegereltern in Spe vorstellen.

»Mrs. Miller, Mr. Miller«, stoße ich aus. »Das ... das ist aber eine ... Überraschung?«

Herrgott, was soll ich denn bitte sagen? Sienna bringt mich in eine unmögliche Lage. Noch dazu, weil ihre Mutter ihren Blick über meinen Körper gleiten lässt und keinen Zweifel daran lässt, dass sie nicht verstehen kann, dass ich um diese Uhrzeit in einer Trainingshose und einem T-Shirt vor ihnen stehe.

»Guten Morgen, Phoenix«, begrüßt Mrs. Miller mich und Mr. Miller klopft mir auf die Schulter, als ich sie eintreten lasse.

»Sienna schläft noch.«

»Und was tun Sie hier?«, will ihre neugierige Mutter direkt wissen. Am liebsten würde ich ihr antworten, dass ich ihre Tochter heute Nacht ins Nirwana gevögelt habe, aber ich glaube, dann kippt sie um.

»Ich habe in Phoe– Denvers Zimmer geschlafen, weil ... weil wir einen Wasserschaden in unserer WG haben und ... und Denver momentan im Ausland ist.« Ich komme mir so ratlos vor und als Mrs. Miller die Augenbrauen zusammenzieht, weiß ich nicht, ob sie es mir abnimmt. Mr. Miller tut es definitiv nicht, denn er grinst mich amüsiert und wissend zugleich an.

Bei ihrem letzten Besuch waren wir noch nicht zusammen, aber seine Reaktion ist nicht die, die ich erwartet habe. »Wir haben Frühstück mitgebracht«, lässt er mich wissen und legt seine Hand auf die Schulter seiner Frau. »Phoenix sollte Sienna wecken und wir–«

»Ich kann Sienna doch wecken!« Völlig aufgedreht sieht

Mrs. Miller mich an. Ihre Augen strahlen und ich kann ihr nicht verdenken, dass sie dem Wiedersehen mit ihrer Tochter entgegenfiebert. Dennoch kann sie Sienna auf keinen Fall wecken. Unsere Klamotten, die wir gestern im Wohnzimmer ausgezogen haben, sind alle in ihrem Zimmer und ich bin mir sicher, dass sie einen Mülleimer mit benutzten Kondomen nicht verarbeiten kann.

»Ich mache das schon«, sage ich. »Sie können schon mal in die Küche gehen.«

Mrs. Miller will erneut widersprechen, aber Mr. Miller zieht seine Frau hinter sich her. Ich bleibe noch einen Moment stehen und atme tief durch, bevor ich mich in Bewegung setze und in Siennas Zimmer gehe. Wenigstens waren wir so schlau und haben es in ihrem Bett getrieben, sonst wäre es jetzt noch seltsamer.

Ich betrete den Raum und gehe auf das Bett zu. Sie schläft immer noch friedlich und es widerstrebt mir, sie zu wecken.

»Sienna«, flüstere ich. »Wach auf.«

Sanft streiche ich zunächst über ihre Wange und als sie sich nicht regt, rüttle ich an ihrer Schulter, bis sie die Augen mit flatternden Lidern öffnet. »Morgen.« Ihre Stimme ist belegt und klingt unfassbar sexy. Langsam kommt Bewegung in sie und sie setzt sich auf, sodass ihr die Decke vom Körper rutscht. Dabei bietet sich mir ein perfekter Blick auf ihre wunderschönen Brüste, auf die ich mich am liebsten wieder stürzen würde. Ich könnte schwören, dass ihre Nippel immer noch gereizt sind und sofort aufrecht stehen würden, wenn ich sie berühre. »Kommst du wieder ins Bett?«

Sienna zieht mich am Saum meines Shirts zu sich, sodass ich mich über sie beugen muss. Ich würde nichts lieber tun, als mich wieder zu ihr zu legen, aber ihre Eltern warten in der Küche auf uns. »Leider nein«, erwidere ich und sie schiebt die

Unterlippe vor. Ich gebe ihr einen Kuss und löse mich komplett von ihr. »Deine Eltern sind da.«

Sienna reißt die Augen auf und wird augenblicklich kreidebleich.

»Scheiße«, ruft sie und springt aus dem Bett. Es dauert einen Moment, bis sie bemerkt, dass sie komplett nackt ist. Ich presse mir die rechte Faust vor den Mund, um nicht in schallendes Gelächter auszubrechen. Ihr Gesicht ist unbezahlbar.

»Lach nicht«, zischt sie. »Lenk sie lieber ab, bis ich angezogen bin.«

Ich mache einen Schritt auf sie zu und ziehe sie an mich. Die Arme um sie geschlungen, drücke ich ihren Körper an meinen und lege meine Hände auf ihren sexy Hintern.

»Und wenn nicht?«, frage ich mit zusammengezogenen Augenbrauen und küsse sie. Sienna erwidert den Kuss und legt ihre Arme um meinen Hals. Lächelnd betrachte ich sie und streiche über ihren Hintern. »Werfen sie mich raus?«

»Findest du das witzig?«, knurrt sie und ich schüttle den Kopf.

»Nein«, sage ich ernst und schiebe sie von mir, während ich mir eine Hose suche. »Denn du hättest ihnen längst erzählen müssen, dass ich Denver bin und auch, dass ich dein Freund bin. Es ist ganz und gar nicht witzig.«

»Ich weiß ...« Sienna ist nun die diejenige, die ihre Arme von hinten um mich schlingt und ihren Körper an mich schmiegt. Dabei stellt sie sich auf die Zehenspitzen, um mir einen Kuss in den Nacken zu drücken. Seufzend gebe ich nach und verschränke unsere Finger miteinander, die auf meinem Bauch liegen. So bleiben wir für einen Moment stehen. »Ich sage es ihnen. Sei nicht sauer.«

»Ich bin nicht sauer«, erwidere ich und drehe mich zu ihr

um. »Und auch nicht enttäuscht, wie ihr Frauen so gern sagt.«

»Tun wir das?« Sofort rauschen ihre Augenbrauen nach oben und sie sieht mich forschend an.

»Tut ihr«, grinse ich und küsse sie erneut. Dann löse ich mich von ihr und gebe ihr einen Klaps auf den Hintern. Sienna jault auf, was mich die Augen verdrehen lässt. Das war nun wirklich nicht fest. »Geh duschen und zieh dir etwas an. Du riechst nach mir und Sex.«

Sofort wird sie knallrot, was mich wieder dazu veranlasst, sie an mich zu ziehen, obwohl wir für diese Spielchen überhaupt keine Zeit haben.

Fuck, ihre Eltern sitzen in unserer Küche und wollen mit ihr frühstücken und das Einzige, woran ich denken kann, ist sie zu vögeln und ihr nochmal auf den Hintern zu schlagen.

»Ich würde dich am liebsten wieder ins Bett befördern«, raune ich ihr zu, während mein Mund auf ihrem Hals liegt und meine Hände ihren Hintern massieren. »Und dann würde ich dich nach aller Regeln der Kunst verwöhnen und durchvögeln.«

»Klingt verlockend«, erwidert sie. »Wir könnten leise sein.«

Ich löse mich abrupt von Sienna und sehe sie gespielt schockiert an.

»Wenn ich eine Sache nicht will, ist es leiser Sex mit dir.«

»Ich auch nicht.« Sie lacht hell, sodass mir warm ums Herz wird. Sienna hat mich fester an den Eiern gepackt, als ich es mir jemals eingestehen wollte.

»Ich lenke sie solange ab«, beschließe ich und löse mich von ihr, um endlich aus diesem Zimmer herauszukommen. Sie nickt mir lächelnd zu und ich verlasse endlich ihr Zimmer.

Im Flur kann ich ihre Eltern in der Küche reden hören. Ihre Mutter spricht aufgeregt davon, dass sie nicht sicher ist, ob sie nicht doch ein paar Lebensmittel und selbstgemachte Pasteten hätte einpacken sollen. Ihre Stimme ist hell, fast einen Tick zu hoch. Ihr Dad hingegen wirkt ganz entspannt und fragt, wann ich endlich zurückkomme.

Ich betrete die Küche und stelle fest, dass Mrs. Miller an der Anrichte steht und eine volle Kanne Kaffee unter der Maschine hervorzieht. »Kaffee, Phoenix?« Ich nicke und setze mich neben ihren Mann.

»Habt ihr alles gefunden?«, frage ich, als ich sehe, dass auch der Tisch bereits gedeckt ist.

»Natürlich«, sagt Siennas Mom stolz und lächelt mich an. »Ich wusste doch noch, wo die Sachen stehen.«

Natürlich wusste sie das, weil sie bei ihrem letzten Besuch auch unsere Küche umgeräumt hat, um mehr *System* reinzubringen. Siennas Worte, nicht meine. Wir haben es so gelassen, weil wir feststellen mussten, dass das System ihrer Mom wirklich besser ist.

Siennas Dad wirft mir einen immer noch amüsierten Blick zu. »Sienna duscht«, murmle ich. »Sie ... sie kommt gleich.«

Ich fühle mich echt unwohl in dieser Situation. Sienna soll sich bloß beeilen. Denn ich weiß nicht, über was ich mich mit ihren Eltern unterhalten soll.

»Wo ist Denver denn?«, fragt Mrs. Miller und setzt sich mir gegenüber. Na toll, da sollte eigentlich Sienna sitzen.

Ich brauche einen Moment, bis ich antworte. »In Europa.«

»Europa?«, hakt sie nach. »Europa ist groß.«

»Sie ist in England.« Keine Ahnung, wie ich ausgerechnet darauf komme. Vermutlich, weil ich vor ein paar Tagen, als ich abends nicht einschlafen konnte, eine Dokumentation über das Land im Fernsehen gesehen habe. »Und was macht sie dort?«

»Studieren«, murmle ich und greife nach der vollen

Kaffeetasse vor mir, in die ich noch einen Schluck Milch gebe. Dabei sehe ich immer wieder zur Tür und hoffe, dass Sienna endlich auftaucht. »Tut ... tut mir leid ... Sie ... Sie haben sich bestimmt auf sie gefreut.«

»Natürlich haben wir das«, flötet sie. »Was studiert sie nochmal?«

»Wirtschaft, so wie Sienna und–«

»Esther«, unterbricht Mr. Miller seine Frau schmunzelnd. »Jetzt lass den armen Jungen doch in Ruhe.«

»Wieso denn?«, fragt sie und zieht die Augenbrauen hoch. »Ich möchte nur so viel wie möglich über die Mitbewohnerin unserer Tochter erfahren. Das ist doch nicht verboten.«

Ich weiche ihrem Blick aus. Es ist mir unangenehm sie anzusehen, während sie etwas über Siennas und Phoenix Leben erfahren möchte, das es überhaupt nicht gibt.

»Wir wissen Bescheid«, fällt ihr Dad plötzlich mit der Tür ins Haus und ich zucke heftig zusammen und sehe ihn an. Mein Herzschlag setzt für einen Moment aus und ich hole tief Luft. »Denver Jones!«

Mir klappt die Kinnlade runter und ich will etwas sagen, aber kein Ton verlässt meinen Mund. Ich überlege, einfach aufzuspringen und ins Bad zu gehen, um Sienna zu warnen, aber das erscheint mir lächerlich. Was mache ich denn jetzt? Nervös beiße ich mir auf die Lippe und schaue zwischen Siennas Eltern hin und her.

»Wie haben Sie es rausgefunden?«, frage ich schließlich geradeheraus. Es ist sinnlos, sich in weitere Lügen zu verstricken und irgendwie bin ich auch froh, dass sie diesen Teil der Wahrheit bereits kennen.

»Nachdem du mir erzählt hast, dass du Football spielst, habe ich ungefähr einen Monat später mal geschaut, wie es so läuft. Auf der offiziellen Webseite der Lincoln Tigers.«

Natürlich, das Internet.

»Dort gab es auf der Position des Quarterback aber keinen Phoenix Jones, sondern nur einen Denver Jones und als ich auf das Spielerprofil geklickt habe, kamen dort Fotos von dir.«

»O Mann«, murmle ich und fahre mir mit den Händen übers Gesicht. »Es tut mir leid.«

»Ich habe das Team ein wenig verfolgt und gehofft, dass Sienna uns bei einem unserer Telefonate die Wahrheit sagt, aber das hat sie nicht«, erzählt er weiter. »Und nach einem Spiel habe ich ein Foto in der Galerie von euch gefunden. Was glaubst du, war auf dem Foto zu sehen?«

»Keine Ahnung«, murmle ich und weiche seinem Blick aus. Sienna soll sofort ihren hübschen Hintern in die Küche schwingen und mich erlösen.

»Ein Foto, wie du meine Tochter küsst!«

Nun steht mein Herz still und ich könnte schwören, dass es so leise in der Küche ist, dass wir den Aufprall einer Feder hören könnten.

»Mom, Dad!« Sienna kommt lächelnd herein. Sie trägt eine schwarze Jogginghose und einen orangenen Hoodie mit dem Logo der Lincoln Tigers darauf. »Ihr seid früh dran, aber schön euch zu sehen. Was ist denn–« Als sie meinen immer noch schockierten Blick sieht, hält sie inne. »… los?«

»Setz dich, Sienna«, sagt ihre Mom streng und deutet auf den Stuhl neben sich. Ohne etwas zu sagen, nimmt sie Platz und faltet ihre Finger ineinander. »Hat Phoenix euch etwas–«

»Sie wissen es«, unterbreche ich sie, bevor sie sich weiter um Kopf und Kragen reden kann. »Alles.«

Nun ist es Sienna, die keinen Ton rausbekommt. Binnen Sekunden weicht jegliche Farbe aus ihrem hübschen Gesicht. Ich würde gern neben ihr sitzen und ihre Hand nehmen, was mir quer über den Tisch jedoch merkwürdig vorkommt. Die Blicke ihrer Eltern huschen zwischen uns hin und her.

»Aber ... aber ... wie?« Der Schock ist ihr immer noch ins Gesicht geschrieben. Ihr Blick geht zwischen ihren Eltern hin und her. »Ich ... ich meine ich ... ich habe doch nie etwas ... angedeutet?«

»Du nicht«, erwidert ihr Dad. »Das Internet hingegen schon.«

»Scheiße«, murmelt sie. »Es tut mir leid. Mom, Dad ... es tut mir wirklich leid.«

Für einen Moment sagt niemand etwas, bis Siennas Mom ihr die Hand auf die Schulter legt und ihre Tochter dazu zwingt, sie anzusehen.

»Warum hast du es uns nicht gesagt?«, will sie wissen und sieht ihre Tochter enttäuscht an.

»Na ja, am Anfang war ich selbst geschockt, dass Denver kein Mädchen ist«, meint sie und sieht mich amüsiert an. Grinsend erwidere ich ihren Blick bei dem Gedanken an unsere erste Begegnung. Ich dachte auch, dass das ein Scherz sei. »Aber es war kein anderes Zimmer mehr frei und wir haben uns gut verstanden. Als ihr das erste Mal zu Besuch wart, war Phoenix nur aus Zufall hier.«

»Das Mädchen heißt wirklich Phoenix?«, fragt ihr Dad irritiert und nun bin ich derjenige, der auf seine Frage hin nickt.

»Und sie ist auch wirklich meine kleine Schwester«, ergänze ich. »An dem Tag hatte ich keine Ahnung, dass Sienna Ihnen nicht die Wahrheit gesagt hat.« Ich schüttle den Kopf und muss gleichzeitig lachen, wenn ich an damals denke und worauf ich mich für sie eingelassen habe. Mit einem Nicken deute ich auf Sienna. »Sie hat mich gebeten, mich als Phoenix auszugeben.«

»Ich wollte das nicht«, ruft meine Freundin beinahe panisch, als hätte sie wirklich Angst, dass ihre Eltern ihr den Geldhahn zudrehen und sie mit nach Montana nehmen. »Wirklich nicht, aber umso mehr Zeit vergangen ist, desto weniger habe ich mich getraut, euch die Wahrheit zu sagen.«

Sienna lässt die Schultern sinken und beißt sich nervös auf die Unterlippe. Ich würde gern neben ihr sitzen, sie in den Arm nehmen und ihr Halt geben in dieser Situation. Zwar glaube ich nicht, dass ihre Eltern zum Äußersten gehen, denn ich habe den Eindruck, dass sie das alles sehr gut aufgenommen haben – vor allem ihr Dad. Aber trotzdem werde ich in den kommenden Monaten und je nachdem, wie weit wir in der Liga kommen, neue und höher dotierte Sponsorenverträge erhalten. Mit denen werde ich unsere Miete zahlen können sowie Essen und was wir sonst brauchen. Für ihre Studiengebühren könnte sie entweder jobben gehen oder einen Kredit aufnehmen. Aber wie gesagt – das traue ich ihren Eltern nicht zu. Darüber hinaus ist ihre Körpersprache nicht abwehrend oder angespannt. Vor allem Mr. Miller ist weiterhin gut gelaunt und entspannt. Mrs. Miller scheint noch zu überlegen wie sie auf die Wahrheit, die sie bereits kannte, reagieren soll.

»Sienna«, sagt ihre Mom und streicht über ihren Rücken. »Wir–« Als ihr Mann die Augenbrauen hochzieht, stöhnt sie auf und verbessert sich sofort. »Ich war am Anfang nicht einverstanden, dass du in Lincoln studierst, das ist wahr. Ich hatte Angst um dich und dachte, dass wir, wenn du in Helena bist, besser für dich da sein können. Das war falsch, das sehe ich nun ein.«

»Das Zimmer ist viel teurer als das im Wohnheim und–«

»Es ist in Ordnung, Schatz«, meint sie sanft. »Dein Dad und ich wollen nur, dass du glücklich bist und so, wie es aussieht, bist du das.« Mrs. Millers Blick fällt auf mich und sie lächelt mich aufrichtig an. Ich erwidere es. Mir fällt ein Stein vom Herzen, weil sie verstanden hat, dass ihre Tochter hier glücklich ist.

»Und ... und das mit *uns* hat sich einfach so ergeben.« Siennas Mundwinkel wandern nach oben. »Irgendwann haben wir gemerkt, dass wir mehr als Freunde sind.«

Ohne unsere ganzen Ups und Downs beschreibt es das perfekt.

Irgendwann haben wir gemerkt, dass wir mehr als Freunde sind.

22. Kapitel

Sienna

Eine Woche später

Ein beklemmendes Gefühl macht sich in mir breit, als Denvers Auto auf das große Tor zusteuert, hinter dem sich der größte Militärstützpunkt im Norden der USA befindet. Hinter dem gusseisernen Tor, das mit dem Wappen der US-Army geziert ist, liegt auch ein Friedhof der Army. Denver hat mir erzählt, dass seine Mom damals die Wahl hatte, ob sie ihren Dad auf dem Soldatenfriedhof mit einem offiziellen Begräbnis mit allen Würden und Ehren bestatten lassen möchte oder auf einem der vielen Stadtfriedhöfe in Chicago. Mrs. Jones hat sich für ein offizielles Begräbnis für ihren Mann entschieden, da sie wusste, dass das sein Wunsch gewesen wäre.

Nun scheint der Besuch auf dem Friedhof einem Staatsakt gleichzukommen. Die Anlange ist komplett abgeriegelt und das Tor öffnet sich nur mit Hilfe eines Besucherausweises und Vorsprechens bei einem Pförtner. Denver hat kein Wort von sich gegeben, seitdem wir zu Hause losgefahren sind. Vor einigen Meilen hat er meine Hand genommen. Wir haben unsere Finger miteinander verschränkt und ich habe immer wieder mit meinem Daumen über seinen Handrücken gestrichen. Es fällt ihm sehr schwer, mit mir hierherzufahren.

Denver hat zu seinem Dad aufgesehen und eine besondere Beziehung zu ihm gehabt. Immer wieder erzählt er mir davon, wie schlimm sein Verlust für ihn war. Was genau damals passiert ist, hingegen nicht.

An der Pforte hält er an und lässt das Fenster herunter. Dann streckt er dem Wachmann seinen Besucherausweis entgegen.

»Sind Sie allein?«, fragt dieser an Denver gewandt und er schüttelt den Kopf.

»Ich bin mit meiner Freundin hier«, erwidert er und deutet auf mich. »Sienna Miller, geboren am 23.05.2003 in Helena, Montana.« Dazu zeigt er ihm meinen Ausweis, den der Pförtner dankend annimmt und Denver zurückgibt.

»Danke«, erwidert er und öffnet die Schranke. Denver lässt das Fenster wieder hoch, wirft den Besucherausweis zurück in die Mittelkonsole und reicht mir meinen Ausweis.

Mir gefallen die weißen Backsteinhäuser aus der Zeit des Bürgerkriegs, die im Kontrast zu denen aus dem späten 20. Jahrhundert stehen und der Kaserne ihren Touch verleihen. Ein bisschen ängstigt mich dieser Ort und ich bin froh, dass ich nicht allein hier hin. Auch wenn ich glaube, dass er sich im Kopf irgendwo ganz weit weg von mir befindet. Denver kann nicht gut mit diesem Ort umgehen. Dennoch ist es ihm wichtig, dass ich das Grab seines Vaters besuche – mit ihm.

Sonst wäre er wohl kaum an Thanksgiving hierhergekommen. Es ist der wichtigste Feiertag in den USA. Das Familienfest überhaupt – wichtiger als Weihnachten. An diesem Tag auf einem Militärfriedhof zu sein, um das Grab des eigenen Vaters zu besuchen, ist grausam. Vor allem, wenn man so jung ist wie Denver.

Denver parkt wenige Meter weiter seinen Wagen auf dem Besucherparkplatz des Friedhofs und schaltet den Motor ab. Schweigend steigen wir aus dem Auto und ich nehme die kleine Blume von der Rückbank, die ich heute Morgen besorgt habe. Neben Denvers befindet sich noch ein weiteres Auto auf dem Parkplatz. Ein alter Honda, der seine besten Tage schon hinter sich gelassen hat.

Denver hat nicht weiter kommentiert, dass ich eine Blume gekauft habe, aber ich wollte nicht mit leeren Händen am Grab seines Dads stehen. Das kam mir falsch vor.

Ich gehe auf Denver zu, der das Auto abschließt und nach meiner Hand greift. Er verschränkt unsere Finger miteinander und lächelt mich an. Sein Lächeln erreicht mich jedoch nicht. Es ist dieses einstudierte Lächeln für die Presse und Fans, wenn er nach einem Spiel nur noch weg will. Meistens nach Niederlagen. Auch seine Augen sind leer. Es zerreißt mir das Herz ihn so zu sehen.

Gemeinsam machen wir uns auf den Weg zum Grab seines Dads. Es ist eisig kalt in Chicago und das ist spürbar. Wenn ich ausatme, bildet mein warmer Atem kleine Wölkchen. Mit jedem Schritt, mit dem wir dem Grab näherkommen, drückt Denver meine Hand fester. Ich kann den Schmerz, den er empfindet, nur erahnen und würde ihm so gern einen Bruchteil davon abnehmen. Nach einem ungefähr zehnminütigen Fußmarsch haben wir das Grab erreicht.

Vor uns ragt ein unscheinbarer weißer Stein mit schwarzer Inschrift aus dem Boden.

»Lieutnant Colonel« steht darauf und darunter seine Einheit sowie sein Name »Franklin Jones«, gefolgt von seinen Lebensdaten »October 16, 1973 – October 27, 2016«.

Das Grab hat absolut nichts Persönliches, was ich sehr schade finde. Für mich wäre es kein Ort, an dem ich trauern könnte. Ich verstehe aber auch, dass Mrs. Jones ihrem Mann diese letzte Ehre erweisen wollte.

Vorsichtig löse ich mich von Denver und lege meine Blume nieder. Für einen Moment starre ich noch auf den

Stein, bis ich mich erhebe und neben meinen Freund stelle. Denver und ich stehen still und schweigen, bis ich nach seiner Hand greife und sie drücke. Plötzlich zieht er mich an sich und drückt mich so fest gegen seinen Körper, dass ich glaube, meine Lungen werden zerquetscht. Dass Denver Kraft hat, weiß ich, aber fuck – das ist wirklich schmerzhaft. Ich schlinge meine Arme um ihn und streiche über seinen Rücken, als ein Ruck durch seinen Körper geht. Zunächst kann ich es nicht einordnen, doch dann vernehme ich ganz eindeutig ein Schluchzen. Denver weint.

Ich presse mich fester an ihn, was kaum möglich ist. Er schluchzt immer lauter und auch ich vergieße eine Träne. Ich ertrage es kaum, ihn so zu sehen und nichts weiter tun zu können, als ihn im Arm zu halten.

Ich habe Denver noch nie wegen seines Dads weinen sehen. Natürlich war er traurig, aber auch immer unheimlich stolz und hat an die schönen Erinnerungen gedacht. Dass ihn seine Gefühle derart übermannen, habe ich nicht erwartet. Umso hilfloser fühle ich mich nun. Nur hier zu stehen, über seinen Rücken zu streichen und für ihn da zu sein erscheint mir falsch. Es ist aber das Einzige was ich für ihn tun kann.

»Es waren noch drei Tage«, sagt er plötzlich und löst sich nun doch von mir. Seine Augen sind glasig und immer wieder treten Tränen aus ihnen heraus, die ich vorsichtig mit meinen Daumen wegwische. »Er sollte nach Hause kommen nach fast sieben Monaten im Einsatz. Wir hatten schon alles vorbereitet. Mom hatte eine Willkommensparty geplant.«

Es zerreißt mir das Herz diese Worte zu hören, aber es ist wichtig für ihn, es mir erzählen.

»Und dann ... dann kam ich von der Schule. Vor unserer Tür stand ein Fahrzeug der Army und ich wusste, dass etwas Schlimmes passiert ist. Ich ... ich wusste, dass er tot ist.

Wieso sollte sonst so kurz vor seiner Heimkehr ein Auto der Army vor unserer Tür stehen? Ich bin die Einfahrt nach oben gerannt und ins Haus. Meine Mom saß mit meinen Großeltern in der Küche. Colonel Preston, der auch ein sehr enger Freund meines Dads war, saß mit am Tisch. Er hatte seine Mütze abgenommen, war blass und als er mich sah, hat er noch mehr an Farbe verloren.«

»Es tut mir so leid, Denver.« Die ersten Worte, die meinen Mund verlassen und dann noch der lahmste Satz von allen. Aber es ist die Wahrheit. Es tut mir so unendlich leid. »Wisst ihr, was genau passiert ist?«

»Ich weiß nur das, was Mom mir erzählt hat und ehrlich gesagt möchte ich auch nicht mehr wissen«, erwidert er und löst sich von mir. Denver geht vor dem Grabstein in die Knie und wischt mit seinem Jackenärmel die Spuren des Winters von dem Stein. »Dad war auf Patrouille, um die Gegend zu sichern. Dann wurde sein Fahrzeug von Partisanen angegriffen und in die Luft gesprengt.« Ein eiskalter Schauer läuft mir über den Rücken. »Sie waren tot – alle.« Ich lege meine Hand auf seine Schulter und drücke leicht zu. »Dad hat immer gewusst, auf was er sich eingelassen hat und Mom auch. Das denke ich zumindest«, flüstert er. »Sie waren zu diesem Zeitpunkt fünfundzwanzig Jahre zusammen und zwanzig Jahre verheiratet. Mein Dad stand kurz vor der Beförderung zum Colonel. Es fehlte nur noch die Vereidigung, die in Washington stattgefunden hätte im Dezember desselben Jahres. Darum hat er auch einen vergleichbar großen Grabstein.«

Ich sehe mich um und tatsächlich: Die meisten Grabsteine sind wesentlich kleiner. Vorsichtig hocke ich mich neben ihn und schmiege mich an ihn. Denver legt seinen Arm um mich und zieht mich an sich. »Mit Anfang vierzig war meine Mom

Witwe und allein mit drei Kindern. Ich war sechzehn, Phoenix vierzehn und Madison zehn. Meine Grandma hat uns zum Glück in den ersten Monaten sehr viel geholfen. An Thanksgiving, Weihnachten und Geburtstagen ist es am schlimmsten. Vielleicht schaffe ich es auch deswegen nicht, John eine Chance zu geben. Für mich gehört er nicht zu unserer Familie.«

»Weil du dir wünschst, dass dein Dad da ist.«

»Ja«, sagt Denver, »Ich habe es John in den letzten Jahren nicht leicht gemacht und ihn spüren lassen, dass er nicht Dad ist.«

»Und er?«

»Er hat vor ungefähr einem halben Jahr resigniert, glaube ich«, murmelt Denver nun seinerseits resigniert, als wüsste er auch nicht wie er das Verhältnis zu seinem Stiefvater retten kann. »Er sagt mir Hallo und Tschüss, aber vermeidet ansonsten jegliche Kommunikation.«

Ich merke Denver an, dass er tatsächlich beginnt zu hinterfragen, was zwischen ihm und John im Argen liegt. Nicht erst heute, sondern seit einigen Tagen bereits. Mir ist aber auch bewusst, dass wir das hier und heute nicht lösen können. Die beiden müssen ganz von vorne anfangen. Sich komplett neu kennenlernen und vor allem Denver muss sich auf John einlassen. Ich überlege einen Moment was ich sagen soll und beschließe, das Thema zu wechseln. Es ist vielleicht nicht richtig, weil ich merke, dass noch viel Ungesagtes bezüglich John da ist, aber in dieser Situation kommen wir nicht weiter. Das müssen wir zu Hause besprechen und nicht am Grab seines Vaters.

»Was glaubst du, würde dein Dad zu uns sagen?«, frage ich ihn und tatsächlich lächelt Denver. Er zieht mich näher an sich heran und drückt mir einen Kuss auf die Stirn.

»Er würde dich mögen, aber er wäre nicht mit meinem Leben vor dir einverstanden. Mom und Dad haben sich als Teenager kennengelernt und waren seitdem zusammen. Aber ich denke, er würde sich freuen und wüsste auch, dass du die Richtige bist.«

Ich verliebe mich in diesem Moment noch mehr in Denver. Es ist so süß, wie er das sagt und wie er sich sicher ist, dass wir zusammengehören. Denn ich bin es auch. Zwar waren die letzten Wochen nicht einfach für uns, aber wir schaffen es gemeinsam. Wir sind noch sehr jung und wissen nicht, wo das Leben uns hinführt, aber ich sehe meine Zukunft auch an seiner Seite.

»Ich bin sicher, dein Dad wäre stolz auf dich«, flüstere ich und küsse ihn. »Du bist toll Denver, jemand der die Menschen um sich herum liebt und respektiert. Du kümmerst dich aufopferungsvoll um deine Schwestern, wenn du auch manchmal übers Ziel hinausschießt.«

»Danke Baby«, flüstert er und entspannt sich langsam. »Wir sollten gehen. Es ist kalt.«

»Das ist es allerdings«, sage ich und verschränke meine Hand wieder mit seiner. »Wir sollten bald wiederkommen.«

»Vielleicht«, meint Denver abwesend, als wir in Richtung Ausgang laufen.

...

Denver parkt seinen Wagen in der Einfahrt seines Elternhauses und ich sehe an der Fassade des kleinen Einfamilienhauses auf. Lächelnd drücke ich seine Hand und schaue zu ihm. Er erwidert meinen Blick und küsst mich sanft. »Danke, dass du mit zum Friedhof gekommen bist.«

»Du musst dich nicht bedanken«, sage ich und sehe ihn fest

an. »Es ist selbstverständlich, dass ich dich begleite. Ich muss mich bei dir bedanken. Ich weiß, wie schwer es dir fällt mich einzubeziehen, Denver. Umso mehr hat es mir bedeutet, dass du mich zum Grab deines Dads mitgenommen hast. Und wenn du nicht allein hingehen möchtest, komme ich mit, wann immer du möchtest.«

»Ich bin es nicht gewohnt, dass ich jemanden mitnehmen kann«, wispert er und lächelt mich schüchtern an. Als würde er sich dafür schämen, weil er diese Seite von sich nicht gern nach außen trägt. »Meine Schwestern gehen öfters hin. Jake begleitet Phoenix immer wieder, soweit ich weiß. Er kannte meinen Dad seit seinem siebten Lebensjahr. Ich war noch nie mit meinen Schwestern oder meiner Mom seit der Beerdigung an seinem Grab. Einmal hat Jake mich begleitet, aber ich habe seine Nähe kaum ertragen. Ich bin weggerannt, nachdem er ein paar Worte gesagt hatte. Du warst die Erste ...« Er schluckt und wendet sich seinen Blick ab. Als er die Hand hebt, um seine Augen abzuwischen, beiße ich mir auf die Zunge, um nichts zu sagen. Schließlich sieht er mich wieder an. »Du warst die Erste, deren Nähe ich dort ertragen habe. Ich hätte die Familientherapie nicht abbrechen sollen. Vielleicht könnte ich dann besser mit seinem Tod umgehen.«

Statt ihm zu antworten, küsse ich ihn. Trotz allem, was wir heute erlebt haben, freue ich mich auf die kommenden Stunden. Ich bin gespannt auf seine Mom und auch auf John. Seit Tagen mache ich mir immer im Wechsel Gedanken über das erste Treffen mit seinen *Eltern* und den Friedhofsbesuch gleichzeitig. Ich hoffe sehr, dass sie mich mögen und denken, dass ich gut zu Denver passe. Vor allem bei seiner Mom will ich natürlich gut ankommen. Phoenix hat gesagt, dass sie mich lieben wird, aber wer weiß, ob sie mich nicht nur beruhigen wollte. Madison wird ebenfalls da sein und zum ersten Mal auch ihren Freund Fynn mitbringen. Denver hat sofort gegen ihn gewettert und meinte, dass er sich den Kerl zur Brust nehmen wird. Daraufhin habe ich versucht, ihm den Wind aus den Segeln zu nehmen und ihm klarzumachen, wie peinlich das für Madison enden wird. Denver meinte nur, dass er ihn dennoch mal checken würde. Checken ja, blamieren nein. Ich hoffe, dass die Nachricht bei ihm angekommen ist. Fynn ist ihr erster fester Freund und ich kann mir nur zu gut vorstellen, wie unangenehm das für Madison sein wird.

»Und denk dran, dass du deine Schwester nicht blamierst«, erinnere ich ihn. Denver verdreht die Augen, aber ich schaue ihn lediglich mahnend an. Er öffnet die Tür und steigt aus dem Wagen. »Denver!« Ich rufe ihm nach, aber er hat die Tür bereits hinter sich zugeschlagen. Genervt steige ich aus und sehe ihn an. »Denver«, wiederhole ich seinen Namen nochmal.

»Sienna!« Wie zu erwarten, äfft er meine Stimme nach, was mir alles andere als gefällt.

»Phoenix!« Meine Freundin steigt aus dem Auto neben uns und grinst uns an. »Streitet ihr etwa?«

»Nein«, erwidert Denver gut gelaunt. Für mich ist eher gespielt gut gelaunt, aber ich sage nichts. »Wir haben nur nochmal darüber gesprochen, dass ich mir diesem Fynn genauer ansehe.«

»Das wirst du nicht tun«, schimpft Phoenix und stemmt die Hände in die Hüften. Ich werfe Denver einen zustimmenden Blick zu und nehme den Salat, den ich vorbereitet habe, von der Rückbank

»Du hast nicht echt einen Salat mitgebracht?« Phoenix sieht mich entgeistert an und dann ihren Bruder. »Sie ist zu perfekt.«

»Das ist sie«, stimmt Denver seiner kleinen Schwester zu und legt seinen Arm um meine Schultern. Grinsend sehe ich zu ihm auf, sodass er sich zu mir beugt und mich küsst. Ich erwidere den Kuss und schmiege mich an ihn. Gemeinsam mit Phoenix machen wir uns auf den Weg zur Haustür, die sie mit ihrem Schlüssel aufschließt und uns eintreten lässt.

Interessiert sehe ich mich im Flur um. Gegenüber der Haustür führt eine Treppe ins Obergeschoss. An der Wand hängen Fotos. Von weitem kann ich die Jones' Geschwister auf diesen erkennen. Rechts neben der Haustür befindet sich eine Garderobe und daneben eine Kommode mit einem Spiegel darüber. Eine Schale mit Autoschlüsseln steht darauf. Ich reiche Denver den Salat, um meine Jacke und meine Schuhe auszuziehen.

»Phoenix?«, erklingt eine weibliche, helle Stimme. »Bist du da?«

»Ja«, ruft meine Freundin. »Denver und Sienna auch.«

Im nächsten Moment erscheint eine Frau in meinem Blickfeld, die wie eine ältere Version von Phoenix wirkt. Sie ist definitiv ihre Mom. Die Haare, der Mund, die Augen – einfach Phoenix!

Mrs. Jones blonde Haare sind zu einer trendigen Kurzhaarfrisur geschnitten. Ihr Make-Up ist leicht und sie trägt eine Jeans und eine hellblaue Bluse.

»Hi Mom«, meint Phoenix und drückt sie an sich.

»Hallo Schatz«, erwidert Mrs. Jones und kommt auf uns zu.

»Mom.« Denver räuspert sich und gibt den Salat an Phoenix weiter, die ihn kommentarlos in die Küche trägt. Hinter Mrs. Jones erscheint ein Mann um die fünfzig. Das muss John sein. Seine dunklen Haare sind bereits ergraut. Er wirkt auf den ersten Blick aufgeschlossen und seine Statur ähnelt Denvers.

»Hallo John«, begrüßt Denver ihn mit einem Nicken und legt den Arm um mich. »Darf ich vorstellen. Mom, John, das ist Sienna, meine Freundin. Baby, das sind meine Mom Lori und ihr Lebensgefährte John.«

»Hallo«, sage ich lächelnd und gebe ihnen die Hand. »Vielen Dank für die Einladung.«

»Wir freuen uns, dass du mitgekommen bist«, erwidert Lori und ihr Lebensgefährte nickt mir lediglich freundlich zu. Ich greife nach Denvers Hand und drücke sie. Er erwidert es und bestätigt das gute Gefühl, das sich in mir breit gemacht hat. Bisher ist alles gutgegangen und seine Mom und ihr Freund wirken sehr nett.

»Madison und Fynn warten im Wohnzimmer auf uns.«

Wir nicken und folgen ihnen. Als ich Madison dort sitzen sehe, kann ich kaum glauben, dass sie es ist. Vor einigen Wochen auf unserer Couch sah sie noch ganz anders aus. Ihre Haare sind mittlerweile dunkelbraun, ihr Make-Up freundlich und hell. Von dem Gothic-Style ist nichts mehr zu sehen. Statt dem schwarzen Kleid und der Strumpfhose sowie den schweren Doc Martens, trägt sie heute einen hellen Pullover, Jeans und hellbraune Ankle Boots. Fynn sitzt neben ihr. Er hat hellbraune Haare, die er auf dem Kopf länger trägt und die kleine Korkenzieherlocken bilden. So wie Denver trägt er einen Hoodie und eine Jeans.

»Mad.« Denver schmunzelt. »So farbenfroh heute?«

Ich ramme ihm meinen Ellenbogen in den Bauch, sodass er sich stöhnend die Stelle reibt. Dann gehe ich auf Madison zu und umarme sie. »Hi« Ich drücke sie fest an mich und sie erwidert es. »Und hör bitte nicht auf ihn. Er ist ein Idiot.« Ich zwinkere ihr zu, was sie grinsen lässt. Dann wende ich mich an ihren Freund. »Hi, ich bin Sienna, Denvers Freundin.«

»Hallo«, erwidert er aufgeregt und schüttelt meine Hand

ein wenig zu schwungvoll. Sofort fliegen seine Augen zu Denver. »Ich bin Fynn.«

»Ich bin Denver!« Mein Freund drückt sich an mir vorbei und nimmt nun Fynns Hand in seine. Man kann Fynn ansehen, dass Denver seine Hand unnötig fest drückt und auch, dass er ihn einschüchtert. Madison und ich verdrehen die Augen, aber Denver lässt sich nicht beirren. »Eigentlich wollte ich dich ein bisschen in die Mangel nehmen und—«

»Denver«, zische ich und packe ihn am Arm. Er bewegt sich keinen Zentimeter. Es wäre auch lächerlich, wenn ich fast einhundert Kilo bewegen könnte. »Lass das.«

»Und dir auf den Zahn fühlen«, meint er lächelnd. »Aber endlich sieht meine kleine Schwester wieder aus wie meine kleine Schwester. Du musst irgendwas richtig gemacht haben.«

Madison grinst Denver an und schlingt ihre Arme um Fynn. Sie scheint glücklich mit ihm zu sein, das ist das Wichtigste.

»Essen ist fertig«, erklingt Mrs. Jones Stimme und ich greife nach Denvers Hand und ziehe ihn hinter mir her zum Tisch. Er folgt mir lächelnd und zieht mir den Stuhl zurück, sodass ich mich setzen kann. Denver nimmt neben mir Platz.

Mrs. Jones hat ziemlich groß aufgetischt. Es gibt einen Braten mit Kartoffeln und Salat, aber auch Lasagne. Ich kann mich gar nicht entscheiden, was ich zuerst essen möchte.

Mrs. Jones erkundigt sich nach meinem Studium und auch mit John, dessen Nachnamen ich überhaupt nicht weiß, komme ich gut ins Gespräch. Er wirkt sehr aufgeschlossen und interessiert sich für mein Studium. Seine Mom auch, zum Leidwesen von Phoenix, der sie immer wieder einen Blick zuwirft. Denver wird von Minute zu Minute entspannter. Er liebt seine Mom, das sieht man sofort.

Immer wieder schaut er lächelnd zu ihr herüber und geht liebevoll auf alles, was sie sagt, ein. Er ist aber auch immer wieder besorgt um sie, wenn sie sich seiner Meinung nach in der Gemeinde übernimmt. Etwas, das er mit John gemeinsam hat. Er denkt auch, dass seine Lebensgefährtin in ihren Ehrenämtern kürzer treten könnte.

»Sienna und ich waren bei Dad«, ergreift Denver plötzlich das Wort und die Gespräche am Tisch verstummen. Alle schauen ihn überrascht an. Da er mir erzählt hat, dass er seit der Beerdigung noch nie mit seiner Familie am Grab war, glauben sie wohl, dass er es nie besucht. »Wir ... wir haben eine Blume hingelegt«, spricht er weiter.

Ich greife unter dem Tisch nach seiner Hand und verschränke unsere Finger miteinander. »Ich weiß, dass ich mich in den letzten Jahren nicht immer fair verhalten habe.« Er hebt den Kopf und sieht in die Runde. Seine Stimme bebt und ich drücke seine Hand noch einmal, weil ich möchte, dass er weiterspricht. Das ist so wahnsinnig wichtig für Denver und auch für seine Familie. »Vor allem dir gegenüber John.«

»Denver«, sagt dieser augenblicklich. »Das ist in Ordnung.«

»Nein«, unterbricht Denver ihn. »Es war nicht in Ordnung. Ich ... ich wollte keinen neuen Dad, ich hatte einen Dad und er ... er war perfekt – für mich. Ich würde mich freuen, wenn du mir nochmal eine Chance geben würdest, um es in Zukunft besser zu machen. Wir ... wir können nochmal von vorne anfangen. Wenn du das möchtest?«

Denver wirkt verloren, als er John ansieht und drückt meine Hand fester. Dieser erwidert seinen Blick und lächelt.

»Natürlich«, sagt er. »Liebend gern.«

Ich schaue zu Mrs. Jones, die Tränen in den Augen hat und wortlos aufsteht und ihren Sohn umarmt. Es muss unglaublich für sie sein, diese Worte aus seinem Mund zu hören. Denver erhebt sich, um seine Mutter richtig in die Arme zu schließen.

Und auch John steht auf und geht auf Denver zu. Er nimmt ihn ebenfalls in den Arm und flüstert ihm etwas ins Ohr. Denver nickt und sieht kurz zu mir. Dann wieder zu John und sagt noch etwas zu ihm. Er lächelt und klopft ihm auf die Schulter. John, Mrs. Jones und Denver setzen sich wieder. Mein Freund greift unter dem Tisch nach meiner Hand und beugt sich zu mir herüber. Sanft drückt er seine Lippen auf meine, was mir im ersten Moment unangenehm ist. Seine Familie ist am Tisch und ich weiß nicht, ob das für ihre Augen bestimmt ist. Dann aber kommt mir der Gedanke albern vor. Wir sind ein Paar – natürlich küssen wir uns.

»Ich hätte auch noch was zu erzählen«, ergreift Phoenix plötzlich das Wort und sieht in die Runde. Gespannt sehen wir sie an. Sie lässt ihren Blick durch die Runde wandern und scheint nochmal über ihre Worte nachzudenken. Hat sie es etwa mit Jake auf die Reihe bekommen?

Jedoch bezweifele ich das. Die beiden schleichen immer noch umeinander her. So schnell wird aus ihnen kein Paar. Noch dazu hätte sie es uns erzählt – Joy, Millie und mir – auch, um einen Weg zu finden, es Denver beizubringen.

»So?«, fragt Mrs. Jones einerseits interessiert und andererseits verdutzt. »Was denn?«

»Ich habe mich dazu entschieden, mein Studium pausieren zu lassen«, lässt Phoenix die Bombe platzen und während Madison und ich sie breit angrinsen, fällt Mrs. Jones, John und Denver alles aus dem Gesicht. Damit haben sie nicht gerechnet. Ich hingegen freue mich, weil Phoenix öfters angedeutet hat, dass sie nach der Highschool andere Pläne hatte und diese immer noch nicht aufgegeben hat. »Es macht mir keinen Spaß und ... und ich bin nicht gut darin«, fügt sie als Erklärung an.

»Und ... und was möchtest du machen?«, hakt ihre Mom nach und mustert ihre Tochter ganz genau. Sie sieht alles andere als begeistert aus. Diese Entscheidung missfällt ihr und das zeigt sie offen. Auch Denver und John legen ihr Besteck beiseite und schauen zu Phoenix. Ich finde es sehr mutig von ihr, diesen Schritt zu gehen und es an einer so großen Tafel vor allen zu verkünden. Es ist kurz und schmerzlos, sodass alle Bescheid wissen.

»Ich möchte Work & Travel in Europa machen«, sagt Phoenix. Ein Leuchten tritt in ihre Augen. »Und ehrlich gesagt habe ich auch schon alles vorbereitet.«

»Wie bitte?«, platzt es aus Denver heraus. »Du hast alles vorbereitet? Flüge gebucht, Jobs gefunden und setzt uns nur noch in Kenntnis, oder was?«

Er ballt die Hände zu Fäusten und die Art wie er Phoenix ansieht müsste eigentlich dafür sorgen, dass sie tot umfällt. Es war zu erwarten, dass er nicht begeistert ist, aber eine derart abwehrende Haltung überrascht mich doch. Denn letztendlich ist es Phoenix' Leben und ihre Entscheidung, was sie damit tun möchte.

Einerseits bin ich traurig, dass sie sich für das Work & Travel entschieden hat und andererseits bewundere ich ihren Mut und ihre Entschlossenheit, sich über ihre Familie und Geldgeber hinwegzusetzen. Ich hatte gerade einmal den Mut den Bundesstaat zu wechseln.

»Ich denke schon«, murmelt Phoenix. »Ihr hättet versucht, es mir auszureden. Ich wollte das schon nach der Highschool machen, aber ihr wolltet, dass ich ans College gehe.«

»Weil es vernünftig ist, Phoenix«, sagt Mrs. Jones eindringlich. »Wir haben darüber gesprochen.«

»Ich bin nicht gut darin, Mom!« Phoenix Stimme wird mit jedem Wort lauter. »Ich mag mein Studium nicht. Frag Sienna–« Sie deutet auf mich und ich reiße die Augen auf. Eigentlich möchte ich mich nicht in dieses Gespräch einmischen. Dafür bin ich noch nicht lange genug Teil dieser Familie.

»Ich verstehe das alles nicht.«

»Ich finde es gut«, sagt Fynn plötzlich und Madison nickt. »Mein Bruder war für ein Jahr in Australien. Es hat ihm sehr gut gefallen und ihr könntet sie besuchen.«

Ich schenke ihm ein dankbares Lächeln. Und ich bewundere seinen Mut, denn immerhin sitze ich immer noch hier und sage keinen Ton, obwohl Phoenix mich aktiv dazu aufgefordert hat.

»Wir könnten Phoenix auch besuchen«, kichert Madison. »Ich finde es auch gut, dass du das machst.«

»Danke Mad«, murmelt Phoenix und sieht ihren Bruder hoffnungsvoll an. »Denver?«

Mein Freund bläst die Backen auf und nickt schließlich zögerlich.

»Ich werde dich zwar sehr vermissen.« Er seufzt schwer. »Aber ich habe gemerkt, dass dir das Studium nicht gefällt. Und du bist nur ein paar Monate weg, okay?«

»Na klar«, meint Phoenix sichtlich erleichtert. »Mein Visum geht bis Mai.«

»Dann muss ich mich wohl ergeben«, meint Mrs. Jones und John legt seine Hand auf ihre.

»Ich stimme Madison zu.« Er zwinkert der jüngsten Jones zu. »Wir können Phoe besuchen.«

»Siehst du, Mom«, meint Phoenix und zieht ihre Augenbrauen hoch. »Hör auf den Mann.«

Mrs. Jones nickt schließlich und fragt ihre Tochter nach

den Details.

Lächelnd beuge ich mich zu Denver und küsse ihn auf die Wange.

»Ich liebe dich«, flüstere ich. »Und wir sollten auch überlegen, sie zu besuchen. Ich war noch nie in Europa.«

Denver seufzt und drückt mir einen Kuss auf die Lippen. Ich erwidere diesen und schmiege mich glücklich an ihn. Dieser Tag ist definitiv einer der aufregendsten in meinem Leben. Eigentlich war er eine einzige Achterbahnfahrt der Gefühle – für uns beide. Denver hat sich seinen Dämonen gestellt und mich endlich voll und ganz in sein Herz und sein Leben gelassen. Ich liebe ihn und auch wenn ich weiß, dass er wohl noch öfter an diesem Punkt ankommen wird, dass er mich ausschließen will, kämpfe ich um ihn. Wir sind nicht perfekt und haben beide Fehler gemacht in der Vergangenheit.

Heute hat mir allerdings gezeigt, dass wir es gemeinsam schaffen können, wenn wir nur wollen.

»In welches Land verschlägt es dich denn?«, frage ich Phoenix und sie beginnt sofort aufgeregt zu erzählen.

23. Epilog

Denver

Minneapolis, Target Field, Zwei Monate später

Ich betrete die Heimkabine im Taget Field in Minneapolis und setze mich vor den für mich vorbereiteten Spind. Normalerweise spielen die Minneapolis Warriors in diesem Stadion, aber dieses Jahr ist es der Austragungsort für die Football Meisterschaft im College. Wir treten gegen die Ohio State an und damit auch gegen Tylers altes Team. In den vergangenen zwei Wochen haben wir uns akribisch auf diesen Tag vorbereitet. Am Anfang der Woche sind wir in Minneapolis angekommen und für alle Veranstaltungen am College befreit. Natürlich will ich diesen Titel nun auch gewinnen.

Meine Mom, John, Madison und Sienna mit Joy sind gestern angereist, um ebenfalls dabei zu sein. Phoenix ist am Anfang der Woche nach Europa aufgebrochen, um ihr Work & Travel zu starten. Ich kann es immer noch nicht wirklich nachvollziehen. Ich weiß, dass ich ihr Thanksgiving meinen Segen gegeben habe, doch umso länger ich darüber nachgedacht habe, desto mehr war ich dagegen. Sie soll sich, so wie jeder andere, an ihren Schreibtisch setzen und für ihre Prüfungen lernen. Wenn sie das nicht schafft, kann sie meinetwegen das Fach wechseln, aber nicht drei Monate ihres Lebens vergeuden. Für Sienna versuche ich mich am Riemen zu reißen und meine Meinung dazu für mich zu behalten. Meine Freundin ist nämlich Feuer und Flamme für die Idee meiner Schwester und sucht bereits nach Hotels in Bristol. Im Nachhinein tut es mir immer leid, weil ich nicht mit Sienna streiten will – vor allem nicht wegen Phoenix. Seit Ende der Weihnachtsferien haben wir uns kaum sehen können. Mein Fokus lag auf dem Football und Sienna musste für ihre Klausuren lernen.

Millie kann leider nicht kommen, weil sie sich für ihre Prüfungen vorbereiten muss. Diese Entscheidung kann ich überhaupt nicht nachvollziehen, weil sie Football liebt und Minneapolis ihre Heimatstadt ist. Zwingen können wir sie jedoch nicht. Sienna ist untröstlich, dass ihre beste Freundin nicht dabei ist, aber die Spieler haben ein Kartenkontingent und dieses ist begrenzt. Da wir uns im Team alle gut verstehen, schieben wir die Karten hin und her. Ich habe mein Kontingent erfüllt. Erlaubt sind fünf Personen pro Spieler. Dadurch, dass Phoenix in Europa ist, hatte ich eine Karte übrig, die hat Joy bekommen. Vielleicht hätte ich Darren fragen sollen, ob er Millie auf sein Kontingent schreibt, denn seine Familie ist nicht aus Texas angereist. Seine Schwester Dana heiratet in drei Wochen und auf dieses Ereignis sind die Andrews fokussiert. Was ich ziemlich unfair finde, weil Darren heute die Chance hat, den größten Triumph seiner bisherigen Karriere einzufahren. Jakes Eltern sind ebenfalls dabei, sowie auch die von Tyler.

Jake setzt sich neben mich auf die Bank und schaut mich lächelnd an.

»Bist du bereit?«

»Auf jeden Fall«, erwidere ich und streife mir meine Protektoren über. »Du auch?«

»Ich kann es kaum erwarten.« Mein bester Freund wirkt entschlossen. »Wir werden sie fertig machen.«

»Du bist sehr optimistisch«, merke ich an und frage mich sofort, warum ich so negativ denke. Wir müssen uns vor Ohio nicht verstecken und haben einen ihrer besten Offense Spieler in diesem Jahr bekommen. Den Platz in diesem Finale haben wir verdient und keiner von uns zweifelt daran. Wenn meine Mitspieler das nicht tun, darf ich es als Kapitän der Mannschaft noch weniger, oder? Das wäre ihnen gegenüber nicht fair.

»Du nicht?«, will Jake wissen. »Wir schaffen das, Denver. Wir sind besser als die.«

Ich nicke und klopfe ihm auf die Schulter. Jake hat recht, wir sind besser und wir werden die Meisterschaft in diesem Jahr gewinnen.

Gemeinsam ziehen wir uns weiter um und kontrollieren mit dem Staff nochmal unsere Helme – und ich meinen Wrist Coach.

»Männer«, ruft Coach Flanders und winkt uns zu sich in die Mitte. Wir stellen uns in einem Kreis zusammen um ihn herum. »Heute ist ein großer Tag. Für mich, für euch und für die Lincoln Tigers Familie. Seit zwei Jahren waren wir nicht mehr in diesem Finale und wisst ihr was?« Er schaut jeden von uns an, bevor er weiterspricht. »Es war eine zu lange Pause.«

Wir grölen und rufen wild durcheinander, um dem Coach zuzustimmen. »Diese Zwangspause hat heute ein Ende«, spricht er weiter. »Wir haben den besten Defensive End der College Liga – Darren Andrews!« Wir klatschen und die Spieler, die neben ihm stehen klopfen ihm auf die Schultern. »Wir haben Ohio ihren besten Running Back geklaut«, fährt er fort und deutet auf Tyler. »Und wir haben Denver Jones! Den besten Quarterback der Saison.«

Erneut wird es laut in der Kabine und Jake tätschelt

meinen Kopf.

»Ihr geht jetzt da raus und reißt Ohio den Arsch auf!«

•••

Es sind nur noch zwei Minuten auf der Uhr, als ich mich zum letzten Mal an diesem Abend auf das Spielfeld begebe, um einen Play-Call für meine Mannschaft durchzugeben. Ohio führt mit fünf Punkten, was bedeutet, dass wir einen Touchdown erzielen müssen. Jetzt heißt es alles oder nichts. Siegen oder verlieren.

»Ich spiele auf Tyler«, sage ich, nachdem wir uns im Kreis zusammengestellt haben. »Jake und Warren täuschen einen Lauf an. Wir müssen versuchen, ein First Down zu bekommen. Ich will nichts riskieren und so viel Zeit wie möglich von der Uhr nehmen.«

Ein schneller Touchdown würde bedeuten, dass Ohio nochmal den Ball bekommt. Das müssen wir verhindern, aber trotzdem bringt uns nur ein Touchdown den Sieg. Für mich bedeutet das, dass ich einerseits viel Zeit von der Uhr nehmen und andererseits einen Touchdown werfen muss. Denn wenn Ohio mit nur einem Field Goal unsererseits den Ball nochmal bekommt, ist es vorbei. Dann haben sie immer noch zwei Punkte Vorsprung und eine Interception wird ihr Quarterback nicht werfen. Dafür ist er zu lange dabei und hat zu harte Nerven. Die Jungs nicken, nachdem ich den Spielzug angesagt habe, und wir formieren uns an der Linie. Unser Center wirft mir den Ball zu und ich gehe einige Schritte zurück, um das Spielfeld zu überblicken. Jake und Warren haben ihre Laufwege eingehalten und auch Tyler ist auf dem Weg. Ich nutze die Lücken zwischen zwei bulligen Verteidigern und werfe den Ball über sie hinweg. Tyler fängt den Pass, aber wird sofort zu Boden gerissen.

»Verdammt«, knurre ich, weil wir kein First Down erzielt haben. »Weiter Jungs!«

Erneut finden wir uns zusammen und ich beschließe, den Spielzug zu wiederholen, was vor allem Jake nicht gefällt. Ich sehe es ihm an, aber mein bester Freund ist nicht der Quarterback und wir sind nicht in einem Spiel, in dem wir diskutieren können.

Ich muss mich darauf verlassen, dass es funktioniert und wir diesmal ein First Down schaffen. Zunächst sieht es auch vielversprechend aus, aber dann wird Tyler erneut gestoppt.

Verdammt! Das kann doch nicht wahr sein!

Jakes Blick ist mehr als eindeutig. Im nächsten Spielzug beschließe ich, es über den Laufweg auf den Außenpositionen zu versuchen. Das gefällt Jake zwar auch nicht, aber wir haben mit Phil und Luke verdammt wendige und schnelle Wide Receiver. Wir stellen uns erneut auf und ich schaue nach oben auf den riesigen Videowürfel, auf dem in dem Moment meine Familie gezeigt wird. Ich habe keine Ahnung, ob die Medienvertreter mir damit noch einen Schub geben möchten, weil dort Menschen sitzen, für die ich diese Meisterschaft gewinnen will oder ob sie mich damit so sehr unter Druck setzen wollen, dass ich eine Interception werfe und der Ball wieder an Ohio geht.

Natürlich bewirkt es Ersteres. Ich wende meinen Blick nicht ab, solange sie sie zeigen. Mom hält sich wie immer die Augen zu, wenn es richtig spannend wird. Das hat sie in der Highschool schon getan oder meinen Dad allein zu den Spielen geschickt. Bei der Erinnerung an meinen Dad schaue ich in den Himmel und schließe die Augen. Er würde auch wollen, dass ich heute gewinne. Er würde sich wahnsinnig für mich freuen. Als ich die Augen öffne und ein letztes Mal auf den Videowürfel sehe, hat die Kamera auf Sienna gezoomt. Madison macht sie darauf aufmerksam und meine Freundin formt ein Herz mit ihren Fingern. Ich hebe die Hand, um ihr zu signalisieren, dass ich es gesehen habe.

Dann konzentriere ich mich wieder auf das Spiel.

Ich fange den Ball vom Center und gehe ein paar Schritte zurück, dann täusche ich den Wurf an und reiche den Ball an Luke weiter. Nun kann ich nur stehenbleiben und meinem Teamkollegen nachsehen.

Und tatsächlich, es funktioniert! Luke kommt weit über das First Down hinaus, bis er zu Boden geht.

»Geht doch«, brülle ich und klatsche mit ihm ab, als wir uns zum nächsten Play Call treffen.

»Es sind noch fünfzig Sekunden«, meint Jake, als wir nebeneinanderstehen und auf die anderen warten. »Spiel auf mich, ich gehe bis an die ein Yard Linie und dann schieben wir dich mit einem Quarterback Sneak im letzten Zug über die Linie. Logan lässt sich Zeit beim Kick. Wir haben noch zwei Auszeiten und Ohio wird nicht mehr zum Zug kommen.«

»Ich weiß«, sage ich. »Aber meinst du nicht, dass sie das durchschauen?«

»Sicher«, erwidert Jake. Ich verdrehe die Augen und will mich abwenden, als er nach meiner Schulter greift. »Haben wir eine andere Wahl?«

»Nein«, räume ich ein und nicke ihm zu. »Wir schaffen das.«

Erneut formieren wir uns, nachdem ich Jakes Spielzug für diesen Drive durchgegeben habe. Ich kann nur hoffen, dass er mit seiner Idee richtig liegt und wir schnell genug sind, um Ohio auszubremsen. Es sind noch fünfzehn Sekunden auf der Uhr. Es ist perfekt, aber auch wahnsinnig riskant. Es muss diesen Touchdown geben. Der Center wirft mir erneut den Ball zu und ich gehe einige Schritte zurück, bis ich Jake ausmachen kann. Er hat sich perfekt freigelaufen und ich passe ihm den Ball zu. Nun liegt alles an meinem besten Freund und unseren Spielern, Ohio von Jake fernzuhalten.

Jake läuft und läuft und – ich traue mich kaum, hinzusehen und schaue auf die Uhr. Die Zeit läuft unerbittlich ab.

Acht ...

Sieben ...

Sechs ...

Fünf ...

Ich stütze mich auf meinen Oberschenkeln ab und starre auf den Rasen. Das kann ich mir nicht angucken. Obwohl mein Körper so voll mit Adrenalin ist.

»Touchdown für die Lincoln Tigers!«

Ich reiße den Kopf hoch, sehe Jake in der Endzone stehen und plötzlich landen alle anderen Spieler auf ihm. Sie begraben meinen besten Freund unter sich. Ohne zu zögern springe ich hoch, reiße mir den Helm vom Kopf und balle die Hand zu einer Faust. Mein erster Blick geht nicht auf die Tribüne, sondern erneut in den Himmel.

»Ich habe es geschafft, Dad«, flüstere ich und Tränen der Freude treten mir in die Augen. »Ich habe gewonnen ... ich habe gewonnen.«

»Wir haben es geschafft!« Darren reißt mich herum und packt mich im Nacken, um meine Stirn gegen seine zu drücken. Wir haben gemeinsam vor fast drei Jahren angefangen in Lincoln Football zu spielen und uns bis hier hin gearbeitet. Wie viele Niederlagen haben wir einstecken müssen? Wie viele Standpauken von Coach Flanders über uns ergehen lassen bis zum heutigen Abend? Wie oft hat die Presse uns abgeschrieben? Jetzt stehen wir hier! »Wir haben gewonnen!«

»Wir haben gewonnen«, wiederhole ich seine Worte und packe ihn ebenfalls im Nacken. »Verdammt! Wir sind College Meister!«

Es ist so surreal! Aber es ist wahr – wir haben gewonnen. Wir sind College Meister!

Ich kann es gar nicht oft genug wiederholen.

»Ich kann es nicht glauben«, rufe ich aus und drücke Darren fest an mich. »Wir haben gewonnen.«

Darren und ich lösen uns voneinander, um die ersten Gratulanten von Ohio zu empfangen. Sie sind niedergeschlagen und traurig. In ihren Augen schwimmen Tränen. Ich gehe zu ihrem Quarterback Mitchel.

»Hey«, sage ich und schlage mit ihm ein. Dann ziehe ich ihn an mich und klopfe ihm auf den Rücken. »Du hast gut gespielt.«

Meine Worte sind kein Trost für ihn und ich kann nur erahnen, wie scheiße er sich heute Abend und vermutlich noch in den kommenden Tagen und Wochen fühlen wird, aber ich möchte ihn wissen lassen, dass er ein ernstzunehmender Gegner am heutigen Abend war. Unser Weg wird uns gemeinsam in eineinhalb Jahren zum Draft führen. Und dann sehen wir uns hoffentlich auf der ganz großen Bühne wieder.

»Danke Denver«, erwidert er. »Genieß den Abend.«

»Danke«, sage ich und schlendere zu meinen Teamkollegen, um mit ihnen zu feiern.

»Wir sind Meister«, brüllt Tyler, nachdem er sich lange mit seinen alten Teamkollegen unterhalten hat. »Und da ist noch jemand, der dir gratulieren will.« Ich umarme ihn kurz.

»Wer ist dein bester Running Back?!« Ich fahre herum und falle Jake in die Arme. Meinem besten Freund seit der

Grundschule. Wenn ich mit Darren seit drei Jahren an diesem Titel gearbeitet habe, sind es bei Jake mehr als doppelt so viele. »Du bist mein bester Running Back«, erwidere ich seinen Ausruf und wir springen auf und ab wie kleine Jungs. »Wir haben es tatsächlich geschafft!«

Als wir uns voneinander lösen, werden wir von einem Staff Mitarbeiter der College Liga gebeten uns langsam zur Siegerehrung zu begeben. An der Seitenlinie stehen unsere Familien und Freunde in einem abgesperrten Bereich. Die kommenden Minuten erlebe ich wie im Rausch, bis der Chef der Liga mir den Pokal in die Hand drückt und ich ihn in den Nachthimmel von Minneapolis strecke.

...

»Gib mir das Ding mal!« Darren nimmt mir den Pokal ab. »Deine Süße will dir gratulieren.«

Ich drehe mich um und sehe Sienna auf mich zukommen. Sofort breite ich meine Arme aus und laufe ihr entgegen. Ich habe gar nicht mitbekommen, dass die Familien mittlerweile auf den Platz gelassen wurden.

Überglücklich springt sie mir in die Arme und ich drehe uns einmal im Kreis. Lachend schmiegt sie sich an mich und ihre blonden Haare fliegen durch die Luft.

»Ich bin so stolz auf dich«, sagt sie, nachdem ich stehengeblieben bin und sie langsam runtergelassen habe. Tränen laufen ihr über die Wange, die ich zärtlich wegstreiche. »So, so stolz. Wie du gespielt und ... und– ich liebe dich.«

»Ich liebe dich auch«, erwidere ich und küsse sie noch einmal.

Sienna grinst mich breit an und ich bin unendlich glücklich, dass ich diesen Moment meiner College Karriere mit ihr zusammen erleben darf. Ich drücke meine Freundin noch einmal an mich, bis ich sie endgültig loslasse, um auch die Glückwünsche meiner Familie entgegenzunehmen.

»Du warst unglaublich, mein Schatz.« Mom ist die zweite nach Sienna, die mich erreicht. »Ich wünschte, dein Vater könnte dich sehen, Denver.«

»Danke Mom«, erwidere ich und schlucke meine Tränen herunter. »Das wünschte ich auch.«

»Ich bin so stolz auf dich!« Sie gibt mir noch einen Kuss auf die Wange und überlässt mich meiner Schwester.

Madison hebe ich ebenfalls hoch. Sie drückt mir einen Kuss auf die Wange und grinst mich breit an. »Glückwunsch«, sagt sie. »Auch von Fynn.«

»Danke.« Ich lasse sie wieder herunter und wende mich John zu. Unser Verhältnis ist zwar nicht perfekt, aber definitiv besser, als in den letzten drei Jahren. Wir gehen aufeinander zu und sprechen deshalb auch mehr miteinander. Anfangs dachte ich oft, dass er sich für Football interessiert, um zu schleimen, aber nein. Er hat in der Highschool selbst gespielt, aber hatte dann eine Verletzung am Knie, die ihn das Stipendium am College gekostet hat. Es schockiert mich, dass ich das nicht wusste. Wir interessieren uns für die gleichen Actionfilme und mögen dieselben Autos. Wir haben sogar eine Vielzahl an Gemeinsamkeiten, die ich nicht erwartet habe. Nun ist es an mir, diese mit ihm zu entdecken und uns anzunähern. Denn er will das seit Jahren.

»Glückwunsch«, sagt er und schlägt mit mir ein. »Vor allem die letzten Pässe waren ganz stark von dir.«

»Danke«, erwidere ich aufrichtig und wende mich wieder Sienna zu.

Sie legt den Kopf leicht in den Nacken, um mir in die

Augen sehen zu können. Grinsend sehe ich auf sie herab und nehme ihr Gesicht in meine Hände. Dann beuge ich mich zu ihr herunter und verschließe ihren Mund mit meinem. Sienna erwidert den Kuss und schmiegt sich an mich.

»Und was machen wir jetzt mit der Trophäe?«, will sie wissen. »Der ersten von vielen.«

»Hm«, überlege ich und beuge mich zu ihr herunter, sodass nur sie es hört. »Leider gibt es nur eine und ich denke, Darren wird sie mit ins Bett nehmen, aber ich habe eine andere Idee–«

Sienna lacht und sieht an mir vorbei zu Darren, der die Trophäe hütet wie einen Schatz.

»Was für eine Idee?«, will sie wissen und wackelt mit den Augenbrauen, als wüsste sie genau, worauf ich hinaus will.

»Ich habe gehört, dass du ein ganz besonderes Trikot trägst und ich dachte, dass du nur das Trikot trägst, wenn wir heute Nacht zu zweit die Meisterschaft feiern.«

Sienna nickt und ich lege meine Lippen auf ihre. Sie schlingt ihre Arme um meinen Hals und erwidert den Kuss.

»Hey ihr Turteltauben!« Wir lösen uns voneinander und schauen zu Darren, Jake, Tyler und Joy, die den Pokal haben. »Wir wollen ein Foto für Millie und Phoenix machen. Kommt her.«

Ich ziehe Sienna an der Hand zu unseren Freunden und stelle sie vor mich. Jake steht rechts neben uns und Joy vor ihm. Darren und Tyler hocken mit dem Pokal in ihrer Mitte vor uns.

Auf Madisons Kommando, die Joys iPhone in der Hand hält, lächeln wir in die Kamera.

Dieser Tag könnte nicht perfekter sein.

Über die Autorin

Wie sollte es auch anders sein hat Sport – genauer Ballsport – Mrs Kristal zum Schreiben gebracht. Zum ersten Mal Geschichten geschrieben hat sie 2012. Die damaligen ersten Schreibversuche über Fußball entwickelten sich über die Jahre zu richtigen Geschichten und schließlich Büchern.

Thematisch wechselte Mrs Kristal den Kontinent und schrieb fortan über American Football. 2021 veröffentlichte sie ihr erstes Buch zum Thema College-Romance und Football. Inspirationen erhält Mrs Kristal in Alltagssituationen, Erinnerungen an Erlebtes und Gesprächen mit Freunden und der Familie.

In ihren Büchern stehen neben dem Sport auch immer die große Liebe und Freundschaft im Vordergrund. Besonders am Schreiben liebt sie, dass sie in andere Welten eintauchen kann, ihre Charaktere auf einem langen Weg begleiten und am Ende gibt es ein Happy End. Wenn Mrs Kristal nicht schreibt, verbringt sie Zeit mit ihren Freunden, der Familie und ist auf Weltreise. Einer ihrer größten Wünsche – die Länder, Städte und Stadien, von denen sie schreibt, einmal im Leben gesehen haben.

.

Hat dir *Perfect Roommate* gefallen?

♥

Hinterlasse gerne eine Bewertung und einen lieben Kommentar. In einem Buch steckt viel Herzblut und es kostet Kraft und Mut eine Geschichte an die Öffentlichkeit zu bringen. Autor:innen freuen sich daher über jede kleine, positive Rückmeldung, die den Glauben geben, dass dieser Schritt der Richtige war.

Hat es dir nicht gefallen?

♠

Dann schreib uns gerne eine Nachricht mit deinen Gedanken und dem Szenario, von dem du träumst zu lesen!
Wir freuen uns und sind offen für Rückmeldung.

https://cherry-publishing.com/contact